붕어빵이
되고 싶어

붕어빵이 되고 싶어

리러하 장편소설

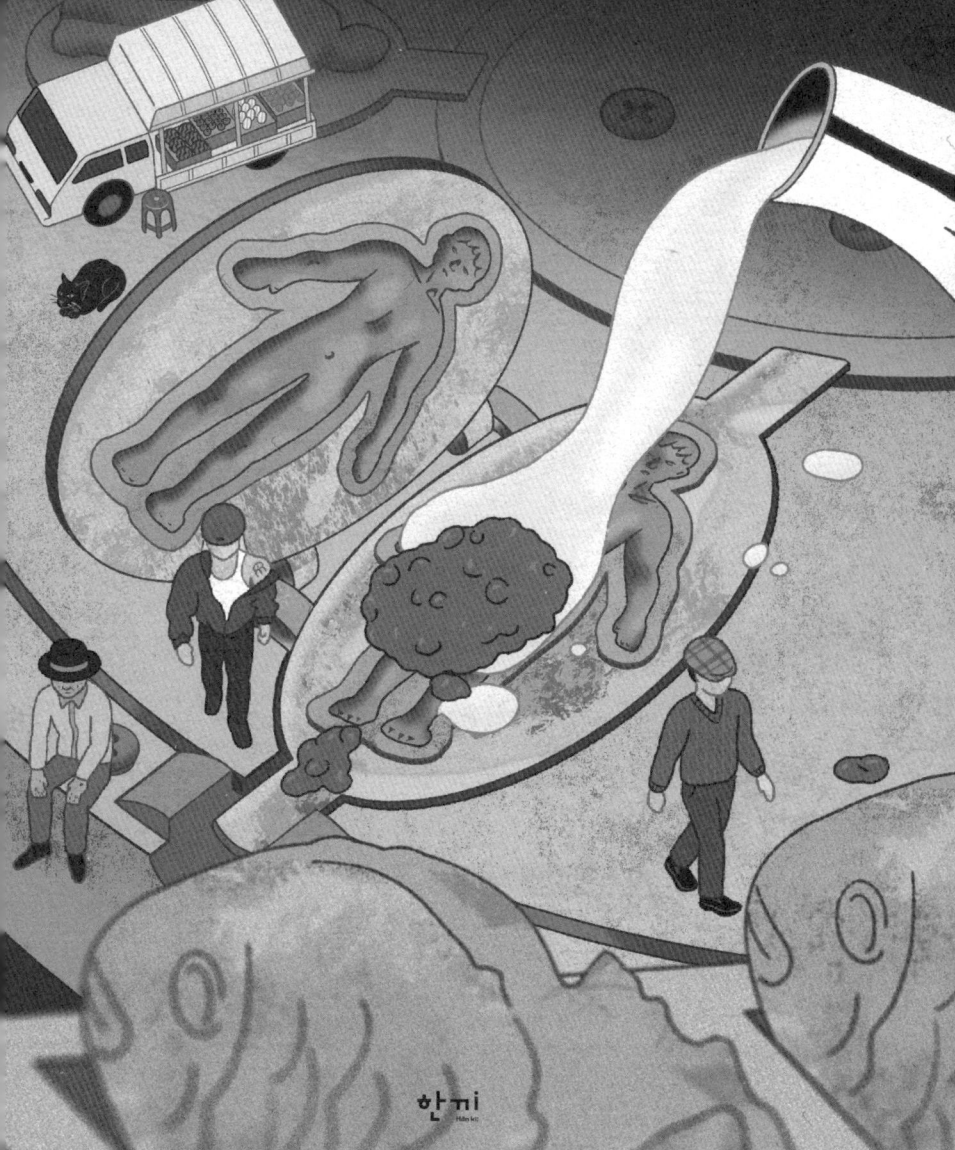

목차

프롤로그 · 7

1. 생각을 흘리고 나온 붕어빵 · 26
2. 결단력이 빠진 붕어빵 · 41
3. 길을 잃은 붕어빵 · 111
4. 붕어 없는 붕어빵 · 185
5. 금, 붕어 · 265
6. 붕어빵엔 붕어가 있다 · 281

에필로그 · 304

프롤로그

 딸의 '남자사람친구'에게는 처음부터 끝까지 마음에 드는 구석이 단 하나도 없었다. 딸과 사귀는 것도 아니요, 못된 짓을 가르치는 것도 아니고, 10년 가까이 보아 온 만큼 미운 정도 들 긴 했다만, 세상에는 천장 모퉁이의 돈벌레처럼 존재만으로도 사람 신경을 벅벅 긁어 대는 것들이 있기 마련이다.
 게다가 PC방 간식 고르기가 인생 최대의 고뇌였을 법한 놈이 이제 막 고등학생이 되어 수험 준비의 액셀러레이터를 밟겠다는 딸에게 악영향 외에 무엇을 끼치겠는가. 다만 지금이 '마음에 들지 않는 날'의 '끝'은 아니어야 할 텐데.
 안 돼, 안 돼, 안 돼. 주연은 주차장 바닥에 널브러져 미동도 하지 않는 학생을 향해 속으로 수없이 외쳤다.

 30분 전까지만 해도 주연은 기분이 제법 좋았다. 막판 응급

환자 탓에 고생한 것치고는 무난한 시간에 퇴근했고, 오늘과 내일은 정말 오래간만에 갖는 주말 오프였다. 비록 나이트 근무 후 아침 퇴근이라 머릿속이 살짝 멍하긴 했지만 너덧 시간만 자면 쌩쌩해질 거다.

하지만 집으로 향하는 주택가에 들어섰을 때, 골목 안쪽으로 사라지는 길쭉한 종아리와 다급한 목소리가 주연을 순간 얼어붙게 했다.

"야, 거기 서!"

목소리의 주인은 딸의 소꿉친구, 금태가 분명했다. 그리고 금태가 골목길에서 뒤쫓고 있는, 말귀를 알아들을 법한 생물은… 우리 고양이를 찾았나?

얼마 전, 빌린 돈 갚는다며 딸을 찾아온 금태는 문단속 잘 하라는 당부를 대체 어떻게 이해했는지 주연네 고양이가 집을 나가는 데 큰 일조를 했다. 전단지도 동네 중고거래 애플리케이션도 도움이 되지 않았다. 한숨만 푹푹 나오지만 혹시라도 딸이 자기 탓을 하게 될까 봐 아무 말도 안 꺼내고 있었는데, 며칠 전 금태가 딸에게 자신했다고 한다. '내가 꼭 찾아서 데려올게!' 그 호언장담의 결과가 이거였나. 파쿠르인지 뭔지 믿고 헛소리했나 보네.

중학 시절까지 금태의 취미는 파쿠르였다. 유튜브에 찍어 올리는 영상은 나름 조회 수도 괜찮았다나. 하지만 파쿠르는 옥상과 옥상 사이를 뛰어다니게 할 수 있을지언정 고양이를 뒤쫓아 남의 사유지에 들어갔을 때 이웃의 경찰 신고를 막을 수는 없는 법. 게다가 괜히 고양이를 겁주어 다른 동네로 도망치게 만들면 더 곤란했다. 주연은 급히 금태를 쫓았다. 밤 근무로 안개 낀 머릿속이 빨갛게 번뜩였다.

열일곱 남자애를 쫓는 건 보통 일이 아니었다. 심지어 이곳은 오래된 주택이 겹겹이 쌓인 10도 오르막길. 금태가 보였다 싶어 두 번째 갈림길을 택해 들어갔다가 헉헉대며 고개를 숙인 순간, 다리 사이로 저 너머에서 금태가 훅 지나가는 게 눈에 띄었다. 내가 귀신을 쫓나?

이 동네에서 15년을 살았다. 어디에 무슨 건물이 있었고 언제 팔려 철거되었는지, 지름길로 쓰던 골목에 철망이 섰다든지 하는 걸 빤히 꿰고 있다. 하나 이상하게 쫓아가면 쫓아갈수록 주연은 익숙한 동네가 아닌 뫼비우스의 띠를 달리는 기분이었다. 꼭 목표물이 두 명은 되는 것처럼.

금태가 고양이를 쫓는 건 맞나? 숨이 턱밑까지 차오른 뒤에야 의문이 들었다. 고양이는 무한정 도망치는 생물이 아니다. 영역 동물이라, 주변에서 아주 높은 곳이나 아주 좁은 곳, 둘 중 하나를 골라 숨음으로써 지루한 추격전을 끝내겠지.

"금태…"

뭐라도 물어보려던 그때, 금태는 낡은 연립주택 뒷마당으로 뛰어 들어갔다. 등 뒤를 계속 흘긋거리다 마지막에 담장을 한 손으로 짚고 넘어가는 모습은 꼭 무언가를 쫓는 게 아니라, 오히려 무언가에 쫓기는 듯한 모양새였다. 쟤가 뭐에 쫓겨 다닐 애가 아닌데, 하던 주연은 문득 그보다 더 중요한 사실을 깨달았다. 샛별연립. 세워진 지 55년 된 열두 가구짜리 빌라. 그 빌라를 감싼 낡은 담장 너머에 있는 것은 분명….

"금태야!"

2.7미터 아래의 주차장이다.

주연은 내일 쓸 기운까지 끌어와 달렸다. 덩굴풀을 헤치고 담벼락 위에 몸을 걸치니 주차장에 쓰러진 금태의 모습이 보였다. 그게 바로 지금, 주차장 바닥에 널브러져 미동 없는 아이를 연립 뒷마당에서 내려다보는 이 순간이다.

몇 번을 불러도 금태는 목소리에 대답하지 못했다. 그나마 가슴이 오르내리는 걸 다행으로 여겨야 할까. 주연은 덜덜 떨리는 손으로 핸드폰을 꺼냈다. 119를 부를까? 응급실 찾으려면 오래 걸릴 것 같은데 우리 병원에 바로 데려가? 아니면 금태 엄마한테 전화해? 아, 망할. 그 인간 핸드폰 번호는 홧김에 지웠지. 어쨌든 머릿속은 119를 최우선 순위로 꼽았다.

"예, 천금2동, 샛별연립 뒤쪽 주차장이요. 의식은, 모르겠어요. 내려가서 확인할게요. 예, 함부로 안 건드려요."

부디 이게 허위 신고가 되었으면 좋겠다, 이름을 부르면 네가 벌떡 일어났으면 좋겠다, 그렇게 생각하며 주연이 통화를 종료한 순간 금태의 발밑에 기묘한 것이 보였다. 처음에는 그림자라고 생각했다. 딱 금태 길이였고, 이른 아침은 그림자가 길쭉할 시간이었으니까. 하지만 누운 사람 그림자가 저렇게 길 리 없다는 이성적인 생각이 반짝임과 동시에 그것이 주연을 올려다보았다.

쓰러진 금태의 발밑에 서 있는 건 분명 금태였다. 키가 껑충하게 자라 바짓단이 무릎 밑에서 하늘거리는데도 제 가죽처럼 입고 다니는 중학교 첫 체육복, 초등학교 시절 유리창 깨 먹고 생긴 눈썹 위 흉터, 아는 사람을 만났을 때 눈을 찌푸리고 들여다보는 버릇까지도 똑같다. 주연이 아는 것과 차이점이 있다면, 저 금태는 주연과 정확히 눈이 마주치자마자 예의 바르게 고개를 꾸벅 숙였다는 것. 그것도 제법 똘똘한 표정으로.

누구야? 아니, 저건 뭐야? 소리쳐 물으려다가 입을 다물었다. 저것의 목소리까지 금태라면 어찌해야 할지 모르게 될 것 같았다. 직접 확인해야겠다. 주연은 자기도 주차장까지의 최단 루트인 담장을 넘어가려다 겨우 멈추고 골목길로 되돌아갔다. 아무리 급해도 119 구급차를 한 대 더 부를 상황을 만들 수는 없지 않은가.

"금태야!"

눈앞에 보이는 금태는 누운 금태 한 명뿐. 설마 아까 본 게 금태의 영혼이었나 싶은 불길한 추론은 곧 들리는 금태의 숨소리에 사라졌다. 제정신이 아니긴 했던 모양이다.

다행히도 금방 주차장으로 미끄러져 들어온 구급차와 소방대원들은 환상이 아니었다. 주연은 모든 일이 오전 중으로 끝나기만을 바라며 구급차에 올라탔다. 구급차는 가장 가까운 병원, 즉 두 시간 전에 주연이 퇴근한 서독종합병원으로 들어갔다. 당직이던 신경외과 레지던트가 일감을 갖고 돌아온 주연에게 우는 표정을 지었다.

잠시 후 업무용 PC 앞에 앉은 간호사가 쓴웃음을 지으며 주연을 불렀다.

"일찍 출근하셨네."

"울고 싶다, 진짜. 미안해요. 토요일이라 신규 환자도 없을 땐데 어떻게 병동까지 바로 보내 주네."

"환자 이름이 반금태. 아는 애라고요?"

"딸 친구인데 걔 엄마랑도 알아요. 그런데 전화번호가⋯ 없어서. 일단 내 번호 적을게요."

"네, 네. 따님이 고1이었죠? 이 친구는 열일곱치고 크네. 환자 이력 별거 없죠?"

"어릴 때 동네 쇼윈도 깨트려서 눈썹 위를 찢어 먹은 거 정도? 아, 중1 때 자전거 타다 왼쪽 정강이도 부러졌다."

"이야, 잘 아시네."

간호사의 손이 환자 정보를 적당히 채워 나갔다. 고등학생, 종교 없음, 기저 질환 없음….
"발견했을 때부터 애가 의식이 없었어요?"
"…모르겠어요."
"사고 직후 말고 막 발견했을 때요."
바로 그게 문제였다. 눈이 마주치자마자 꾸벅 인사하던 금태의 모습은 헛것이라기에는 너무 생생했다.
주연은 망설이다가 답했다.
"처음 먼 곳에서 발견했을 땐 나를 쳐다보는 것 같았고요. 한 1분? 2분? 걸려서 내려갔을 땐 불러도 대답하지 못했어요."
"알겠어요. 처음 발견했을 때 의식이 없으면 예후가 안 좋아 가지고…. 그럼 뇌 CT 찍고 있을 테니, 아이 부모님한테 연락해서 병원으로 보내 주세요."
"알겠어요."
모처럼의 주말 휴일을 날리게 생겼다. 그것도 수년 전 연 끊은 사람 집에 찾아가 나쁜 소식을 전하는 것을 시작으로 말이다. 금태 엄마가 내 말을 믿어 주기는 할까? 토요일 댓바람부터 애가 입원했다는 소리를 믿어 준다 해도 다음부터가 문제다. 걔가 왜 거기에 있었냐, 당신하고는 무슨 일이었냐 소리가 이어지겠지. 거기서 끝나겠어? 최초 발견자로 경찰 조사도 받겠네.

사건 장소 근처 CCTV나 블랙박스라도 확인해 볼까? 주연은 거기 찍혔을 장면을 상상하다가 욕을 삼켰다. 피해 학생을 쫓아 달리는 자신이 대체 어떤 인간으로 보이겠는가. 반사적으로 해서는 안 될 말이 울컥 나왔다. 처음부터 못 본 체할 걸 그랬나. 하지만 후회는 언제 해도 늦고, 마침 핸드폰 위에 떠오른 메시지가 주연의 발걸음을 다시 재촉했다.

[엄마, 퇴근 늦어?]
[좀 늦어. 미안해. 아침 아무거나 먹어.]
[맥모닝 먹어야징ㅋㅋㅋㅋㅋ]
[그래.]
[진짜로??? 오래 걸리나 보다. 힘내.]

그래, 자식 가진 어미 마음을 아는 만큼 힘내야지. 비록 지금 해야 할 일이 대판 싸우고 인연 끊은 사람을 몇 년 만에 찾아가 '당신 아들이 나 보는 앞에서 쓰러져서 우리 병원에 입원시켰으니 당장 병원으로 뛰어가라'고 전해야만 하는 어려운 일일지라도.

천금동. 처음 동네 이름을 듣는 사람은 웃으며 되묻곤 한다. 설마 일확천금(一攫千金) 할 때 그 천금이냐고. 맞다. 이 동네는 누구나 사랑할 수밖에 없는 사물의 이름으로 불린다. 하나 현실은 이름을 따라가지 못했다. 지하철 3호선에서 마을버스 기준 두 정거장쯤 떨어진, 마음 넓은 공인중개사라면 역세권이라고 불러 줄 만한 동네. 언덕길은 (때 묻은) 흰색 연립이나 단층 주택, (빛바랜) 적색 벽돌 다세대주택으로 오밀조밀 차 있다.

한때 이 동네에도 재개발 이야기가 나왔다. 대단지 아파트만큼은 아니더라도 적당히 번드르르한 걸 지을 수는 있다는 거였다. 서른세 살 먹은 집 '대성연립'이 토하는 녹물에 지쳐 있던 주연의 귀가 팔락거렸다.

그때 지역주택조합이라는 말을 처음 들었다. 대기업만 재개발을 진행할 수 있는 게 아니며, 빌라 소유자들이 모이면 성공률도 상대적으로 높다고 했다. 청사진이 요구하는 금액은 조금 묵직했지만 바로 난색을 표현하기에는 애매한 돈이었다. 그래서 더 현실적이었다. 서울 내에서 아파트를 사는 건데 억 단위는 넘겠지. 더 싸길 기대하면 도둑놈이지.

사실은 흥분했으면서, 자신이 냉정한 투자자가 된 줄 알던 주연에게 옆 동 살던 금태 엄마는 '그래, 아파트면 경비실도 생기겠지. 기대된다'라며 매번 맞장구를 쳤다. 하지만 금태네가 집을 팔았다는 건 한 달 뒤, 옆 동에 이삿짐 트럭이 왔을 때 알았다. 전 같으면 부동산에서 반기지도 않았을 낡은 빌라를, 재개발 이야기가 나오자마자 어느 순진한 투자자에게 팔아 치우고 근처 아파트로 이사한 것이다.

지역주택조합은 원수에게도 추천 안 한다는 것은 나중에야 알게 되었다. '재수 없으면 달라는 돈은 계속 수억대로 불어나는데 막상 부지에서는 첫 삽도 못 뜨는 일이 비일비재하단다'라고 금태 엄마가 말해 주었다. 이사 후 우연히 길에서 만난 날, 호들갑을 떨면서 말이다.

참 빠르기도 하지. 그 속 보이는 호들갑에 일말의 죄책감이 묻어 있었을지도 모르겠다만 결국 주연의 입에서 좋은 소리는 나오지 않았다.

"언니, 왜 진작 나한테 말 안 했어요?"

"아니… 남이 투자하겠다는데 말 없는 것도 이상하잖아. 소명 엄마도 무슨 생각이 있는가 보다 했지."

"한마디 정도는 해 줄 수 있었잖아요. 우리가 하루이틀 본 사이예요? 나, 나 이런 거 잘 모르는 거 알면서!"

"지금 나한테 책임 물어?"

멀쩡한 결론이 날래야 날 수 없는 일이었다. 어쨌든 금태네는 십수 년간 살아온 동네를 떠났다. 이삿날 제 눈을 의심하며 이삿짐 트럭을 끝까지 뒤쫓았기에 종착지가 어디인지는 안다. 멀지 않았다.

천금2동의 알록달록한 주택가 언덕을 내려와 6차선 도로를 건너 조금 더 걸어가면 두 개 단지짜리 아파트가 주연을 굽어본다. 20년밖에 안 된 건물이라 나름으로 공동 현관 자동문도 있다. 주연은 망설임 없이 1234를 누르는 배달 기사의 등에 붙어 건물에 들어갔고, 운 좋게 우편함에서 '반'이라는 성씨가 적힌 우편물을 찾았다. 303호였다.

벨을 누르기 전 주연은 심호흡을 했다. 금태 엄마와 마지막으로 대화한, 정확히는 주연이 일방적으로 말을 쏟아 내던 날이 생각나 심장을 쿵쿵 뛰게 했다. 내가 유치했지. 시험 범위 잘못 알려 준 친구에게 따지는 중학생도 아니고…. 그때도 이 일은 자기 책임임을 알고 있었지만, 누구에게든 선택의 무게를 덜고 싶었다. 그 심보는 금태 엄마에게도 빤히 보였을 것이다.

옛일에 휘둘리지 말자고 속으로 중얼대며 벨을 누르자 잊을 수 없는 목소리가 바로 답했다.

"예, 누구세요?"

"언…. 금태 어머니 계세요? 저, 대성연립 살던 소명이 엄만데요!"

"네?"

"급해요. 금태 일이에요!"

잠시 후 문이 열렸다. 도어체인은 걸려 있지 않았다. 그것을 잠깐 달가워했다가 별걸 다 달가워한다며 자신을 구박한 후, 주연은 아까까지 입안을 구르던 말을 쏟아 냈다.

"금태가 다쳤어요! 옛날 동네, 그러니까, 우리 동네! 샛별연립 기억해요? 그 반폐허. 거기서 파쿠르라도 했는지 쿵 떨어져서 그 뒤쪽 주차장에서 발견됐어요!"

"네? 떨어졌다고요?"
"네, 나 병원 일 하는 거 기억하죠? 일단 119 불러서 거기 입원시켜 놨거든요. 다행히 상처는 심한 게 아닌데 의식이 없어서, 뭘 할래도 보호자가 있어야 하니 지금 바로 가 보셔야….."
"미치겠다."
금태 엄마가 하, 하고 짧은 숨을 뱉었다. 어째서일까. 거기에는 짜증이 섞인 것 같았다.
"금태가 아침부터 거길… 갈 수도 있겠지. 그런데 금태 파쿠르 안 한 지 꽤 됐어요."
"파쿠르가 중요해요?"
주연은 답답했다. 지금 그게 문제인가? 그러나 금태 엄마 역시 딱 주연과 같은 감정으로 주연을 마주 보고 있었다.
"아침부터 무슨 말씀이신지 도통 모르겠는데, 그거 금태 아니에요."
"네? 아니….."
"예, 예, 알아요. 금태를 하도 오래 봤으니 당연히 알아보시겠지. 그래도 딴 애예요."
"아니….."
"맞아요."
"아니!"
초등학교 4학년 때 딸과 놀다가 유리 깨 먹고 얼굴에 생긴 흉터를 내가 몰라보겠는가. 딸이 '저 옷에 곰팡이 피었길래 내가 빌려다 버렸는데 꾸역꾸역 헌옷 수거함에서 찾아 입더라'며 흉보던 중학교 1학년 때의 운동복 바지를, 뼈 부러진 날 119를 부른 후 직접 소독해 준 정강이 상처를…. 내 자식만큼은 아니어도 내 웬수만큼은 알아볼 자신이 있었다.

하나 문장은 도통 정리되지 않았고, 금태 엄마도 이 쓸데없는 단어 소모전이 지속될 것을 깨달았는지 한숨을 훅 쉬다가 뒤돌아 말했다.

"금태, 나와 봐라."

잠시 후 익숙한 얼굴이, 익숙한 체격이 금태 엄마의 옆에 서서 익숙한 목소리로 말했다.

"안녕하세요, 소명이 어머님. 금태입니다."

묵직한 목소리가 이어지는 동안 익숙한 눈썹 위 흉터가 꿈틀거렸다.

"여긴 무슨 일이세요?"

"어… 그, 금태야. 금태 맞아?"

"예, 맞습니다."

"이상하다, 분명 너, 우리 동네 오지 않았어? 예전에 살던 집 근처."

"가끔 다니죠. 하지만 좀 전에 말씀하신 것처럼 다치진 않았어요."

"아니, 그런데…."
"이제 됐죠? 금태, 들어가."
금태 엄마가 금태 어깨를 잡아당겼다. 금태는 저항하지 않고 집 안으로 들어갔다.
"누굴 잘못 봤는지는 모르겠는데 금태는 아니에요. 고생하셨네. 경찰이 뉘 집 애인지 알아서 찾겠지."
"알겠, 어요."
"진짜 토요일 아침부터 별…."
욕 같은 말투에 주연이 고개를 홱 돌렸지만, 이미 금태 엄마의 발이 현관을 넘어선 이상 할 수 있는 것은 없다. 확인할 것은 다 확인하지 않았는가. 해묵은 감정으로 새삼스럽게 멱살을 잡을 게 아니라면 말이지.
그럼에도 주연은 유치하게, 그리고 마지막 의문으로 한마디를 꾸역꾸역 덧붙였다.
"쟤, 진짜 금태 맞아요? 금태는 원래 그렇게 예의 바른 애가 아니잖아!"
벌써부터 그 아이가 했을 법한 말들이 주연의 머릿속에서 재생되었다.
'와, 아주머니 안녕하세요! 여긴 웬일이세요? 아, 혹시 저번에 밥 한 공기밖에 안 먹고 간 게… 아, 어머니, 어깨 밀지 마십시오! 가문을 지키기 위한 싸움에서 얻은 상처가 아직… 아, 등

짝 때려 봤자 엄마 손만 아파요!'

현관문을 닫는 손이 잠시 멈칫했지만, 그래도 현관문은 닫혔고 금테의 얼굴을 한 예의 바른 청소년 또한 303호 너머로 사라졌다.

텍스트 너머로까지 걱정이 뚝뚝 떨어지는 메시지가 도착했다.

[엄마, 괜찮아? 일 많아?]

[괜찮아, 별거 아냐. 집에 점심 먹을 거 있지? 챙겨 먹어, 미안해.]

[뭐가 미안해. 알아서 먹고 스카 갈게. 이따 일 다 끝나면 연락 줘.]

글쎄, 오늘 중으로 뭐 하나라도 해결이 되긴 할까. 우선 주연을 오매불망 기다리던 병동 간호사가 기겁했다.

"보호자가 없어요? 아는 집 애가 아니었다고요?"

"네."

"주연 씨가 흉터 히스토리까지 다 아셨잖아요!"

"그렇긴 한데… 방금 그 애가 집에 있는 걸 확인했어요."

"아으….'

간호사가 이마를 싸쥐었다. 그럴 법하다. 직원 부탁으로 조금 무리해서 입원시킨 환자가 갑자기 무연고자로 변신한 상황이니.
"알겠어요. 행정실에 연락해야겠네."
"저기, 아까 CT 찍었다고 했죠? 상태가 많이 안 좋아요?"
"SDH 같아요. 어, 경막하출혈. 다행히 출혈이 적어서 쌤이 수술 안 해도 될 것 같다는데, 안 다행히도 의식이 없잖아요. 그래서 보호자 오면 다음 플랜 세운댔는데, 망해 버렸네."
"아이고, 알겠어요."
"뭐 어쩌겠어요. 주연 씨는 할 만큼 했지. 보호자가 빨리 나왔으면 좋겠네."

간호사가 행정실 전화번호를 찾다가 '아, 오늘 토요일이지!'라며 또 머리를 연극적으로 싸쥐었다.

주연은 죄책감을 애써 무시하며 금태, 또는 금태가 아닌 환자가 누운 병실로 걸어갔다. 신경외과 병동에서 간호사실과 가장 가까운 곳, 유리벽 너머에 준비된 준중환자실. 가장자리 침대에 누운 아이는 비록 생경한 환자복을 걸치고 있었으나 어딜 봐도 금태였다. 적어도 주연에게는 그 낮은 목소리에 어울리는 문장인 '예, 맞습니다' 같은 멀쩡한 대답을 하는 놈보다 머릿속이 핏덩이에 눌린 다음에야 조용해진 이 아이가 더 금태다웠다.

애 엄마가 맞다면 맞는 건데. 그게 당연한 건데…. 그리 생각하면서도 주연은 환자 침대에 딸린 사물함을 열어 보았다. 보관된 환자 소지품은 입원하기 전까지 입었던 옷가지뿐. 너덜너덜한 체육복 바지 주머니를 뒤져도 신원을 확인할 만한 지갑이나 핸드폰 따위는 없었다. 이런 걸레짝을 평상복으로 입고 다니는 놈이 금태 말고 또 있나… 어라? 체육복 주머니에서 뜻밖의 물건이 나왔다. 튜브 형태의 고양이 간식이었다.

그걸 가만 들여다보고 있는데 등 뒤에서 간호사 목소리가 들렸다.

"주연 씨, 뭐 해요? 학생증 같은 거 없나 찾는 거야?"

"아, 네. 없네요!"

"뭐, 어떻게든 나오겠죠. 걱정 말고 들어가서 자요. 나이트 근무 끝나고 한숨도 못 주무시지 않았어요?"

그랬지. 새삼 깨닫는 순간 뒤늦은 피로가 몰려왔다. 주연은 간호사들에게 인사하고 신경외과 병동을 나섰다. 나부터 챙겨야지. 그래야 내 새끼를 챙기지. 병원 매점에서 레토르트 죽이라도 사다 배 간단하게 채우고 조금이라도 낮잠 잔 후, 소명이 스터디 카페에서 돌아올 때쯤 저녁을 만들어 먹이면 될 것이다. 하지만 1층 매점에서 즉석 죽을 하나 쥐고 나오던 순간 주연은 오늘 하루가 절대 자신의 예상대로 흘러가지는 않을 것임을 깨달았다.

갑자기 주연을 막아선 소년이 말했다.

"실례합니다, 백소명 양 어머니."

안 돼.

"아까 제대로 인사드리지 못한 점 사과드립니다."

그 모든 게 말이 안 된다고.

주연은 마음의 준비를 할 새도 없이 일상을 박살 내는 중인 소년을 바라보았다. 방금 금태네 아파트에서 마주했던, 금태와 똑 닮은 몸뚱이를 180도 다른 방식으로 사용하고 있는 이 자식 말이지.

"바쁘시겠지만 제게도 급한 일이 있어 결례를 무릅쓰고 찾아왔습니다."

"너, 너 뭐야? 금태 아니지? 응?"

"금태입니다. 정확히는 개선된 금태입니다. 아, 잠시 실례. 저희가 길을 막고 있었네요."

금태일 수 없는 금태가 주연의 한쪽 어깨를 감싸듯, 그러나 직접 닿지는 않고 주연을 복도 한쪽으로 이끌었다. 그 점이 더 기분 나빠서 주연은 도망치듯 복도 벽에 붙은 채 말했다.

"너 아까 우리 동네 골목길에 있던 놈 맞지?"

"맞습니다."

"네가 금태 밀었어?"

"아닙니다. 금태는 저와의 대화를 거부하고 도망치던 중 실족하였습니다."

주연은 머릿속이 새하얘진다는 게 무슨 뜻인지 새삼 느껴졌다. 문제는 그 뒤로 더 끔찍한 문장이 이어졌다는 것이다.

"저는 대화를 마무리 짓고 싶습니다. 외부인은 병실에 들어갈 수 없는 것 같던데, 어떻게 해야 구형 반금태를 만날 수 있을까요?"

1
생각을 흘리고 나온 붕어빵

얼음이 녹아 아이스 아메리카노 위층 색이 점점 맑아졌다. 코스터 밑은 이미 물바다다. 그럼에도 주연은 커피잔을 들었다 놨다만 반복하며, 아까도 세 번은 물어본 질문을 또 던졌다.

"그러니까 네가 신형 금태고, 원조 금태를 죽일 거라고?"

"죽이는 게 아니에요."

"지금 금태는 문제가 많아서 처리해야 한다며. 네가 뭐, 그거, 미래에서 온 신형 터미네이터 같은 거야?"

이놈이 하는 말을 믿기 전에 이해라도 해 보자니 그런 비유가 떠올랐다. 심지어 들어맞는 것 같기도 하다. 한쪽은 17년 내내 말도 행동도 속 터지던 T-101 아놀드 금태, 다른 한쪽은 대화할수록 사람다움을-현실성 빼고-학습하는 T-1000 금태 같은 거지.

신형 금태는 잠깐 고민하다 고개를 저었다.

"미국 정치인이 총을 쏘고 가라앉는 고전 영화 말씀하시나 본데, 잘 모르겠습니다. 차라리 제가 만들어지는 과정부터 설명해 볼게요. 그게 빠르겠어요."

"그래라."

계속 그게 진짜냐고 되묻기만 하자니 피곤하다. 결국 주연은 이번에는 끼어들지 않겠다는 뜻으로 팔짱을 끼고 의자 등받이에 기댔다.

금태가 잠시 고민하다 입을 열었다.

"이런 표현 아시죠? 유독 덜렁대는 사람에게 '쟤는 엄마 뱃속에 침착함을 놓고 나왔나 보다' 같은 말을 하잖아요."

"들어 봤지."

"이는 사람의 생성 과정에 대한 좋은 비유입니다. 우선 창ㅗㅈ가 뼈와 살 등을 반죽해 형틀에 부어 기본 구조를 성형하고, 어느 정도 안정되면 그 안에 다정함, 건강, 영악함 등의 다양한 부재료를 넣습니다."

창ㅗㅈ가 정확히 무슨 발음인지는 귀에 제대로 들어오지 않았다. 맥락상 '창조주'에 가까운 단어 아닐까 싶었고, 어차피 그게 중요한 것도 아니었다.

주연은 듣기만 하려 했는데 결국 한마디가 튀어 나왔다.

"무슨, 붕어빵 구워?"

"아, 그 비유가 더 좋을 것 같네요. 이제 빌려 쓰겠습니다."

"하이고….."

"아무튼 창ㅗㅈ는 인간 형태의 붕어빵 틀에 온갖 재료를 넣고 구운 후 세상에 내보냅니다. 물론 완벽한 붕어빵은 없습니다. 좋은 재료를 한 틀에 다 담을 수도 없거니와, 기껏 담은 재료가 틀 사이로 새고, 반죽을 뚫고 흐르기도 하니까요."

인터넷에 돌아다니는 교훈 겸 유머 이미지와 닮은 이야기였다. 신이 당신을 만들 때 엉뚱함을 조금 넣고… 애교도 조금 있으면 좋겠군! 기억력을 마지막으로… 아이쿠, 바닥에 쏟았네, 당신을 만들 때 너무 많이 들어간 재료는 뭘까요 등등. 하나 신형 금태의 이야기는 교훈과는 거리가 먼 방향으로 흘러갔다.

"금태는 창ㅗㅈ가 집어넣은 것들 중 '생각하는 능력'을 꽤 많이 흘리고 태어났습니다. 애초에 깊은 생각을 하지 못합니다. 또래와 비교했을 때 그놈이 생각이라는 걸 하는 걸 보신 적 있으십니까?"

"말 한번 심하게 한다. 너야말로 본 적 없잖아."

"보지 않아도 알 수 있습니다. 금태가 흘리고 간 생각하는 능력은 제가 다 가졌거든요."

"금태가 옆구리 터진 붕어빵이면, 너는 뭔데?"

"붕어빵을 빼도 틀 가장자리에는 익은 반죽과 팥소가 약간 남지 않습니까. 그런 겁니다. 저희는 같은 틀에서 태어났기에 붕어빵과 외형을 공유할 수도 있습니다."

"그게 말이 돼? 금태 눈썹 위 흉터는 열 살에 생긴 건데 너도 흉터가 있잖아. 그 붕어빵 틀은 남은 부스러기에도 별 A/S를 다 하나 보…."

그때 가짜 금태가 눈을 깜빡였고, 그와 동시에 눈썹 위쪽에 있던 흉터가 사라졌다.

"없어요."

가짜 금태는 한술 더 떠 바짓단을 올려붙였다. 중학교 1학년 때 할리우드 영화 속 한 장면처럼, 옥상과 옥상 사이를 자전거로 건너려다가 생긴 정강이의 흉터가 사람 놀리듯 깜빡였다.

"생각을 하면서 살았으면 금태 몸에도 이런 흉터가 없었을 텐데 말입니다."

"그거… 아까 금태 보고 따라서 만든 거야?"

"네."

주연의 머릿속에 수많은 SF가 스쳐 지나갔다. 결론은 또 처음으로 되돌아갔다.

"네가, 지금 금태 없애고 금태 노릇하려고?"

"아뇨, 매우 부족한 금태와 뛰어난 핵심 재료를 품은 제가 합쳐져 더 훌륭한… 붕어빵으로 거듭날 겁니다. 하필 붕어빵으로 비유하는 바람에 멋진 문장이 안 나오네요. 아무튼 금태는 더 나아질 수 있습니다."

"나아진다니…."

"금태를 꽤 오래 보아 오셨죠? 그동안 금태가 폐를 많이 끼치지 않았습니까. 보지 않아도 뻔합니다."

반박할 수가 없었다. 금태가 깨 먹은 동네 세간살이도 문제지만, 어린 시절부터 주연에게 얻어먹은 밥은 쌀가마니 몇 개 분량은 될 거다. 이사 후에는, 그리고 주연이 이혼하며 집에 여자들만 남게 된 뒤로는 집에 놀러 오는 일이 손에 꼽을 정도로 줄어들긴 했다. 하지만 없다는 게 아니다. 어쩌다 올 땐 귀신같이 주연이 밥할 때 찾아와서 냉동실에 쟁여 둔 만두며 대패삼겹살을 꼭 꺼내게 하지.

물론 가장 큰 폐는 고양이를 잃어버린 것. 고양이 생각에 주연의 표정이 일그러진 순간, 자칭 '생각하는' 금태가 손을 내밀었다.

"도와주세요."

"그러니까 금태를 죽이려는 게 아니라, 합체하려는 거라고?"

"예."

"금태는 골목길에서 너를 보고 도망쳤잖니."

"자신과 똑같이 생긴 인물에 대해 본능적 공포가 일었을 것으로 사료됩니다."

"무섭다는 애를 쫓아가?"

"그 아이는 저입니다. 연주연 씨의 자녀조차 아닙니다."

이번에 처음으로, 주연을 바라보는 신형 금태의 눈이 묘한 짜증을 띠는 것만 같았다. 진짜 금태에게서는 겪어 본 적 없는 복잡한 감정.

주연이 갑작스레 떠오른 질문을 던졌다.

"금태가 합체하고 싶어 할까?"

"금태도 자신의 부족함은 잘 알고 있을 겁니다."

"당연히 알아야지! 평생 잔소리를 들었는데! 그래도 혼자 맘 편하게 살던 사람이 갑자기 강제로 생각 좀 하게 만들어 주겠다고 하면 그걸 듣고 싶겠냐고."

왜 이런 말을 하는지는 주연 자신도 알 수 없었다. 그놈이 생각이라는 걸 하게 되면 한창 시험 준비하던 소명에게 이 나이에 혼자 방방이 타러 가기 부끄러우니 같이 가 달라고 연락하는 짓도 안 하겠지. 물론 선택은 금태의 몫이나, 가장 현실적인 문제가 남아 있었다.

"그리고 내가 준중환자실 문을 열어 준다고 해도 너는 금태랑 대화 못 해. 아까 떨어지면서 의식을 잃었거든. 뇌출혈이라고 알지? 금태 보호자가 와야 치료든 뭐든 하는데, 너 때문에 지금…."

"대화를 못 해도 상관없습니다. 생각을 거치지 못하는 말에 무슨 의미가 있겠습니까."

"응?"

"금태에게 최선의 판단은 제가 합니다. 문만 열어 주세요."

놈에게는 일말의 망설임도 없었다. 친숙한 얼굴이 꺼내는 친숙할 수 없는 소리에 천천히 소름이 돋았다. 거의 동시에 주연은 깨달았다. 이놈은 원본의 허락을 받지 않아도 상대와 강제로 하나가 될 수 있는 것이다.

주연이 반사적으로 외쳤다.

"못 해!"

짧은 적막. 그 뒤로 주변 사람들의 수군거림과 은근한 시선이 주연을 향했다. 신형 금태가 제 카페모카 잔을 톡톡 치며 말했다.

"여기는 공공장소예요."

그래, 내가 몰상식한 짓을 한다 이거지. 대놓고 유치한 무안을 주며 자기는 '제대로 된' 인간임을 강조하는 행동거지를 보며 주연은 다시금 깨달았다. 이놈은 금태보다는 머리가 잘 돌아간다. 그것도 남들에게 호감을 살 수 없는 방향으로. 배려심이니 양심이니 하는 건 그나마 눈곱만큼 있던 것도 죄다 원본 금태가 빼앗아 간 모양이다. 신형 금태는 주연이 산 카페모카에 손대지 않고 일어났다.

"잘 생각해 보세요. 걔를 거기 눕혀 둘수록 연주연 님이 곤란해집니다."

"알아."

"이번 기회는 다시 안 올 거예요. 일주일 내로 연락해 주세요. 집에 있을게요."

"그랬다간 금태 엄마 기겁한다. 애가 어디 아픈 모양이라고."

"금태는 외출할 때도 보호자가 기겁할 짓을 하니 상관없지 않을까 싶어요."

끝까지 주둥아리를 한 대 치고 싶은 소리를 종알대면서 신형 금태는 먼저 카페를 나갔다. 주연은 반대편 자리에 놓인, 휘핑크림까지 온전한 카페모카를 바라보며 지금까지 겪은 모든 일이 헛것이기를 바랐다. 그간 쌓여 온 고양이 걱정과 금태에 대한 짜증 위로 수면 부족이 불을 붙여 이런 환각을 만들어 냈을 수도 있지 않은가. 공포 영화에서 흔히 그러듯 난 지금 혼자서 음료 두 잔을 시킨 후 상상 속 학생과 떠들고 있던 거지.

하지만 신형 금태가 카페를 나서다가 다른 손님과 부딪칠 뻔하고 서로 고개 숙이는 모습은 헛것이라기엔 너무 생생했다. 어쩌지? 아니, 진짜 어떻게 해? 이 상황을 금태 엄마에게 솔직하게 말할 수는 없다. 솔직하게 말했다가 아까처럼 문전박대만 당하면 차라리 다행이지. 여차하면 남의 자식 갖고 이상한 협박하는 여자로 소문나는 거다. 그렇다고 신형 금태가 원하는 대로 한다면?

신형 금태는 두 명의 금태가 합쳐져 훌륭한 붕어빵으로 거듭날 거라 했다. 쓸데없는 수식어를 빼고 보면 합체하겠다는 뜻이겠지. 요구대로 놈을 준중환자실에 들여보내 준다면 골치 아픈 두 명의 금태는 사라지고, 튼튼하면서도 드디어 생각이라는 걸 할 줄 알게 된 금태 한 명이 침대 위에서 눈을 뜨게 될까.

사실, 데려가는 건 어렵지 않다. 바이탈 측정 시간을 피해 모자 하나 씌워서 들어가면 다들 직원과 함께 들어온 보호자겠거니 할 것이다. 또한 환자를 24시간 감시하는 것은 가슴과 손가락에 이어진 케이블뿐, 안에서 사고라도 터지지 않는 한 누가 복도 CCTV를 돌려 볼 일도 없다. 병원에도 해피 엔딩이지. 마침내 금태 엄마를 병원에 불러 병원비를 받아 낼 수 있게 될 테니까.

금태가 재탄생을 원하느냐 마느냐 하는 문제는 일단 집어치우자. 어차피 물어볼 방도도 없다. 다만 주연의 발목을 잡는 건 44년간 살아오면서 얻은 단 하나의 진리였다. '세상에 모두가 이득 보는 결말은 없다.'

공포 영화만큼이나 어처구니없는 상황에 부닥친 김에 공포 영화 같은 미래라도 상상해 볼까. 준중환자실에 들여보내 준 지 10분 뒤 금태는 시신으로 발견되고, 저놈은 도망치고, 주연 자신은 범인으로 몰린다. 또는 성공적으로 하나가 된 후 완벽해진 금태가 '이제 내 비밀을 아는 사람은 당신뿐이군요?'라며 의미심장하게 웃는 모습도 상상해 봄 직하다. 보통 공포 영화 엔딩이 이런 식이지.

어찌 되었든 섣불리 저놈을 준중환자실에 들여보내서는 안 된다. 거기까진 확실한데, 다음에는 무엇을 해야 할까. 바로 오리무중이 펼쳐진 와중 피곤한 머릿속에서 누군가가 속삭이는 것 같다. 연주연, 넌 할 수 있는 일은 다 했잖아. 붕어빵이고 나발이고 알 게 뭐야, 네가 금태를 밀기라도 했어? 책임질 것 없다니까? 들어가서 잠이나 자자.

꽤 달콤한 목소리였다. 하지만 눈앞에는 아까 체육복 주머니에서 나온 고양이 간식이 어른거렸다. 고양이에게 관심 없던 금태의 소지품으로는 너무 이질적인 물건. 금태는 어쩌면 주연네 고양이를 찾으려던 중 붕어빵 내용물에 쫓기기 시작한 것 아닐까.

생각하다 말고 주연은 이를 악물었다. 나름 제 실수에 책임지려던 어린애를 두고 어른이 물러날 수는 없다 싶었다. 그리고 솔직히, 어디 말하기에는 다소 유치한 사유지만, 좀 전에 어른한테 공공장소 운운하던 신형 금태가 아니꼽기도 했다.

그런데 저 애는 갑자기 어디에서 나온 거야? 왜 지금? 금태가 정신머리 없이 살아간 게 하루이틀 일이던가. 그 꼴이 안타까웠다면 몇 년은 일찍 찾아왔어야 할 텐데 왜 17년이나 기다린 걸까? 어쩌면 기다린 게 아니라, 지금 올 수밖에 없었던 거 아닐까? 붕어빵 가장자리는 아무리 맛있어도 상품으로 팔릴 수는 없다. 보통 틀에 붙어 있다가 붓에 쓸려 바닥으로 떨어져 끝날 뿐이다. 그렇다면 폐기되었어야 할 가장자리는, 어쩌면 우연한 기회에 붕어빵 수레를 탈출해서 여기까지 달려온 게 아닐까?

붕어빵 상인이 이제 와서 애프터서비스로 가장자리를 보내진 않았을 거 아냐. 저놈이 아까 다시없을 기회라고 말한 것도 본인 기준에서나 기회인 거고. 붕어빵 상인, 그러니까 저놈 말대로라면 창조주 같은 양반을 찾아 돌려보낼 수는 없나? 물론 비유는 비유일 뿐, 아무것도 확신할 수는 없다.

주연은 수면 부족과 스트레스로 지끈지끈 아파져 오는 머리를 위해 입안에 카페모카 휘핑크림을 쓸어 넣었다. 단맛 때문인지, 따로 추가한 초콜릿 칩이 오독오독 씹히는 단순한 자극 때문인지 기분이 조금 나아졌다. 사탕 물려 주면 웃는 어린애 같다만… 좋은 게 좋은 거지.

조금 맑아진 머릿속에 아까 놈이 했던 말이 떠올랐다. 신형 금태는 자신에 대해 설명할 때 '저희'는 같은 틀에서 태어났다고 했다. 언뜻 생각하면 구, 신형 금태를 아우르는 단어 같지만, 그게 신형 금태와 같은 입장인 '틀에 남은 것들'을 의미하는 건 아니었을까? 다시 말하자면, 붕어빵 수레에서 탈출한 게 과연 저놈 하나뿐일까?

주연의 머릿속이 다소 유치한 방향으로 움직였다. 어쩌면 같이 고생할 사람을 찾을 수 있을 것 같았다.

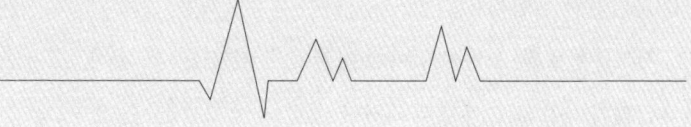

삐, 똑, 푸슈우우욱, 삐, 똑, 푸슈우우욱….
"이거 풀어 줘요오오. 아가씨, 난 여기 있을 사람이 아니라니까."
"저 아가씨 아니에요. 환자분, 정신 드셨으면 이름이랑 나이 말해 보세요."
짧은 질문이 정신을 깨웠다. 쉬운 질문이니 바로 답해야겠지. 반금태. 열일곱 살. 하지만 정작 입술이 움직이지 않았다. 금태 대신 옆에서 웬 남자가 외쳤다.
"이복석. 올해로 예순여섯!"
"네, 맞아요. 머리 아파서 병원 오신 거 기억하세요?"
옆자리 아저씨를 향한 질문이었나. 뒤늦게 눈치챘으면서도 꿈꾸는 듯한 금태의 머릿속은 남의 질문에 탑승해 제 기억을 헤집었다. 머리가 아팠던 건 기억한다. 샛별연립 담장에서 발을 헛디뎠다. 병원에 온 기억은 없다.

"내가 왜 여기 있냐구우우우. 마누라, 우리 와이프 좀 불러 줘!"

"아직 안 돼요. 머리 수술하고 나온 지 얼마 안 되셨어요. 자, 여기가 어디라고 했죠?"

"여보오오오! 여기, 누가 나 묶어 뒀다!"

"서독종합병원 신경외과 준중환자실이에요. 소리치지 마세요. 혈압 올라가서 위험해요."

서독종합병원. 소명이 엄마네 직장이다. 기억, 날 것, 같아.

금태가 속으로 고래고래 외쳤다.

'간호사님! 나도 대답할게요! 마지막으로 소명이 엄마가 저 쫓아오는 거 봤어요! 생각보다 엄청나게 잘 뛰시더라고요!'

분명 도와주려고 오신 거겠지. 그 코뿔소 같은 등치로 앞도 안 보고 뛰어다니냐고, 나잇값 좀 하라고 혼내시겠지만. 얌전히 혼날게요. 그놈이 사라진 게 확실하다면 얼마든지.

금태의 안개 낀 머릿속에서도, 어쩌면 안개 낀 머릿속에 딱 어울리는 형태로 '그놈'의 기억이 천천히 되살아났다.

오늘 아침 금태와 똑같이 생긴 놈이 길을 막아서며 말했다.

"반금태, 네 제정신을….'

금태는 더 들어 보지도 않고 놈을 급히 지나쳤다. 본능으로 발걸음을 내디딘 뒤에야 대뇌가 붉은 사이렌을 지잉지잉 울려 방금 그 행동의 근거를 댔다. 좁은 골목길에서 다짜고짜 사람 막아서는 놈, 반말하는 놈, 팬티만 걸친 놈, 게다가 얼굴까지 똑같이 생긴 놈이 말

섞어서 좋은 인간일 리 없었다. 심지어 놈은 금태에게 무시당하자 바로 분노해서는 쫓아오기 시작했다.

"반금태애애애!"

금태도 땅을 박차고 달리며 생각했다.

'소명 어머니, 저는 운동장 아니면 아프리카 대초원에서만 뛰어야 한다고 하신 적 있죠? 그 말을 오늘 이해했습니다. 분노한 하마처럼 달려오는 제 몸뚱이를 목격한 뒤에요.'

맨발이라서인지 놈은 금태보다 조금 느렸다. 희소식은 아니었다. 놈은 정말 필사적으로, 때로는 사냥하는 표범처럼 때로는 쫓기는 토끼처럼 골목을 달리고 차를 뛰어넘었다. 파쿠르가 취미였던 금태도 위험해서 안 할 짓들을 서슴없이 저질렀다. 그러는 동안, 처음에는 분명 팬티 바람이었던 놈은 희한하게도 돌아볼 때마다 금태와 비슷한 옷차림으로 변하고 있었다. 바로 그 모습이 팬티 바람일 때보다도 두렵게 느껴졌다. 잡히면 정말 돌이킬 수 없게 될 것만 같다는 불안함이 금태의 마음에 피어올랐다.

그게 문제였다. 파쿠르의 핵심은 두려운 미래를 상상하지 않는 것이다. 아무 생각 없이 달린 사람만이 멀리 뛰어 안전하게 저 건너편에 도달할 수 있는 법인데….

아슬아슬한 각도로 샛별연립 담장에 오른 순간 쫓아오던 놈이 큰 소리로 외쳤다.

"겨우 네 주변에 떨어졌는데… 난, 절대 못 돌아가!"

떨어진다는 단어가 머릿속을 맴돈 순간 금태의 발걸음이 어긋났고, 잠시 후 세상이 기울어졌다. 머릿속에 빨간 점이 퍼졌다. 눈앞이 번쩍이더니 서서히 얼룩덜룩해졌다.

"금태야!"

어디선가 아는 목소리가 들렸다. 금태는 대답하지 못했다. 그랬다간 사냥꾼에게 들킬 것 같았다. 아, 그런데 사냥꾼이 벌써 내 눈앞에 와 있네? 사냥꾼이… 이런 짓을 하는 사람이었나?

놈이 금태의 목 아래, 빗장뼈가 서로에게 기대며 움푹 들어가는 곳에 양손 엄지를 가져다 댔다. 그곳을 짓누르던 엄지는 어느새 살 밑을 파고들었다. 인대를 넘어 뼈에 닿고… 아파. 아파. 안 돼. 가르지 마. 들어오지….

그리고 구세주 같은 목소리가 또다시 들렸다.

"금태야!"

몸을 가르던 손가락이 순식간에 사라졌다. 소명이 엄마가 가슴팍을 철썩철썩 두들겼다. 먼 데서 사이렌이 울리고, 그때부터 마음이 놓이면서 머릿속이….

삐, 똑, 푸슈우우욱, 삐, 똑, 푸슈우우욱….

간호사의 신발 소리가 옆으로 다가왔다.

"방금… 아니, 그 이름 아니랬지. 환자분, 학생, 내 목소리 들려요? 들리면 제 손 쥐어 보세… 어?"

2
결단력이 빠진
붕어빵

1

"손님, 준비되셨어요? 되셨으면 이쪽 침대에… 손님?"

텅 빈 대기실. 뒷마당으로 향하는 쪽문이 열려 있었다. 시나는 다급히 쫓아 나간 뒷마당에서 막 담배에 불을 붙인 손님을 발견했다.

"손님! 저기, 죄송한데요. 여기서 담배 피우시면 안 되세요, 주택 안이라. 집주인 할아버지가….".

시나는 2층을 살피며 소곤댔다. 눈 동그래진 손님이 담배를 우물거리며 대답했다.

"아, 죄송해요. 한동안 못 피울지도 모른다 싶어서."

"담배는 괜찮아요, 술하고 찜질이 안 되지. 일단 끄신 후 들어오세요."

손님은 시나의 다급한 손짓에도 아주 느리게, 한 모금을 깊이 빨아들인 뒤에야 담배꽁초를 휴대용 재떨이에 집어넣었다.

그것만으로도 시나는 손님에게 감사했다. 뒷마당에 꽁초가 굴러다니지 않는 게 어디인가.

"마지막으로 고르신 부위와 시안 확인하실게요. 오른쪽 어깨, 이 크기 맞으시죠?"

"맞아요."

"침대에 올라가실게요. 시작해요."

전사지를 떼어 낸 어깨에 보라색 혹등고래가 남았다. 기계 구동음에 타투는 처음이라던 손님이 어금니를 박살 낼 듯 악물었던 것도 잠깐. 통증이 각오보다 덜하다 싶었는지, 금세 풀린 긴장은 쉬는 시간에 질문으로 쏟아져 나왔다.

"저 사진에 있는 해파리 타투도 타투이스트님이 하신 거예요? 예쁘다."

"엄청 예쁘죠? 같은 작업실 쓰던 친구랑 서로 해 준 거예요."

"혼자 작업하는 거 무섭지 않아요? 저 솔직히 여기 찾아오는 길에 쫄았거든요. 무당집이나 '콤퓨타세탁' 있는 골목을 거의 10년 만에 본 것 같아. 쌤이 딱 마중 안 나왔으면 도망칠 뻔했어요."

시나는 애써 자학 같지도, 공격 같지도 않은 단어를 골라 답했다.

"동네가 레트로하고 괜찮지 않아요? 옛날 집이라 마당에 수돗가도 있고, 공간이 넓다 보니 손님들 대기실도 별도로 넓게

둘 수 있고."

"아하, 월세가 싸구나."

손님이 혼자 납득하고 깔깔 웃었다. 시나는 방금 한 말들을 씹어 삼키고 싶어졌다. 그래도 그는 작업 중에는 조용하고, 작업 후에는 '진짜 예쁘다!'라는 말과 셀카를 멈추지 않는 좋은 손님이었다. 무엇보다도 타투가 처음이라기에 부담이 컸는데 결과물에 흡족해한다는 점이 가장 사람을 안도하게 만든다. 시나는 속으로 가슴을 몇 번이고 쓸어내렸다.

4월, 아직 날이 서늘한데도 손님은 카디건을 손에 쥔 채 민소매 차림으로 작업실을 나섰다. 대문 밖에서 몇 번 더 사진 찍는 소리가 들렸다. 이제 작업실을 정리하려던 시나의 머리에 아까 상황이 떠올랐다. 저 손님, 들어오는 길도 헤맸는데 나가는 길이라고 제대로 갈 수 있으려나. 지하철역까지 바래다드리면 점수 더 딸 수 있지 않을까?

벌써 머릿속에 부탁한 적도 없는 SNS 리뷰가 떠올랐다. '하해타투 사장님 정말 친절하세요 :D 들어가다 길 잃어 먹었더니 바로 데리러 오시고, 끝나고 나오는 길에도 바래다주시더라고요! #하해타투 #타투추천.' 그러나 상상력은 좋은 방향으로만 작동하진 않았다. 바로 머릿속이 누군가의 우울한 청사진을 꺼냈다. '그러다 손님 바래다드리는 게 루틴이 되면 어떻게 해. 바쁜 날 누군 배웅해 주고 누군 안 했다가 컴플레인 걸리면 막

단골 잃고….'

그렇게 제 생각에 갇혀 어정쩡하게 서 있을 때, 시나가 움직여야 할 일이 생겼다. 손님이 골목길을 내려가다 말고 담배를 꺼낸 것이다. 시나는 안절부절못하다가 결국 발걸음을 옮겼다.

"소, 손님!"

"어? 저 뭐 두고 나왔어요?"

"오실 때 길 찾기 힘들었다고 하셨잖아요. 쿨럭, 바래다드릴까 해서요."

"그럼 저야 감사하죠! 마침 궁금한 거 있었거든요? 샤워할 때요…."

오늘의 흑등고래 손님은 헤어지는 순간까지도 '다음에 또 예약할게요!'라는 기분 좋은 문장으로 대화를 마무리했다. 제발 빈말이 아니었으면 좋겠다. 반소매만 입고 뛰쳐나왔던 시나는 팔을 문지르며 골목길을 되짚어 올라갔다.

천금2동 언덕의 세 번째 골목길. 이웃한 반지하방 두 개가 시나의 살림집과 타투 작업실이다. 작업실 커튼을 젖히자 베드를 닦던 시호가 시나를 맞이했다.

"와, 누나, 타이밍 끝내준다. 방금 집주인 다녀갔어."

"영감님이 또 뭐래? 아까 손님이 뒷마당에서 담배 딱 1초 피웠는데, 그새 봤나?"

"심심해서 온 것 같던데. 나한테 군대 다녀왔냐고 하더라."

"참 대단한 거 물어보신다."

"근데 누나, 아까 손님이 골목에서 담배 피울까 봐 쫓아간 거지?"

옆방에 계속 숨어 있었으면서 눈치는 더럽게 빠르다. 시나가 고개를 끄덕였다.

"타투 있는 여자가 담배 피우면 영감님이 꼭 나한테 시비 걸잖아. 우리 손님 때문에 동네 분위기 망가진다고. 근데 그걸 손님한테 곧이곧대로 말할 수도 없고."

"골목길에 '금연 구역'이라고 써 놔."

"한국인은 '금연 구역' '주차 금지' 그런 글씨를 못 읽어. 아, 영감님 진짜 소소하게 짜증 난다니까. 천금동 고딩들이 다 여기 몰려와 너구리굴 만드는 건 무시하면서…."

복잡한 골목과 골목 사이, 교복 차림의 녀석들은 인적이 드문 공터를 귀신같이 찾아낸다. 몇 걸음만 나아가도 담배꽁초 무덤을 찾기란 어렵지 않다.

투덜거림을 쏟아 낸 시나가 바늘을 정리하려 할 때, 베드를 다 닦은 시호가 한숨을 쉬었다.

"문제가 있으면 말을 해라, 누나야. 누구에게든."

"무슨 말?"

"손님, 가게 근처에서 담배 피우지 마세요. 길빵은 불법입니다. 영감님, 무급 금연 홍보 대사로 일하시는 건 좋은데 젊은 여자들에게만 시비 거는 거 재수 없어요."

"우리 쫓겨나는 꼴 보고 싶냐."

"화병으로 죽는 것보단 낫겠네. 답답하게 굴지 마."

시호는 걸레를 들고 작업실을 나갔다. 그 등을 바라보며 시나는 수년간 씹어 온 문장들을 오늘 또 짓뭉갰다.

'시호야, 슬슬 아르바이트라도 할 생각은 없어? 너 이제 우리 손님하고 마주쳐도 눈 안 피하잖아. 저번에는 친구 편의점 야간 아르바이트 땜빵도 서 줬다며. 나 외박했던 날 네가 동창 만나서 술 마신 것도 알아. 그 정도면 이젠….'

됐다, 동생인데 내가 챙겨야지. 시나는 고민들로부터 도망치듯 '이제 산책 좀 해야 해'라는 핑계를 떠올리면서 작업실을 나섰다.

어릴 때부터 그랬다. '하시나, 좋은 건지 싫은 건지 말 똑바로 해! 애가 왜 이렇게 답답하니.' 시나는 '비비빅 먹을래, 빵빠레 먹을래?' 같은 가벼운 질문에도 한참 고민했다. 둘 다 맛있어. 나는 빵빠레의 과자 부분을 더 먹고 싶은 것 같긴 해. 그런데 동생은 지금 앞니가 흔들흔들하잖아? 동생이 나 때문에 비비빅을 먹다 앞니가 빠지면 어쩌지?

시나는 끝까지 망설여서 할머니 속을 터지게 만들다가 결국 시호에게 결정을 맡겼다. 심지어 '누나가 양보할게, 네가 먹고 싶은 걸 골라'라고 생색내며 선택을 미룰 센스도 없었지. 할머니가 매번 혀를 찼다. '얘는 지 곤조를 다 지네 엄마 뱃속에 두고 태어났나 봐.' 간식 못 고른다고 손녀에게 '곤조'라는 단어 씩이나 쓸 일인가 싶지만, 어쨌든 시나는 자신이 어머니의 배에 무엇이든 두고 나왔다는 데에는 동의했다. 더 나이를 먹고, 더 많은 단어를 배운 뒤 그 '곤조'는 시나의 머릿속에서 '결단력'이라는 멀쩡한 단어로 바뀌었다.

물론 이름을 찾아 붙인다 해서 단점이 '나를 이제야 알아봐주었구나!'라며 감복해 장점으로 승화하는 기적은 일어나지 않았으며 우유부단하게 고민하는 삶은 계속 이어졌다. 그나마 사회생활을 겪은 뒤에는 손님에게 '여기에서 담배 피우시면 안 돼요!'라고 한 번은 말할 수 있는 어른이 되었지. 하지만 두 번은 안 된다. 진짜 골목에 금연 안내문이라도 붙일까? 이 동네에서 눈에 띄려면 안내문에 이레즈미(일본식 문신)라도 박아야겠지만.

단층부터 4층까지 스카이라인이 쉴 새 없이 춤추는 골목길은 건물마다 외관도 다양하다. 붉은 벽돌을 올렸거나, 70년대에 유행했을 우둘투둘한 흙벽으로 지어졌고, 이제 무너져 가는 시멘트 건물에 대학생들이 자원봉사로 벽화를 그려 넣기도 했다. 건물들 외벽에는 인터넷 IP TV 한 달 1만 원대, 고양이 찾습니다, 진짜 들기름 팝니다, 인류 탄생의 비밀을 전합니다 등의 전단지가 어우러져, 어지간한 광고지는 명함도 못 내밀 상황이다. 레트로는 개뿔. 그냥 안 바뀐 거지. 나 어릴 때 그대로야.

돌아오고 싶진 않았지만 그놈의 월세가 문제였다. 값싼 동네들을 두고 저울질하다 결국 천금2동을 골랐다. 적어도 아는 곳이 낫겠다 싶었다. 모험이 두려웠다. 문신한 여자와 집에 틀어박힌 남자가 안면 있는 어른들에게 무슨 소리를 들을지 알면서도 말이다.

덕분에 잔소리할 법한 사람 얼굴 먼저 알아보고 피하는 능력만 늘었다. 아, 저 사람은….

아는 여자가 다가오는 게 보였다. 딸 하나 키우는 간호조무사였던가. 소명이라는 이름의 저 집 딸과 놀아 준 기억은 있다만, 그것도 옛날 추억이지. 딱히 말 섞을 일은 없는 사람이다. 시나는 가볍게 묵례했다. 당연히 저분도 눈인사만 하고 그냥 지나가겠….

"저기… 학, 생."

아니, 그 여자는 어색하기 짝이 없는 호칭을 읊으며 시나의 옷소매를 잡았다.

"네?"

"예전에 연등보살 옆집 살던 남매 맞죠? 이름이 하, 시나."

"와, 기억하시는구나! 네, 지금은 세탁소 할아버지네 반지하에 살아요. 소명이는 잘 있죠? 예전에 골목에서 금태랑 막 뛰어다니던 거 기억나는데. 소명이 엄청나게 똘똘했잖아요."

"맞아요. 애들 다 똑같이 잘 지내요. 금태는 길 건너 아파트로 이사 갔고."

하나도 궁금하지 않은 이야기였다. 정작 이분도 자신이 말하는 내용에 별 관심이 없는 것 같다. 따로 할 말이 있나 본데… 그것도 쿠션을 100장은 쌓아야 겨우 꺼낼 수 있을 법한 아주 불편한 말.

그러고 보니 이 집 딸이 이제 고1이라던데, 왜 이 동네에서 타투숍을 열어 천금2동 면학 분위기에 찬물을 끼얹느냐는 말이라도 하시려는 걸까. 경우가 없는 사람은 아니었던 것 같지만 원래 모든 경우는 없다가도 자연 발생하기 마련이지.

머릿속으로 수십 가지 공격적 언사와 그에 대한 반박을 고민하던 중, 소명 어머니가 예상 밖의 질문을 던졌다.

"혹시, 집에 시나 씨랑 똑 닮은 사람이 온 적 없어요?"

"네?"

"얼마 전 세탁소 골목을 지나가는데, 시나 씨하고 비슷하게 생긴 사람이 어정거리는 것 같더라고요."

"제 동생 보신 게 아니고요? 시호요."

말하면서도 시나는 속으로 질색했다. 솔직히 둘은 닮은 구석이 없지만, 이건 누나로서의 현실 부정일 뿐 남들 눈에는 비슷해 보일지도 모르지.

그러나 소명 어머니가 되물었다.

"시호는 집에서 안 나온다고 하지 않았나요?"

순간 시나의 표정이 굳었다. 망할, 말한 적도 없는데 부끄러운 소식은 먼저 골목으로 달려 나간 모양이다.

소명 어머니가 뒤늦게 제 말실수를 깨달았다.

"어머, 미안. 내 정신 좀 봐."

"…아니에요. 개도 꽤 좋아졌어요. 얼마 전에 편의점 아르바이트도 했고."

"아, 다행이다."

"걱정해 주셔서 감사해요. 그럼 전 들어가 볼게요."

시나가 대놓고 소명 어머니를 지나쳤다. 이게 시나가 할 수 있는 최선이었다. 소명 어머니도 이 정도면 미안해서라도 알아서 물러나겠지. 그러나 이번에도 예측은 어긋났다.

"꼭 말해 줘요! 닮은 사람이 근처를 어정거린다, 희한한 제안을 한다 싶으면 꼭 나한테 알려 주기에요! 그냥 희한한 것도 아니고 완전 미친 소리 하는 사람."

이번에는 대꾸도 하지 못했다. 좋은 말이 나오지 않을 것 같아서였다. 시나는 애써 모르는 체하며 발걸음을 재촉해 그녀로부터 멀어졌다.

"하시호, 나 겁나 이상한 사람 만났… 으에이!"

현관 앞, 시호에게 안겨 있던 고양이가 시나보다 더 놀라며 잽싸게 도망갔다. 윤기가 반지르르한 검은 털을 가진 녀석의 뱃살이 좌우로 흔들렸다.

"아, 개놀랐네."

"누나보다 쟤가 더 놀랐지. 아, 계속 간식만 먹고 튀다 오늘 처음 안겼는데."

"됐고. 나 요 앞에서 이상한 사람 만났다."

"거울 보고 온 거 아니고?"

"집구석에는 개념 없는 새끼가 있네."

"악, 바늘을 왜 들어!"

시나가 바닥에 놓인 핸드포크용 바늘을 집어 들자 시호는 기겁하며 집 안으로 데굴데굴 굴러 들어갔다. 시나는 현관문을 닫고 거실에 앉았다.

"너 혹시 걔네 기억하냐? 대성연립에 살던 초딩들. 똘똘한 여자애랑 대박 정신 사나운 남자애."

"기억하지. 소명이랑 금태. 내가 가끔 걔들이랑 놀아 줬잖아. 근데 왜?"

"소명이 엄마를 만났는데, 되게 무례한 소릴 하시더라고."

"누나가 먼저 긁은 거 아냐? 그거 알아? 소명이네 몇 년 전에 이혼했대."

"헐… 그런 쪽으로 오해 살 말은 안 했어! 진짜!"

"그럼 그건 알아? 몇 년 전에 소명이 엄마랑 금태 엄마가 빌라 재개발 문제로 대판 싸우고 연 끊었대. 금태네는 길 건너 아파트로 이사 갔고."

시나는 잠시 할 말을 잃었다. 동생 놈으로부터 '누나가 잘못 했겠지'라는 소리부터 들었는데 화가 안 나는 건 처음이었다.

"넌 어디서 그런 이야기를 알아 오냐. 동네 반상회 다녀?"

"영감님이 2층에서 문 열어 놓고 떠들면 완전 계시가 따로 없음."

"아….”

소명 어머니의 근황에 관해 혀를 차다가, 시나의 걱정은 결국 눈앞의 시호를 향해 되돌아왔다. 차라리 2층 영감님과 수다 떨다 들은 이야기라고 하면 누나 월세 깎아 달라는 얘기라도 해 보지 그랬냐, 같은 실없는 소리인 척 돈 이야기라도 꺼냈을 텐데.

띠롱, 핸드폰 알림에 시호가 몸을 홱 돌렸다. 시나가 어깨 너머로 물었다.

"폰 살린 거 맞지?"

"그냥 게임 알림이야. 누나는 누나 일 해."

대화를 일방적으로 끝내고 시호가 게임 화면을 켰다. 시나는 그 모습을 바라보며 속으로 물었다. 누나 일? 그럼 네 일은 뭔데. 녹색 괴물에 맞서 성을 지키는 거? 시나는 질문을 꿀꺽 삼키며 몸을 일으켰다.

시호는 3년 전까지 한 유통 업체 창고에서 일했다. 작아도 다부진 몸으로 성실하게 일해서 현장 사람들에게 제법 귀염을 받았다고 한다. 문제는 시호가 근무 중 허리를 다치면서 시작되었다. 인력 충원이 안 되어 며칠을 혼자 일하다 갑자기 힘이 빠져 주저앉은 그 애 위로 업소용 락스 18킬로그램 말통 상자가 떨어졌다.

뒤늦게 연락받고 병원에 달려간 시나는 오래간만에 말 섞게 된 동생에게 애써 농담을 던졌다. 젊으니 금방 나을 거다, 돈 받고 쉬겠네. 하지만 아는 척 던진 말은 다 틀렸다. 직장은 병원비도 위로금도 지급하지 않았다. 휴가도 없었다. 대신 '편한 일로 바꿔 줄게. 사무실에 앉아서 자판만 두들기면 되는 거야'라며 선심을 베푸는 듯한 제안을 했다. 괜찮을 것 같았다. 굳이 '업무상 재해' 같은 말을 입에 올릴 필요는 없잖아? 서로 좋은 게 좋은 거지.

시호는 몇 주 후 퇴원했고, 남매는 예전처럼 데면데면한 관계로 돌아갔다. 그래서 시나는 동생이 새로 출근한 사무실에서 반년간 무슨 일을 겪었는지 알지 못했다. 어느 새벽 시호는 옛 근무처인 창고로 나가 시동 걸린 지게차 앞에 엎드렸다. 다행히 다친 사람도 다친 물건도 없었으나 동생의 모습은 CCTV에 고스란히 찍혔고, 저번 사고 때와는 달리 파출소로 끌려갔다. 그날 입을 꾹 다물었던 시호는 누나에게만 진실을 말했다.

"팔을 다치면 사무실에 안 가도 될 것 같다는 생각밖에 안 들었어."

그 소원은 나중에, 꼭 원숭이 손에 빈 것처럼 이루어졌다. 두 달 쉬다 다른 창고에 취직한 동생은 사수가 한숨을 내쉬던 순간 갑자기 숨이 안 쉬어진다면서 새 직장을 뛰쳐나왔다. 다른 물류 창고에서도, 아예 분야를 바꿔 본답시고 등록했던 손해평가사 학원에서도 비슷한 일이 벌어졌다. 이후 시호는 고시원에 틀어박혔다. 명목은 손해평가사 시험 독학이었지만 실제 녀석이 하는 일은 혼자 틀어박혀 있는 것, 그 자체였다.

처음부터 동생을 거기서 끌고 나오려던 건 아니었다. 시나는 친구네 전셋집에 얹혀사는 처지였고 수입은 적었다. 누나로서 할 일은 다 했다 자부한다. 허리를 다쳤을 때 간병은 물론이요, 핸드폰 요금과 고시원비도 두 번은 내주었는걸. 더는 못 챙겨. 고시원 총무가 이런 문자를 보내도 말이지.

[시호 씨가 그 방 바퀴벌레 방역한 이후로도 계속 안 나오세요. 걱정되는데. 자꾸 누나께 연락드리는 것도 염치없네요.]

또 고시원비 낼 날이 왔나. 마지막으로 딱 한 번만 대납해 주고 총무 번호를 차단할까 고민할 때 다음 문자가 도착했다.

[혹시 하정석이라는 분도 가족이세요?]

시나는 바로 전화를 걸었다.

"그 이름 어디서 보셨어요?"

"아, 방역할 때요. 신경 쓰지 마시고요. 제가 어떻게든 해 볼 게요!"

아르바이트를 병행하며 귀신 나올 것 같은 투룸을 겨우 구해 동생을 이사시키러 간 날, 고시원 책상에 놓인 계산기가, 정확히는 거기 붙은 견출지가 총무가 얻은 정보의 출처를 알렸다. '하정석 1990.'

"하시호, 이딴 건 어디서 찾아서 들고 다녔냐."

"할머니가 갖고 있더라."

"새것 사."

시나는 녀석이 계산기를 제대로 쓰지도 않을 것임을 깨끗한 손해평가사 문제집들을 보고 짐작했지만, 그럼에도 새 계산기를 사 주었다. 하지만 빼앗아 온 아버지의 계산기를 내다 버리지도 못했다.

다행히도 동생의 상태는 차근차근 나아졌다. 누나와 함께여야만 지하철을 탈 수 있던 애가 점차 혼자 병원에 다닐 수 있게 되었고 언제는 옆자리 환자와 번호를 교환했다는 소리까지 했다. 정말 다행이었다.

그때 시나는 아르바이트와 타투 일을 병행한답시고 하루 네다섯 시간씩만 잤다. 그 여파로 커버업 타투를 하러 오신 손님의 팔뚝에 있던 옛 남친 이름을 가리기는커녕 그 가장자리에 보태니컬 아트를 박아 넣어 전 남친을 더욱 아련하게 만들 뻔하는 등 인생을 아슬아슬하게 버텨 나가던 중이었다. 무엇보다도 투룸 월세를 대는 게 힘에 부쳤다.

두 달의 고민 끝에 시나는 입을 열었다.

"동생아, 나 슬슬 개인 작업실로 나가려고 하거든."

즉, 나는 조만간 목돈을 날려야 해.

"돈 문제로 작업실에서 먹고 자야 할 것 같아."

즉, 네 공간 따위 없는 좁아터진 곳으로 갈 거란다.

"좀 고민되긴 하는데, 서른 되기 전에는 독립하고 싶어. 하는 게 낫겠지?"

제발 괜찮다고 해 줘. 너도, 나도 이제는.

하지만 너무 멀리 돌려 말한 문장은 원하는 결과를 단 1퍼센트도 얻어 내지 못했다.

"누나, 얼마 전에 손님 구남친 이름 가리는 타투 해 줬다가 그 구남친이 누구 허락받고 지웠냐고 쳐들어와서 깽판 쳤다며. 여자 혼자 작업하면 무섭지 않겠어?"

"여성 손님만 받을 거야."

"그 새끼도 손님이라 온 건 아니었잖아. 친구라도… 아, 맞다. 내가 밥값하면 되네?"

"뭔 값?"

"이상한 새끼가 쳐들어오면 나 불러. 내가 소리 들리면 방에서 튀어나올게!"

망할. 시호는 자기가 누나와 함께할 거라 확신하고 있었다. 심지어 기특하기까지 한 시호의 당당함 앞에서 시나는 더더욱 아무 말도 하지 못했다. 어차피 독립은 정해진 일이었기에 투룸 겸 작업실을 찾았고, 서울 내 고만고만한 후보 중 고른 장소가 결국 천금2동이었다.

동네 사람들은 타투숍을 달가워하진 않았지만 한때 이곳에 살았던 남매는 반갑게 맞이했고, 연남동 공용 작업실에서 만들어 온 커리어는 새 가게 살림을 꾸려 나갈 원동력이 되어 주었다. 또한 지난 몇 달의 영업 기간 동안 동생이 완전히 무용하지는 않았노라고 할 수 있겠다. 다만, 동생에게 정말 하고 싶은 말은 그깟 칭찬이 아니다. 하시호, 이 쥐똥만 한 가게에서 잔심부름하는 게 뿌듯해? 그게 정말 나에게 필요할 것 같아? 특히 네게 정말로 필요한 말은….

아니. 송곳처럼 벼려지던 문장은 지게차 앞에 엎드리던 동생의 모습을 상상하는 순간 머릿속으로 되돌아갔다.

시나는 녀석의 등을 툭 차며 말했다.

"성 지키고 가게도 좀 지켜라."

시호는 핸드폰에 시선을 고정한 채로 말했다.

"오늘 손님 또 와?"

"온라인 상담만 한 건 있어. 근데 야, 나 뭐 하나 물어보자."

"뭔데."

"너랑 나랑 닮았어? 솔직하게. 얼굴 기준."

"내가 이 얘긴 안 하려고 했는데… 나 전에 입원했을 때, 같은 방 사람들이 누나 보고 내 빚쟁이가 찾아온 줄 알고 식겁했다더라."

"그딴 이야기는 무덤까지 갖고 가, 제발."

시나는 킬킬대는 동생을 넘어 살림집을 나왔다. 인정하긴 싫지만, 동생 병실 동기들 말마따나 시나는 둥글둥글 사람 좋게 생긴 동생과 달리 인상이 사나웠다. 뭐, 이렇게 우유부단한 성격에 얼굴까지 둥글둥글했으면 세상 살기 힘들었을 것 같긴… 잠깐, 순간 시나의 머릿속에 아까 소명 어머니가 했던 말이 떠올랐다. 나랑 닮은 사람이 하나 있잖아.

하정석 씨. 첫딸은 아버지를 닮는다는 빌어먹을 속설을 너무나도 잘 수행한 인간. 보통 딸이 아빠 닮았다는 소리는 어릴 때나 나오는 말이다. 20대인 시나가 50대 아저씨와 비슷할 리 없다. 그렇게 생각하면서도 시나는 살림집으로 달려 들어가 시호의 허벅지를 툭 차며 말했다.

"야, 작업실 베드 좀 다시 닦아."

"아, 왜? 아까 닦았잖아."

"베드에 담배 냄새 뱄더라. 한 번만 더 해."

"아, 씨…."

"욕했냐?"

"아씨께 제가 무슨 욕을 합니까요. 돌쇠 갑니다."

헛웃음을 터트리며 동생을 작업실로 보낸 후, 시나는 미소를 싹 지우고 집의 한쪽 구석으로 달려가 이삿날마다 관성적으로 짊어지고 다니는 종이 상자를 찾아 뒤지기 시작했다.

쓸모를 잃은 의료보험증부터 시작해 첫 아르바이트처에서 받은 롤링 페이퍼, 동생이 군대에서 제발 편지 좀 써 달라고 보낸 편지, 할머니가 교회에서 받아 온 손주들을 위한 기도문 등 온갖 쓸모없는 종이 더미 맨 아래에서 초등학교 졸업 사진이 나왔다. 시나와 시호 뒤, 당시 마흔이었을 하정석 씨는 하필 사진이 찍히는 순간 눈을 감고 있었지만, 그럼에도 누가 길 막고 물어보면 시나의 아버지라고 짐작할 만한 얼굴을 하고 있었다.

본능은 웃음을 터트렸다. 그러나 옛 기억은 손을 떨게 했다. 설마 진짜로 아버지가 왔다 갔나? '아빠' 같은 말랑말랑한 단어는 나오지 않았다. 마지막으로 본 게 벌써 13년 전이다. 13년 전 어느 밤 아버지는 동네 사람들이 지켜보는 가운데 경찰에게 양팔을 잡혀 끌려 나갔다. 특수 폭행으로 징역 3년 6개월. 그렇게 아침에만 보는 손님 같던 아버지는 아침에도 못 보는 남이 되었다.

집구석은 어떻게든 굴러갔다. 직육면체도 언덕길에서 던지면 굴러는 가는 것과 비슷한 이치였다. 재혼한 어머니와 동네 사람들이 번갈아 얼굴을 비췄다. 그런 집에 아버지는 출소 후

돌아오지 않았다. 동네 어른들이 짧게 평했다.

"염치는 있나 보지."

그분들이 말하던 염치의 기준은 뭘까. 생일 케이크를 남매끼리만 먹었을 때도, 이웃이 준 마트 상품권으로 귀걸이를 샀을 때도 시나는 사람들에게서 염치없다는 말을 들었다. 언제 무슨 소리를 들을지 모른단 생각에 그렇잖아도 우유부단했던 시나의 머릿속은 매번 수십 갈래로 가지를 뻗어 나갔다.

지긋지긋했던, 그럼에도 안전했기에 마냥 싫어할 수도 없는 시절. 어쩌면 아버지도 이 동네에서 비슷한 경험을 했기에 돌아온 것일지도 모른다. 물론 당장 중요한 것은 그가 '왜' 돌아왔는지가 아니다.

아버지는 남매의 삶에 어떤 영향을 미칠 것인가.

2

[하헤타투죠 :D 작업 문의드려요. 타투 도안 상담 돼요?]

[안녕하세요, 물론 가능하세요! 다만 저희 가게 리모델링 중이라서 실제 작업은 한 달 후에….]

물론 거짓말이다. 신발장 문짝 떨어진 것도 고칠까 말까 석 달째 고민하는 인간이 리모델링은 무슨. 다만 작업 중 타투이스트를 똑 닮은 아저씨가 문을 두들기며 소리 지르는 그런 사태를 피하고 싶었을 뿐이다. 그런데 내일 예약은 어떻게 하지? 익일 예약된 건은 미니 타투라 작업 소요 시간이 짧다. 하지만 세상에는 만일이라는 게 있지. 가게 측에서 전날 취소하는 건 SNS 조리돌림감이지만, 시술 중 잘 굴러가는 집안 꼴을 보여 주게 된다면….

아아아아, 진짜! 동전 던져서 정해? 자신을 욕해 봤자 일평생 함께해 온 우유부단함은 사라지지 않는다. 그래도 어른이 된 시나는 나름 대처법을 알았다. 일단 몸을 움직이자. 그러면 대체로 더 나은 선택을 할 수 있는 막다른 골목에 도달할 테니.

시나는 동생 비니를 눌러쓴 채 동네를 한 바퀴 돌았다. 그와 마주치기를 바랐는지, 만나지 못하기를 바랐는지는 시나 자신도 모르겠다. 하지만 동네를 돌고 돌아도 그는 눈에 띄지 않았고 시나의 눈은 조금씩 비니 아래로 빠져나왔다. 그 사람을 찾지 못했다면, 다음은 플랜 B.

이 동네에는 정말 맛있는 붕어빵 노점이 있었다. 초가을에 찾아와 늦봄에 떠나는 할머니가 주인인데, 아이들에게는 꼭 공짜 붕어빵을 주는 인심에 시나도 어린 시절 신세를 많이 졌다. 나눠 먹을 값싼 간식으로 적당하다 싶었는데… 오늘 일진이 안 좋은가. 골목 삼거리 노점 명당자리에 보이는 것은 붕어빵 수레가 아닌 파란 과일 트럭이었다.

"저기요, 여기 붕어빵 할머니 어디 갔어요?"
"다들 나한테 그걸 물어보시네."
과일 장수가 헛웃음을 지으며 말을 이었다.
"노점 신고받고 쫓겨났대요. 다른 동네 다니실걸요."
"아오! 인간들이 붕어빵 귀한 줄 몰라!"
"요즘 세상이 좀 그런 것 같아요. 넌 기준에 안 맞네? 반칙했으니까 저리 가! 막 이런."
"아하하, 혹시 사장님이 자리 먹으려고 신고한 거 아니죠?"
"그런 불효자 새끼가 어딨어요."
"…아드님이셨어요? 죄송해요."
그렇게 붕어빵을 대체할 선물이 정해졌다. 과일 장수는 '붕어빵의 가치를 알아주어 고맙다'며 딸기 한 팩을 싸게 판 후, 자기는 신고를 받더라도 트럭으로 한 바퀴 돌면 끝이라고 깐족댔다. 어머니만큼은 아니지만 나름 마음에 드는 사람이었다.

애들과 놀아 주다가 밥 한번 얻어먹은 기억이 시나를 대성연립 201호까지 안내했다.

"소명 어머니, 계세요? 저 시나예요."

벨을 눌러도, 문을 두들겨도 답이 없다. 부재중인 모양이었다. 대신 등 뒤에서 목소리가 들렸다.

"누구세요?"

돌아본 그곳에 안경을 쓴 얌전해 보이는 아이가 서 있었다.

보자마자 옛 기억이 튀어나왔다.

"너 소명이지! 진짜 하나도 안 변했다!"

"네?"

"나 기억하나? 예전에 근처 살던 시나 언니인데. 어머니 집에 계셔?"

"아… 네! 기억나요. 그런데 엄마는 저녁 근무 나갔어요. 밤 11시에 퇴근하세요."

"큰일이네…."

머릿속에 또 1백만 개의 갈림길이 생기기 전, 소명이 도어락 비밀번호를 눌렀다.

"일단, 들어오실래요?"

"어… 실례합니다."

얻은 기회를 시나는 거절하지는 않았다. 소명은 집에 들어오자마자 창문으로 달려가 집을 환기했다. 도리어 그런 행동이 시나에게 집에 가라앉은 쿰쿰한 공기를 새삼 인식시켰다. 둘이 산다고 했던가. 남의 집을 함부로 구경하지는 않으려 해도, 결국 눈에 들어오는 것들은 있기 마련이다. 찬장에 꽉 찬 레토르트 스파게티, 보온 모드로 돌아간 지 열세 시간 된 전기밥솥, 냉장고에 자석으로 붙여 놓은 어린 글씨의 '엄마 아빠 사랑해요' 편지….

"딸기 드세요."

"아, 고마워."

식탁에 마주 앉으니 옛날 풍경이 머릿속에 되살아났다. 소명은 어떤 질문이든 대답하는 똑똑이였다. 지금 봐도 모범생이겠다 싶다.

"오래간만이야. 길에서 나 본 적은 있으려나?"

"아, 네. 그, 좀 특이한 언니가 보인다 싶었는데, 엄마가 말해 주시더라고요. 예전에 너랑 놀아 주던 언니가 이 근처에 타투숍 차렸다고요."

"특이해? 이야, 말 예쁘게 해 주네. 무섭게 생긴 언니라고 해도 되는데."

"안 무서워요! 별로! 언니 해파리 문신 예뻐요!"

"감사감사. 근데 넌 문신하지 말고. 우리가 가진 캔버스는 한 장이다."

"언니는 하셨잖아요."

"캔버스 됐다 뭐 해."

대꾸할 말을 찾지 못하겠는지, 소명은 조금 어색하게 웃다가 본론을 꺼냈다.

"엄마한테 뭐 물어보러 오셨어요?"

"너희 어머니가 우리 아빠를 동네에서 보셨다는 것 같아서. 너 우리 아빠한테 무슨 일 있었는지 알지?"

겨우 열렸던 소명의 입술이 찰싹 붙었다. 시나는 아무렇지도 않은 체 말을 이었다.

"아는구나. 이제부터가 문제인데… 혹시 동네에서 그 아저씨나, 닮은 사람 본 적 있어?"

"네? 저는 언니 아빠 어떻게 생기셨는지 모르는데요."

"나랑 완전 닮았어. 나를 남자로 바꾸고 스물다섯 살쯤 더 먹이면 돼."

"언니가 무슨 아저씨를 닮아요."

"나도 닮고 싶지 않았다. 봐 봐."

시나가 업보 상자에서 가져온 사진을 테이블 위에 꺼내 놓자 소명이 고개를 빼고 들여다보았다.

"아… 진짜 닮으셨네요."

"나한테서 문신이랑 살을 뺀 얼굴이지 뭐. 지금도 비슷할 거야. 암튼, 넌 본 적 없어?"

"네, 없는 것 같아요."

"그래. 나중에 너희 어머니 뵙고 물어봐야겠다."

슬슬 혼자 남은 동생이 걱정된다. 시나는 일어나려고 접시 한가득 담긴 딸기를 팍팍 집어 먹었다.

그때 소명이 조심스레 물었다.

"경찰 부르시는 건 안 돼요?"

"아, 소명이가 오해했나 본데, 이 아저씨가 또 범죄를 저지른 건 아니야."

아마도.

"혹시 보이더라도 신고하진 마."

"그럼… 언니는 아버지를 찾으시는 거예요?"

"아니."

어쩐지 애틋해지는 목소리에 시나는 질색하듯 답했다. 소명의 얼굴에 물음표가 떠올랐다. 저 아이에게 10여 년 전 헤어진 아버지란 애틋한 대상, 또는 쫓아내야 하는 범죄자 둘 중 하나여야 하는 걸까.

"반가운 사람은 아닌데 음, 이야기를 좀 해 보려고. 워낙 오래간만에 보는 거기도 하고."

"알겠어요."

소명은 아리송한 표정으로 물러났다. 솔직히, 시나도 딱 그런 표정을 짓고 싶었다. 아버지와 나는 대체 뭘까. 두 사람은 살가운 관계가 아니었다. 만약 동급생이었대도 그들은 교실에서 눈 한 번 안 마주치는 사이였을 것이다. 시나에게 아버지는 할 말 못 하는 성격을 진중함으로 포장해 꽁하니 있다가 어느 날 폭발하는 인간이었고, 아버지는 시나를 두고 알맹이 없는 따발총으로 사람 돌아 버리게 만드는 애라고 평했다. 유년기 내내 아버지는 시나의 마음속에 진흙 같은 감정을 쌓아 나갔다.

하지만 그 진흙 틈에서도 반짝이는 기억은 있다. 아버지가 회사에서 받았다며 조심조심 케이크를 끌어안고 온 일, 동생 몰래 같이 컵라면을 끓여 먹던 일 같은 것들. 너무 하찮아서 누구에게 자랑할 것도 아닌데, 이상하게 아버지를 욕할 때마다 툭 튀어나와 거슬리는….

그때 뭔가가 시나의 혀끝에 걸렸다. 손으로 떼어 보니 짧은 머리카락 같았다. 버리려는데 소명이 외쳤다.

"아, 죄송해요. 그거 저희 갈치 털 같아요!"

"갈치?"

"고양이 키우거든요."

시나는 반사적으로 벌떡 일어나 주변을 살폈다. 뒤늦게 방 구석구석의 절대 사람용은 아닐 방석이 눈에 들어왔다.

"미안한데 내가 고양이를 좀 무서워해서. 방에 있어?"

"아뇨, 얼마 전에 가출했어요."

"걱정돼서 어쩌냐."

"혹시 동네에서 보면 말해 주세요. 턱시도 무늬예요."

소명이 냉장고에 붙은 사진을 가리켰다. 등이 까맣고 배가 하얀 걸 턱시도라고 부르는 모양이다. 시나는 잠깐 마당에서 동생이 만지던 녀석을 떠올렸다. 등은 검은 색이었는데, 배는 어땠더라? 나중에 동생에게 물어봐야겠다.

"그래. 너도 언니 닮은 아저씨 보면 얘기 좀 해 줘. 대접 고마웠다."

"네, 엄마 오면 저도 자세히 물어볼게요."

오늘은 딸기값만 나갔다. 잇새에 낀 딸기 씨를 빼내며 신발을 신는데, 현관문을 열어 주던 소명이 문득 생각난 듯 물었다.

"언니, 고양이 무서워한댔죠?"

"응, 미워하는 건 절대 아냐!"

"지금 생각났는데, 저 얼마 전에 언니가 고양이 만지는 거 봤어요. 까만 고양이."

"그럴 리 없는데? 내 동생 아냐?"

"아니에요. 혹시 저희 고양이인가 싶어서 도망갈까 봐 먼 데서 지켜보고 있었는데, 딱 봐도 여자였어요."

"누구 잘못 본…."

시나는 하던 말을 멈췄다. 신발장 거울에 비친 시나의 모습이 '누가 내 모습을 헷갈려'라고 되물었다. 잦은 탈색으로 붕 뜬 머리카락, 남자 평균만 한 키, 망고나시와 항공점퍼 틈으로 드러난 넓은 어깨와 그곳을 헤엄치는 분홍색 해파리 문신까지. 뭔지 모를 불안한 마음이 들었다. 시나는 그 불안을 무시하는 길을 택했다.

"…아니야, 알겠어. 그럼 난 간다."

"네, 엄마랑 딸기 잘 먹을게요."

시나는 빌라를 나왔다. 그리고 머릿속에 달랑달랑 매달린 불안한 감각을 떼어 놓으려 발걸음을 재촉했다. 내가 고양이를 만지는 걸 봤다고? 그럴 리 없는데. 개들은 내게 다가오지도 않아. 이상하다는 생각이 툭 튀어나오고, 다른 의문이 뒤이어 쫓아 나왔다. 정말 아버지가 얼굴 다 팔린 이 동네에 꾸역꾸역 돌아왔을까?

방값이 싸 봤자 서울이다. 그리고 라면이라도 먹고 살자면 일거리를 구해야 할 텐데, 동네에 안 좋은 방향으로 얼굴 팔린 사람이 무슨 일자리를 구할 수 있을까. 끄집어낸 근거들이 하나의 결론을 향했다. 아버지가… 아닐 수도 있어.

애초에 소명 어머니가 본 사람이 정말 아버지였다면, 그분이 '너를 닮은 사람'이라고 에둘러 말했을 리 없는데도 혼자 마음속으로 쫓겨서는 괜한 착각을 했다. 빌어먹을, 분명 이 동네의 묘한, 13년 전과 달라지지 않은 분위기 때문일 거다. 그렇잖아도 일과 동생 문제로 스트레스를 받고 있으니 최악의 상상부터 하게 된 거겠지. 괜찮아. 대체 누군진 모르겠지만, 아버지일 리는 없어.

하지만 바로 그 순간, 시나는 천금2동의 담배 스폿에서 익숙한 실루엣을 발견했다. 숱 많고 빳빳해서 뭘 바르지 않아도 벌떡 서는 돼지털 머리카락, 깎아 놓은 상아처럼 반들거리는 어깨, 쉬는 날이면 무조건 입던 러닝셔츠에 카고바지….

시나는 의류 수거함 옆으로 몸을 숨겼다. 한 박자 늦게 숨이 막혔다. 당장 해야 할 일이 멱살을 잡아당기고 있는 것만 같왔다. 나가서 확인해야 해. 동생보다 한 발짝이라도 먼저 그를 만나기 위해 여기까지 온 것 아니었나. 게다가 상대는 정신 빼놓고 걷던 자신을 다 보고 있었을 거다. 오래 있을수록 이득이 되는 것 하나 없다. 그러나 시나가 한 걸음을 내딛기 전, 의류 수거함에 가려진 그 사람이 먼저 입을 열었다.

"등신 같아, 아주."

아는 목소리가 등골을 철사처럼 파고든다.

"결정을 못 내려. 아니, 결정 내리는 데까지 가지도 못해."

호쾌하게 생겨서는, 저 혼자만의 임계점을 넘은 순간마다 지질해지던 인간.

"그나마 쥐여 준 좋은 건 뱃속에서 다 흘리고 나왔지."

맞아. 그런 것 같아. 분노로 부들부들 떠는 와중에도 한 걸음 나아갈 생각만은 하지 못하고 있으니 말이다.

"뭐… 뭐 하러 왔어, 요?"

"다시 합치자고."

당당한 목소리에 욕이 혀끝까지 흘러나왔다.

복역 전, 아버지는 엄마에게 애들이 이젠 낯부끄러워 이 동네에서 살기 힘들지 않겠냐며 남은 재산을 정리해 이사 비용을 마련했다고 들었다. 그렇기 때문에 출소 후에는 입에 풀칠하기도 힘들었을 텐데 그는 남은 가족 중 누구에게도 연락하지 않았다. 그래서 아버지가 책임감은 있구나 싶어 혼자 애틋해했는데, 그건 책임감이 아니라 가오였나.

"난…."

"또 고민하지. 넌 석 달 열흘을 줘도 대답 못 해."

이제 대답 따위보다 매력적인 대안이 떠올랐다. 당장 튀어 나가서 멱살을 잡고 외치는 것이다. 뭘 합쳐? 나는 동생하고 숍 꾸려 나가는 것만 해도 힘들거든? 댁 사정은 알 바 없고, 나는 당신 얼굴 한 대 후려갈기고 끝낼….

안 돼. 오래 고민하는 것보다 더 나쁜 게 뭔지 알아? 몸부터 뛰쳐나가는 거야. 아버지라는 인간과 똑같아지면 안 되잖아. 그것도 이 동네에서, 그놈의 자식새끼가, 그 문신한 애가 아주 똑같이 자랐다더라, 그런 소리가 나돌면 안 되잖아. 넘실대는 생각이 어느새 시나의 발목을 넘어 몸통까지 붙잡으며 멈춰 세웠다.

의류 수거함과 전봇대 너머, 시나의 눈높이보다 조금 높은 곳에서 아버지의 얼굴이 쭈뼛쭈뼛한 머리카락과 함께 잠시 기울어졌다. 시나를 똑 닮은, 멸치처럼 가느다란 눈 주변에 어린 애가 그어 놓은 듯한 주름살이 두어 개 짜부라졌다.

"내일 오후에 들어갈게. 점심은 신경 안 써도 된다."

"아버지."

"쉬어. 앞으로 고민 안 해도 되게 해 주마."

"…새끼가 진짜!"

시나는 결국 참지 못했다. 지금 설명 좀 길게 해 봐. 뭘 다짜고짜 찾아와서 맡겨 둔 물건, 아니, 맡겨 둔 집 찾듯이 떠들어 대는 거야?

하지만 시나가 달려 나가 아버지의 흐늘흐늘한 러닝셔츠를 붙잡기 전, 고작 세 걸음 너머에 있던 아버지는 순식간에 몇 걸음 뛰어 골목 옆으로 내빼 버렸다. 다급히 그 뒤를 따라갔지만, 구불구불 이어진 골목에는 아버지의 그림자조차 비치지 않았다.

시나는 허공에 대고 외쳤다.

"씨발, 씨발!"

첫 번째 씨발은 갑자기 난제를 던져 준 아버지를 위하여. 두 번째 씨발은, 손을 뻗는 순간 '아버지가 여기 잡히면 어쩌지'라고 고민하던 시나 자신을 위하여. 그리고 천천히 떠오르는 세 번째 씨발은 내일 예약 손님에게 취소 연락을 해야 한다는 현실적 두려움을 향하여.

다행히도 세 번째 씨발은 세상에 태어나지 않았다. 집에 거의 다 왔을 때쯤 톡 알림 두 개가 반짝였다. 하나는 치킨 시켰으니 시간 맞춰 들어오라는 동생의 톡. 또 하나는 '괜찮으세요?'라는 문장으로 끝나는 손님의 톡.

[저 내일 발목 타투 예약한 사람인데요. 타투이스트님 괜찮으세요?]

안 괜찮은 건 어떻게 귀신같이 알고 톡을 보내셨을까, 하는 의문이 다음 문장에 씻겨 나갔다.

[아까 그 동네에서 무차별 폭행 사건이 생겼다고 뉴스 떠서요. 엄마가 걱정된다고 가지 말래요. 정말 죄송해요ㅜㅜㅜㅜㅜ 저는 가고 싶었는데ㅜㅜㅜ]

엄마 언급은 핑계라는 걸 알면서도 시나의 머릿속에서 안도의 감정과 경악의 감정이 동시에 터졌다. 무차별 폭행? 그건 또 무슨 소리야? 설마 아버지인가? 어쨌든 손은 약간의 안도와 함께 움직였다.

[어쩔 수 없죠. 그럼 예약금은 어떻게 하시겠어요? 다음에 오실래요?]

[잠시만요. 신한 110-21….]

젠장. 예약 취소 일자에 따른 예약금 보전 비율을 미리 정해뒀어야 한다는 생각이 뒤늦게 들었다. 당장 따질 깜냥은 없어 예약금을 이체했다. 어차피 취소하려던 것이었으니, 봐줬다.

집에 도착해 보니 분명 닫고 나갔던 대문이 반쯤 열려 있었다. 시나는 스마트폰을 꽉 쥐고 천천히 대문을 넘어섰다. 작업실 문은 잠긴 채였고, 살림집 문 너머로는 슬러지 메탈 음악이 흘러나왔다. 아버지가 저런 걸 좋아할 것 같진 않다. 시호라면 몰라도.

"야, 누나 오셨다. 별일 없었지?"

"내 비니는 왜 가져갔어. 맨날 비니는 일곱 난쟁이 코스프레 할 때나 쓰는 물건이라고 까더니."

"대가리 추워서. 암튼, 별일 없지?"

"무슨 일 있어?"

속 빤히 보이는 질문을 흔들어 댄 대가가 되돌아왔다. 다행히 대답할 거리는 있었다.

"내일 손님이 이 동네에서 무차별 어쩌구 났다면서 예약 취소 했거든. 뭐 들은 거 없어?"

"헐… 첨 들었어. 2층 주인집 할아버지가 아무 소식도 안 알려 줬는데?"

"2층이 진짜 이장댁 스피커라도 되냐? 인터넷 좀 찾아봐."

조금 둘러봤더니 천금2동 한 건물 옥상에서 누가 벽돌을 던졌다는 뉴스가 나왔다. 사상자는 없음. 대신 트럭에서 과일을 팔던 상인이 재산 피해를 봄. 범인은 찾지 못함….

동생이 구시렁거렸다.

"한국에 널리고 깔린 게 CCTV라더니 왜 못 찾았대. 누나, 내가 웬만하면 사회 욕 안 하거든?"

"여기 치킨이요!"

"일단, 먹고 욕하자."

살림집에서 함께 치킨을 뜯었다. 닭 먹는 동안 욕은 나오지 않았다.

"야, 너 턱시도 고양이가 무슨 무늬 고양이인지 아냐?"

"등 까맣고 배 하얀 거."

"왜 아냐."

"누나만 몰라. 근데 왜 물어봐."

"소명이네가 고양이 잃어버렸는데, 그게 턱시도 무늬래."

"헐… 마당에 대장 고양이 놀러 오면 걔네 고양이 찾아 달라고 해야겠다. 이름이 뭐래?"

"어, 멸치? 참치? 들었는데 까먹었다."

"와, 너무한다. 걱정 안 되나 봐?"

"무슨 상관이야. 고양이가 고양이 찾을 때 사람이 지은 이름 쓰겠냐?"

"오, 누나가 논리적으로 반박했어! 장족의 발전이야!"

"새끼가 진짜….."

동생을 찌르려는 양 핸드포크용 바늘을 들었더니 동생이 치킨 박스를 들고 낄낄대며 도망갔다. 시나는 장난치듯 과장된 자세로 동생을 쫓았고, 그 와중에도 동생을 아버지가 오기 전, 어떻게 집에서 내보낼지에 대해 고민했다.

치킨 배달 이후 밤이 찾아올 때까지 누구도 현관문을 노크하지 않았다. 거실에 누운 시나는 베개 밑에 핸드포크 바늘을 넣어 둔 채, 자기 목소리에 두려움이 묻어 있지 않기를 바라며 말을 꺼냈다.

"하시호, 아버지 기억하냐?"

어색한 침묵 끝에 동생이 대답했다.

"별걸 다 물어보세요. 누나랑 나랑 나이 차가 얼마나 난다고 그걸 까먹겠어. 근데 왜?"

아버지가 내일 집에 찾아온대.

"너는 혹시 아버지랑 좋은 기억 있냐? 난 아버지가 직장에서 뷔페 갔다면서 휴지에 쿠키 싸다 주던 게 가끔 기억이 나더라."

"간식 하나로 한 달 내내 '그거 맛있었지'라고 생색을 냈는데도?"

"좆 같은 기억 말고 좋은 기억 물어봤다."

"치과 가기 싫다고 우니까 진짜로 치과 앞에서 유턴한 건 좋은 기억이야, 나쁜 기억이야?"

"그만하자. 누가 보면 내가 그 아재 미화라도 해 주려는 줄 알겠네."

"아냐, 미안."

대화는 그걸로 끝났다. 칠 벗겨진 미닫이문 너머, 또 성을 지키는지 동생의 핸드폰이 알록달록한 빛을 비추다 꺼졌다. 그걸로 시나가 내일 할 일은 정해졌다.

3

시나는 잠이 오지 않았다. 가끔 정신이 눈꺼풀 밑으로 가라앉았다 싶을 땐 시술용 침대 위에 갇혀 사방에서 기어 오는 골룸 같은 것을 바늘 하나로 상대하는 꿈을 꿨다. 제발 5초만 줘. 내 로터리 머신 어디 갔어. 거기에 바늘만 꽂으면 진짜 저놈 바로 물리칠 수 있는데. 그렇게 꿈과 현실 사이에서 얼마나 버둥거렸더라.

얼굴에 축축한 무언가가 튀는 감각이 시나를 깨웠다. 바로 옆, 싱크대에 서 있는 동생 놈의 발뒤꿈치가 보였다.

"뭐 하냐, 하시호… 새벽부터."

"어른은 아침 8시를 새벽이라고 부르지 않아요."

"응애."

"아, 누나! 그러면 진짜 안 돼! 나 라면 끓이고 있어! 토한 라면 먹을래?"

"너 어디 아프냐? 누나한테 효도를 다 하네."

"라면 준다고는 안 했다."

"응애."

"줄게!"

아침부터 푸짐한 욕을 주고받은 후, 시나는 머리를 벅벅 긁으며 간밤의 피로감으로 삐걱대는 몸을 움직여 현관 밖을 내다

보았다. 집주인이 아침 마실 나간 듯 대문은 열려 있었고, 골목은 평화롭다. 앞마당은⋯.

시나는 철렁한 가슴을 부여잡았다. 뭐, 일단은 앞마당도 평화롭다고 해야겠지. 아침부터 검은 고양이의 세로 동공을 마주하는 게 아침부터 아버지를 만나는 것보단 나을 테니까. 바로 현관문을 닫으려다가, 어제 소명한테 들은 이야기를 기억하고 손을 멈췄다.

"야, 고양아, 요 위에 대성연립 201호 턱시도 고양이가 집 나갔대. 아, 턱시도라는 게 등은 까맣고 배는 흰색인 건데, 혹시 보이면 집에 좀 들어가라고 해라."

뭘 알아듣기나 했을까. 시나는 야무지게 앞발로 얼굴을 닦는 녀석을 바라보다가 현관문을 닫았다.

시호가 아침부터 효도를 한 사유는 곧 밝혀졌다.

"누님! 현금 5만 원만 주십시오. 유흥비 아닙니다. 거짓이라면 제 손모가지를 자르겠습니다."

이 새끼가 대체 무슨 생각이야. 시나는 입안에서 볼을 질겅질겅 씹다가 지갑에 손을 뻗었다. 적어도 허튼 일에 돈 달라고 한 적은 없는 놈이다.

"근데 어디에 쓰게?"

"친구가 보자고 해서."

"어디 사는 놈이야. 비싼 친구네."

짜증 부리듯 말했지만 내심 큰절이라도 하고 싶다. 시호를 잊지 않고 불러 준다는 것도, 그것도 오늘 붙잡아 준다는 것도 더없이 감사할 일이지. 놈이 설거짓거리 앞에서 망설이는 걸 보고 시나는 그냥 손을 내저었다.

"가라. 야, 근데 핸드폰 재개통한 거 맞지?"

"…어, 그게."

"무슨 일 생기면 꼭 연락해. 진짜로. 네가 길바닥에서 똥 쌌다고 해도 물티슈 들고 간다. 생길 것 같아도 연락해라."

동생은 곧 신발을 구겨 신고 살림집을 나섰다. 그 발걸음에 망설임은 있을지언정 두려움은 없었다. 뭐, 누나 몰래 술집도 가던 놈이니 세상 무서워하던 시절은 애초에 끝났던 거겠지. 이제는 두려워하는 흉내를 내는 것조차 때려치운 모양이고.

아르바이트 구해 보라는 소리 진작 좀 할걸. 시나는 때늦은 후회가 들었다. 오늘 돌아올 아버지는 과연 동생을 이해하려 할까? 됐어, 이 집에서는 아버지가 절대 가르치는 입장이 될 수 없다는 걸 보여 줘야지. 오늘, 아버지에게 '훈육할 대상'으로 얕보이는 대신, '협상하고 때로는 부탁해야 할' 존재로 보여야 한다. 그때 당신은 나에게 세상으로부터 동생을 지키라고 했지만, 난 이제 당신으로부터 내 것을 지킬 것이다.

항상 붙박여 있던 사람 하나가 빠진 김에 시나는 청소를 하며 긴장을 가라앉혔다. 점심은 간단하게 먹고 환기를 할 겸 문을 열었을 때, 2층에서 꽤 선명한 목소리가 들렸다. 집주인과 손님들이 떠드는 듯했다.

"돌 던졌다는 새끼를 여즉 못 잡은 거야? 이 똥구멍만 한 동네에서?"

"형님, 제가 사실 그놈 얼굴을 봤거든요. 연등보살 옆집에 세 들어 사는 총각 같더라고요."

"그 조용한 놈? 파출소에 얘기했어?"

"하러 갔죠! 그런데 아니, 거기 그 총각이 앉아 있는 거야. 아까부터 계속 여기 있었다 그러대. 말이 돼요?"

"허, 귀신이 곡할 노릇이네."

"진짜 그 총각이었는데…."

"연등보살 옆집에는 무슨 수맥이 흐르나. 예전에도 잡혀가는 사람 나오더니…."

영감님들의 키득대는 웃음소리가 들렸다. 비웃음의 대상이 누구인지는 더 생각할 필요도 없겠지. 저 사람들에게는 10년 가까운 옛날도 엊그제와 다르지 않은 모양이다.

"요새 이상한 젊은 놈들 많잖아. 그 왜, 붕어빵 할매도 교복 입은 애들한테 담배 작작 피우라고 했다가 신고당한 거라며."

"세상이 정말 요지경이라니까."

"여기 반지하에도 젊은 애들 들어오지 않았어? 괜찮아?"

시나는 문을 닫으려다 멈췄다. 당신들은 우리 남매 이야기도 떠들까? 그리고… 어쩌면 당신들을 핑계 삼아, 아버지가 여기 침범해 들어오는 걸 막을 수도 있을까. 비록 지금부터 자존심 상하고 상처받는 이야기를 듣고도 애써 무시하게 될지라도 말이지. 하지만 고민은 더 길어지지 못했다.

"야."

그는 인기척도 없이 시나 앞에 그림자처럼 나타났다. 내리꽂히는 정오의 햇빛은 그의 넓고 툭 튀어나온 이마 아래, 유독 사나운 눈매를 그늘 밑에 감추어 더욱 마주하기 두렵게 만든다.

"하시나, 들어가라."

"들어가야 해요? 밖에서 봐도 되잖아요."

"진짜로 밖에서 보고 싶어?"

그의 입꼬리가 삐죽 올라갔다. 어디서도 보고 싶지 않다. 그냥 자신을 닮은 저 얼굴을 무엇으로든 후려갈기고 싶다. 하지만 언제나처럼 피할 수 없는 외부 요인이 시나를 움직였다. 2층 누군가가 자리에서 일어나는지 에구구구 소리를 냈다.

"아이고, 난 이만 가 봅니다. 커피 마시자는 친구가 있어서."

"인기 많아, 박장극이."

"인기는 무슨. 또 봐요! 나 빼놓고 재미있는 이야기 하지 마시고들!"

느릿한 발소리가 계단을 내려왔다. 2층 손님은 마당을 지나 대문을 닫으려다가, 타투숍 문에 걸린 태피스트리를 향해 별게

다 있다고 중얼거린 후 골목으로 나섰다. 그리고 태피스트리 오른쪽, 문 닫힌 살림집 안에서 시나는 오래간만에 만난 아버지를 바라보았다.

"아버지."

"어어."

벌써 멋대로 거실에 앉은 아버지가 건성으로 대답했다. 그의 눈은 작은 반지하방을 둘러보느라 바쁘다.

"무슨 생각으로 이런 델 들어왔어. 반지하는 질릴 만큼 안 살았냐? 네가 뭐 하나 결정을 못 하고 산대도 제 발로 똥구덩이에 뒷걸음질까지 하는 애일 줄은 몰랐다."

"왜요. 또 꾸역꾸역 기어 들어오는 꼴 보니까 아버지 닮은 것 같아서 기분 나빠요?"

"뭐?"

"난 결정을 못 하는 거지 싸가지 있는 새끼는 아니라서."

"하이구."

아버지가 웃었다. 제 잇몸을 죄다 일그러뜨려 부수는 듯한 웃음이었다.

"대충 앉아요. 물 드릴게."

"커피. 산미 있는 거. 드립이면 된다."

"취향 대단하네요, 아, 저, 씨."

시나는 일부러 '아저씨'라는 마지막 말에 힘을 줬다. 웃으면서 말은 했지만 들으면서 심장이 덜컹했다. 살림집에 마실 게 없는 건 사실이지만, 작업실 부엌에는 예가체프 드립백을 두 팩은 쟁여 놓았다. 부모 자식 간에 취향이 이렇게까지 닮을 수도 있는 건가?

시나는 물을 따라 주며 물었다.

"어디서 뭐 했어요?"

"좀 갇혀 있었지."

"알아요."

"널 쫓아갈 재주도 없으니, 시나는 그냥 지지부진하게 파도에만 실려 둥둥 떠다니겠구나 걱정도 하고…. 네가 어른이 된다고 뭐 달라지겠냐."

정답이다.

"그러다 판이 뒤집힐 일이 있었거든. 그때 나오게 돼서 세상 구경 좀 하다가 널 찾아온 거다."

"왜요."

"찾아와야 하니까."

그에게는 개소리를 더욱 웅장하게 연출하는 재주가 있었다. 한 번 숨을 크게 들이쉬더니, 딱 시나를 닮은 얼굴로 단호하게 말한다.

"내가 항상 옳은 결정만 한다고는 못 해도 말이다, 필요한 결정은 바로바로 한다. 그래서 네 앞에 온 거지."

"뭐가 필요한데요."

"시종일관 아무것도 못 정하는 인생에, 내가."

"아버지, 그쪽 없어도 잘 살고 있는데 이제 와서 무슨 소리 하려는 건데요? 나 위한다는 소리 말고, 정말 무슨 생각으로 찾아왔냐고요. 진짜 궁금해서 물어보는 거예요."

딸을 위해 찾아왔다는 개소리 하지 마. 그런 데 넘어갈 만큼 어린애는 아니니까. 하지만 정말 뜻밖에도, 아버지는 뻔뻔스러운 대답을 이어 나가지 못했다. 도리어 생각도 하지 못한 반격을 당한 사람처럼 얼이 빠져서는 시나를 쳐다본다. 시나는 욕을 삼켰다. 왜 저래? 저런 표정을 지어야 할 사람은 나잖아!

아버지의 입이 천천히 벌어졌다.

"네가, 나 없이 잘 살고 있다고? 그럴 리 없는데?"

진심으로 의아해하는 듯한 목소리였다. 문득 시나는 그의 얼굴을 바라보다가 위화감을 느꼈다. 나랑 너무 닮았어. 유전자가 만든 유사성과는 뭔가 다르다. 아버지의 외모는 AI에게 시나의 사진을 주고서 '이 사람을 50대 남성으로 바꾼다면 어떻게 생겼을지 만들어 줘'라는 프롬프트를 입력한 결과물에 가까웠다. 그것도 대략 2023년 버전 AI일까. 인간의 노화에 따른 피부층의 변화를 모르는 자가 그려 낸 것만 같은.

아버지의 짙은 주름살이 춤을 추더니 비현실적인 대답이 이어졌다.

"나는, 여기에, 너만을 위해 왔어."

"개소리 안 어울려요."

"정말이다. 아무것도 못 정하는 네가, 동생 끌어안고 어떻게 될지 모른다 싶어서…."

"시호는요? 걱정 안 했어요?"

"내가 왜?"

이건 또 무슨 개소리일까. 당신 자식이잖아. 어떻게 남 얘기 하듯 할 수가 있어?

그 말을 뱉기 직전, 시나의 핸드폰이 울렸다. 동생 전화였다. 한때 멈췄다가 되돌아온 바로 그 번호. 혹시 시호에게 공황발작이라도 온 걸까 싶어 시나는 바로 전화를 받았다.

"시호, 왜? 무슨 일 생겼어?"

뜻밖에도 동생의 목소리는 단단했다. 약간의 떨림은 동생이 말하고자 하는 것에 간섭하지 못했다.

"누나, 생뚱맞은 소린데, 최근에 아버지한테 연락 받았지?"

"어? 야, 어떻게 알았어?"

엄밀히 말하자면 연락은 아니지만, 본인 입으로 전달한 것도 연락은 맞겠지.

시호가 픽 웃었다.

"어제 갑자기 아버지 이야기 꺼냈는데 픽이나 모르겠다."

"아, 갑자기 떠올랐을 수도 있지! 아무튼, 그건 왜?"

"내가 지금 아버지 보러 왔거든."

"보러 갔다니?"

"아, 누나, 이따 다시 연락할게. 네, 하정석 씨 아들이요."

핸드폰 너머에서 누군가가 잠시만요, 대답하는 소리가 들렸다. 문 닫히는 소리와 함께 통화가 끊겼다. 머릿속에서 몇 가지 의문이 뱅글뱅글 돈다. 아버지를 보러 갔다고? 시호, 너 대체 어디 간 거야? 친구 보러 간다며? 그보다, 동생이 아버지를 보러 간 거라면 내 눈앞에 있는 이 남자는 뭐지?

현실만 믿자면, 동생의 전화 따위는 무시해도 된다. 얼마 전까지 히키코모리였고, 또 최근까지 정신적으로 전혀 회복하지 못한 양 누나에게 달라붙어 있던 놈을 믿어서 뭐 하려고. 당장 눈앞의 시나를 닮은, 그리고 시나의 아버지처럼 말하는 사내의 실존을 신뢰하는 게 훨씬 현실적이지. 그럼에도 불구하고, 현실이 가장 비현실적인 방향으로 뒤집히며 시나의 믿음을 배신했다.

시나의 아버지, 정확히는 1분 전까지만 해도 그리 믿었던 사내의 얼굴이 서서히 뒤틀리기 시작했다. 불붙은 사진이 우그러들 듯이, 그리고 그 장면을 역재생하듯이.

"애비 얼굴이, 나을 줄, 알았는데."

"어…?"

"너와 똑같이 하자니 넌 너무, 동네를, 싸돌아다니더라고."

초등학생이 묘사한 그림 같던 주름살이 하나둘 사라졌다. 머리카락이 서서히 길어졌다. 변하는 건 몸만이 아니었다. 중년 남성용 흔해 빠진 러닝셔츠 색깔도 점점 진해지더니 어느새 골지 무늬가 새겨지며 시나가 입은 바로 그 옷으로 바뀌었다. 이게 뭐야. 꿈에서조차 상상한 적 없는 풍경이 이어졌다. 해파리라기보다는 분홍색 구름에 가까웠던 상대방의 문신도 그가 시나를 가만 쳐다보는 동안 서서히 해파리의 모양을 갖추어 갔다.

하시나. 단 한 번 눈을 깜빡한 사이, 이제 동네 사람 누구도 시나 이외의 사람으로는 의심하지 않을 인물이 그녀 앞에 섰다. 유일한 차이점은 저 괴생물체의 눈빛만은 원본 하시나보다 더욱 또렷하다는 것. 저 여자가 나보다 입사 면접 잘 볼 것 같다. 시나는 제 농담에 웃음을 터트렸다. 일단 웃을 수 있을 때 웃어야지. 안 그래?

"뭘 웃어."

젠장, 이젠 목소리마저 곧 환갑인 아저씨에서 하시나로 완벽하게 바뀌었다.

"앉아."

"너, 너 뭐야."

"네가 태어날 때 두고 나온 것."

"개소리한다."

아니, 지금의 까칠한 반박은 불안함에서 나온 것이다. 시나는 이미 자신이 두고 온 것을 알고 있다. 가족들이 몇 번씩 말하지 않았는가.
여자는 오해할 수도 없게 또렷이 말했다.
"나는 네가 태어날 때 두고 온 결단력이다."
"씨발."
"욕할 때만 목소리 안 떨리지. 좀 고칠 생각 없어?"
"진짜 욕 나오게 한다, 너."
"자세히 듣고 싶으면 일단 앉아."
시나가 수십 가지 고민을-경찰 부를까? 2층 영감님 불러서 내가 헛것을 보는지 진실을 보는지 물어볼까? 뛰쳐나가는 게 나을까? 보통 공포 영화 보면 이런 건 내 몸을 빼앗으러 온 거잖아-헤매는 사이 상대는 정확하게 본질만을 꿰뚫어 말했다.
"아니, 앉기 전에 커피 가져와. 살짝 새콤한 거 있잖아."
"어떻게 알았어?"
"우리 밑바탕은 똑같거든."
말마따나 양다리를 나비 모양으로 접은 채 벽에 기댄 그것의 자세는 유독 지친 날, 동생에게 커피를 대령하라 할 때의 시나와 똑같은 꼴이다.
시나는 이 현상에서 1초라도 시선을 돌리기 위해 작업실로 이동했고, 커피 두 잔을 내려 돌아왔다. 제발 꿈이길 기도하며.

하지만 빌어먹게도 시나와 똑같이 생긴 그것은 아직도 방에 앉아 있었고, 자신이 환상이 아님을 증명하듯 방금 내린 커피를 호로록 잘도 마셨다.

"이제 들어 봐. 내가 뭐냐면…."

시나와 똑같은 입에서 시나라면 말하지 않을 해괴한 이야기가 흘러나왔다.

예를 들어야 하나? 사람이 만들어질 때, 아니, 생물학적인 거 말고. 그래, 일단 사람이 붕어빵이라고 치자.

모든 붕어빵이 완벽하게 태어나는 건 아냐. 심지어 부족한 붕어빵 사이에서도 더 부족한 붕어빵이 있어. 팥이 좀 덜 들어간 붕어빵은 그래도 먹을 만하지? 그런데 누구는 피자 붕어빵인데 치즈가 아예 빠졌어. 이게 피자 붕어빵이야? 케첩 옥수수 붕어빵이지. 누구는 팥 붕어빵으로 깔끔하게 태어났는데 가장자리 바삭한 부분이 너무 적어. 이러면 솔직히 먹기 좀 아쉽잖아. 그래도 뭘 어쩌겠어. 이미 태어난 붕어빵은 멀리멀리 세상으로 떠났는걸.

그런데 어느 날, 누가 붕어빵 수레를 밀쳤어. 빵틀에 들러붙어 있거나 봉지에 담길 때 부스러졌거나 기타 등등 '남겨졌던 재료'가 사방 천지로 떨어졌고, 이들은 그 김에 자기를 두고 간 붕어빵을 찾아 여행을 떠난 거야. 더 나은 붕어빵으로 다시 태어나기 위해서.

하시나, 너는 그렇게 떠나갔던 붕어빵이고, 나는 네가 빵틀에 두고 간 결단력이야.

거울을 보듯 똑같은 얼굴에는 시나가 단 한 번도 가져 본 적 없는 확신이 담겨 있었다. 지금 그녀가 떠들어 댄 어처구니없는 이야기를 믿게 되어 버릴 정도로.

시나는 조금 떨리는 목소리로 물었다.

"야, 네가 정말 내 일부 뭐, 그런 거라고?"

"응."

"그런데 넌 지금도 사람처럼 움직이잖아. 혹시 나랑 합체하려는 게 아니라, 사람 하나 죽이고 그 사람 모습으로 변신해서 살아가려는 거 아니야?"

"이성적인 척 객관성 뒤진 소리 하네. 내가 뭘 고를 수 있는 입장이면 더 돈 많은 사람 찾아갔어."

"…."

"일단은 나도 너와 같은 틀에서 익어 가던 처지잖아. 그래서 원래의 '진짜 내가' 가졌을 형태를 그릴 수는 있는 거지. 지금도 겉모습은 바꿀 수 있지만, 결국 들어갈 수 있는 곳은 네 빈칸뿐이야."

"퍼즐 빈칸처럼?"

"어."

"못 들어오면 어떻게 되는데?"

"말라 죽겠지."

그것, 자칭 '시나의 결단력'이 항공점퍼 앞섶을 열었다. 시나와 똑같은 망고나시를 입은 것 같던 몸은 그녀가 움직일 때마다 기괴하게 흔들렸다. 빔 프로젝터로 흰 비닐 봉투에 영상이라도 쏜 것처럼 말이다.

"하시나, 이건 네게도 처음이자 마지막 기회야. 합체하자. 나와 합쳐지면 넌 진짜 멀쩡한 인간이 될 수 있어."

"내가 안 멀쩡해?"

"너, 친한 사람들한테 속 터진다는 소리 100퍼센트 들어 봤지? 친구들 속은 터트리고, 정작 못된 인간들은 네가 인간관계 손절 못 하는 거 써먹었겠고. 이야, 황금 밸런스야. 인생을 오랫동안 꼼꼼하게 조질 수 있는 황금 밸런스. 인생 조지는 길로 가는 퀵서비스네."

"아니⋯."

"싫은 소리도 못 해, 결정도 못 해. 고민만 수백 번 해. 그나마 할 수 있는 거라고 해 봐야 예전에 한번 해 봤던 거 다시 하는 정도겠네. 그래서 이 동네로 돌아온 거잖아."

틀리지 않은 말이 계속, 계속 시나의 멱살을 쥐고 흔들었다. 애초에 타투를 시작한 것부터가 시나의 의지는 아니었다. 머릿수를 채워 달라는 부탁에 지인의 지인의 타투 원데이 클래스에 두어 번 참석하고, 일단은 배우는 건데 계속 공짜로 올 수는 없지 않냐는 말에 또 웃으면서 돈을 내고, 그래도 난 이게 정말 재미있어서 오는 거라는 자기 합리화인지 진심인지 모를 생각을 하고….

…또 고민하고 있어. 지겨워. 하지만 고민해야지, 당연히. 뭐가 당연해? 이런 게 싫다는 거 아니야? 잠깐, 이 결단력이라는 이름의 단팥인지 치즈인지 슈크림인지 뭔지가 조금씩 얇아지는 것 같지 않아? 딴생각하지 마. 아니, 이게 무슨 딴생각이야. 마지막 기회라잖아.

이 감각은 익숙하다. 결정 내리는 순간을 피하고 싶어서 다른 모든 걱정거리를 끌어와 현 담론을 뒤덮는 것. 하지만 머릿속 혼란으로 도망치기 전, 어디선가 풍기는 담배 냄새가 후각을 찔렀다. 누군가가 지금 골목길에서 담배를 피우고 있는 것이다. 저것과 하나가 된다면, 이제 골목길에 금연 표지판을 붙일 수 있을까. 그에 딸려 오는 시비에도 당당하게 대응할 수 있을까. 2층 영감님의 불균형한 판결에 저항할 수 있을까. 담배 냄새가 언제나처럼 묻는 것만 같다.

"쫄았어?"

"할게."

그것이 웃었다. 편의점 비닐봉지처럼 반투명하던 몸뚱이가 서서히 원래 빛깔을 되찾았다. 뒤늦게, 시나는 그것이 제멋대로 겉모습을 바꿀 수 있음을 기억해 냈다. 팔락이던 모습은 사람을 조바심 나게 만들기 위한 미끼였을까. 하나 너무 성급하게 대답했을지도 모른다는 생각은 곧 이어지는 달콤한 목소리에 끊겼다.

"너도 이제 이런 식으로 살 수 있게 되는 거야. 딱 올바른 결정부터 하고, 쓸데없는 걱정에 쏟았을 시간은 남 설득하는 데 쓰면서."

그것이 시나의 어깨에 두 손을 얹고는 속을 들여다본 듯한 대답을 던졌다.

"올바른 결정이지. 내가 너인데, 너 망칠 일을 하겠어?"

목에 닿는 그것의 손에서는 익어 뭉그러진 바나나처럼 달콤한 냄새가 났다.

"잘될 거야."

어디선가 초파리가 날아온다. 그것, 아니, 이것이 묻혀 온 걸까. 이것은 머리카락을 한 번 흔들어 초파리를 쫓아내고는, 서서히 시나의 목 안으로 제 손가락을 찔러 들어왔다. 아프지는 않았다.

"지금은 무슨 걱정 하고 있었어?"

"작업실."

"아, 그렇네. 옛날에 같이 지내던 친구들이 넓은 작업실 나눠 쓰자고 불렀구나. 음, 연락받은 지 열흘 됐네. 부동산 생각하면 대답하는 건 이번 주가 마지노선이겠어."

"할 거야?"

"해."

그래, 역시 해야겠지. 친구들과 얼굴 붉힐 일이 생기는 게 두려워서, 작업실을 옮기는 게 부담스러워서 망설이고 있었는데. 그리고 무엇보다도⋯.

그때 핸드폰이 울리기 시작했다. 화면에 떠오르는 이름은 '쫄따구'. 동생이다. 시나는 손을 뻗으려 했다. 하지만 오른손의 반은 어느새 '시나'의 왼손과 겹쳐져 있었다.

'시나'가 말했다.

"안 받을 거야."

왜?

"보나마나 또 사고 쳤겠지."

얘는 쓸모는 없어도 자기가 직접 사고를 칠 놈은 아니야. 아버지를 찾으러 갔다가 멱살이라도 잡혔으면 어떻게 해?

"누가 아버지 찾으러 가래? 제 발로 지뢰 밟으러 간 거지. 그런 짓은 너도 안 했을 거고, 나도 안 해."

그치만 애가 재취업한 직장에서 뛰쳐나온 그날처럼 또 안 좋은 일이 생긴 거면 어떻게 해.

"걔 정신 다 나았잖아. 술도 먹고, 아르바이트 대타도 뛰고.

팔자 좋아."

아, 그렇지? 역시 나만 그렇게 생각했던 거 아니지? 아주 약간의 짜증이 인다.

그 짜증을 받아 '시나'는 파도가 밀려오듯 자연스레 말했다.

"버릴 거야. 그게 '내가' 가장 먼저 결정한 일이야."

잠깐, 그랬다가 걔 또 공황 오면?

"알 바 없어. 지금 2층 영감님에게 방 빼겠다고… 아, 그럼 다음 세입자 구하라고 하겠네. 영감님한테 다음 월세는 하시호한테 받으라고 하자."

'시나'가 몸을 돌려 현관문으로 향하다가 멈췄다. 시나가 쫓아오지 않은 것을 뒤늦게 깨달은 것이다. 방금 전까지 거의 하나로 겹쳐졌던 몸은 그새 두 쪽으로 갈라진 은행잎처럼 미세하게 벌어졌다.

시나는 딱 반 뼘 떨어진 '시나'의 등을 바라보며 말했다.

"그만해."

"뭐야?"

"지금 동생을 버리라는 거잖아."

'시나'의 등이 움찔 떨렸다. 코웃음을 친 것이다.

"걔가 물건이냐? 버려지게? 수염 부숭부숭한 어른을 두고 별 귀여운 소리를 다 한다. 빨리…."

"아까 네가 말했잖아. 버릴 거라고."

"아, 진짜 귀찮게 구네. 너는 동생 생각할 처지가 아니에요. 소녀 가장 짓에 로망 있냐?"

그럼에도 '시나'의 몸은 홀로 나아가지 못했다. 마치 이 이상 떨어지는 게 어렵기라도 한 것처럼. 목소리만이 칼처럼 날을 세운다.

"제일 중요한 일 앞에서 괜한 고민하지 말고….."
"이건, 고민하는 게, 아니야."

이제야 알 것 같다. 날 선 질문을 받고서야 제 속이 명확히 들여다보인다.

시나는 힘주어 대답했다.

"난 선택을 못 하는 게 아니라, 동생을 '기다린다'는 선택을 한 거야."

"너….."
"나는 너와 생각이 달라!"

'시나'가 노기 형형한 눈으로 고개를 돌렸다. 하나 그 분노는 오래가지 못했다. 시나가 뒷걸음질을 치는 순간, 누군가가 은행잎의 홈을 찢듯이 두 사람의 몸이 서서히 갈라지기 시작한 것이다. '시나'가 당황했다.

"잠깐! 지금….."
"절대 안 해."

'시나'가 허둥지둥 뒷걸음질 쳤다. 다시 들러붙을 수 없는 몸뚱이를, 어떻게든 유예 시간을 늘려 보려는 듯 시나에게 달라붙어 온다.

"필요하다니까! 동생한테 계속 뜯어먹히고 살거야? 나중에 걘 고마웠다는 말 한마디 남기고 떠나면 끝일걸?"

"그래, 아픈 동생 버리는 인간이 되는 것보단 낫지."

"알 게 뭐야! 그래서 너는 지금 정상이야? 응? 너 문제 많잖아. 이대로 날 버리면, 너는 영원히 결단력 없는 사람으로 사는 거라고!"

'시나'가 등 뒤로 손을 뻗더니 시나의 오른손을 꽉 쥐었다. 손등으로 손톱이 파고들었다. 서서히 찢어지면서도, 서서히 투명해지면서도 그 손힘만은 강렬했다. 하지만 그렇기에 시나는 또렷하게 대답할 수 있었다.

"조금 고민해 봤는데 난 결단력 없는 인간이긴 해도, 너라는 극약 처방을 받을 만한 쓰레기는 아닌 것 같아."

"어?"

"아무것도 정하지 못할 인간이라면 애초에…."

왼손으로, 시나는 살림집 바닥을 굴러다니던 핸드포크 바늘을 들어 올렸다.

"돌이킬 수 없는 타투를 업으로 삼지는 않았겠지."

"그, 그거, 뭐 하려고!"

"돌이킬 수 없는 결정을 하려고."

그리고 캔버스는 한 장이지. 한 장이면 충분하지.

자유로운 왼손은 비록 익숙지 않으나마, 처음 하는 일이나마 자신이 해야 할 일을 행했다. 바늘 끝이 두 존재의 연결 부위를 찔렀다. '시나'가 비명을 질렀고 시나는 비명을 삼켰다. 바늘은 멈추지 않았다. '시나'가, 결단력이, 이것이, 그것이, 한때 아버지의 껍질을 뒤집어쓰고 맴돌던 것이 바닥에 노랗게 흐트러졌다. 밀가루로 만든 가짜 슈크림 냄새가 났다.

"헉… 헉…."

거실 안. 이 공간에 있는 사람은 이제 진짜 시나뿐이다.

핸드폰이 다시 울렸다. 시나는 끈적해진 손을 바지에 문질러 닦은 후 핸드폰을 받았다.

"여보세요? 시호!"

"누나, 통화 괜찮아? 손님 왔어?"

"손, 님인 줄 알았는데 사이비였어."

"푸하하하! 아, 우리 동네 별게 다 튀어나오네."

"됐고. 넌 뭐야? 아버지 보러 갔다고?"

"어, 지금 충남이야."

"충남? 그건 또 뭔 소리야, 진짜! 그새 버스 탔어?"

만사가 엉망진창이다. 가쁜 숨을 몰아쉬는데, 핸드폰 너머에서 시호가 한숨을 쉬었다. 젠장, 감히 누나에게 한숨을 쉬다니.

"그 사이비가 어지간히 진상이었나 봐. 누나 지금 숨 엄청 헐

떡인다."

"어… 좀 고생했어."

"누나 숨 좀 돌리고, 나는 점심 먹고 다시 통화해도 돼? 그때 정리해서 말할게."

뒤늦게, 필요한 말이 떠올랐다.

"괜찮아? 밥 혼자 먹을 수 있어?"

"…당연하지."

"체하지 마라."

"알겠어. 이따 전화할게."

꼭 해. 그렇게 속으로만 중얼거리며 전화를 끊었다. 시호는 분명 자기 목소리를 또 낼 수 있을 것이다.

시나는 개판이 된 장판을 바라보다가, 일단 사진을 찍은 후 두루마리 휴지를 챙겼다.

충남 당진의 한 요양 병원. 하정석 씨는 거기 누워 있었다. 동생이 보내 준 사진 속 아버지는 시나의 어설픈 기억과 상상력으로 맺어 낸 결과물과 달리 제 주름살에 갇히듯 노쇠해 있었다.

[내가 맛 갔던 시절에 041로 시작하는 전화가 왔어. 받아 보니까 무슨 공장인데, 여기서 일하던 하정석 씨가 쓰러졌대. 일단 자기들이 병원 보내 놨는데, 당신이 아들이냐는 거야. 난 그

런 사람 모른다고 전화 끊고 꺼 뒀지. 계에에에속.]

아버지는 남매의 전화번호를 끝까지 갖고 있긴 했던 모양이다. 시나의 번호는 두 번쯤 바뀌었지만, 시호의 번호는 옛날 그대로다. 만약 출소 후 시호에게 무언가를 부탁하는 전화를 한 번이라도 걸었다면 연락처가 있었을 것이다.

[그 뒤엔 뭐 내 코가 석 자라 처박혀 있다가, 좀 정신머리 괜찮아지니까 떠오르더라고. 이 아저씨 어떻게 됐으려나.]

[이 아재는 좋은 아버지도 아니었고 좋은 인간도 아니었어.]

[근데 내 인생에 없는 인간으로 치기에는 분리가 안 돼.]

[분리를 못 해.]

[내 맹장 같은 거지ㅋ]

[무엇보다 생판 얼굴도 못 본 아저씨들이 동료랍시고 그 아재를 영차영차 업어다 놓고 보호자 찾았을 거라 생각하니 마음이 너무 안 좋더라.]

[물론 난 불효자 새끼라 마음만 안 좋은 채 나의 성을 지켰지만ㅋ]

그러던 동생은 어제, 시나가 갑자기 아버지 이야기를 꺼낸 것을 두고 오해한 것이다. 마침내 아버지의 동료들이 누나 번호를 찾아내어 자식으로서의 책임을 요구한 모양이라고.

[누나라면 했겠다 싶어서.]

[졸라게 고민하는데 그 아재를 눈앞에 끌어다 놓고 고민을

해서 이제 고민을 두 배로 하고 있었겠지.]

동생은 한참 뒤에야 톡을 덧붙였다.

[그리고 내가 그 꼴 난 걸 쳐다보고만 있으면 안 되잖아, 진짜로 사람 새끼가 됐으면.]

시나는 그 시점에서 동생에게 전화를 걸었다. 망할 놈은 전화를 받지 않았다. 지금은 통화가 어렵습니다, 지금은 통화가 어렵습니다…. 톡 알림만 띠롱띠롱 울렸다.

[ㄱㅊ 여기 상황 진짜 생각보다 괜찮음.]

[암튼 누나가 한 일의 반만큼이라도 따라 해 볼게.]

[아버지가 모아 둔 돈도 있고 곧 알바도 구할 수 있을 듯.]

[지금 병원이니까 전화기 꺼 둔다ㅋ 나중에 정리되면 다시 전화할게.]

그리고 5분 후. 아마 작성하는 데 가장 오랜 시간이 걸렸을 톡이 도착했다.

[고마워.]

시나는 시호에게 전화를 걸었다. 전화기는 꺼져 있었다. 다행이었다. 벌써 짠물이 혀끝까지 차오른 목청으로는 아무래도 제대로 된 통화를 하기 어려울 것 같으니.

시나는 곧장 소명 어머니를 찾아갔다. 나를 '닮은' 사람을 본 게 아니라 나와 '똑같이' 생긴 사람을 본 게 맞느냐, 당신이 말한 '묘한 제안'은 '하나가 되자'는 것이었냐는 필터 없는 질문에 소명 어머니는 반색을 하며 고개를 끄덕였다.

시나는 지난 이틀간 헛것을 본 게 아니었다는 기쁨으로 자신이 겪은 일을 토해 냈다.

"…그렇게 됐어요."

"어머, 아버님은 좀 괜찮아요?"

"몸은 이제 괜찮아지는데, 병원에 보호자 없이 너무 오래 있어서 그런지 헛소리를 좀 한다더라고요."

"노인들은 그런 경우 있지. 보통 퇴원하고 일상생활을 하면 나아져요."

병원 직원다운 말이었다. 시나는 다른 것도 물어볼까, 하다가 참았다. 지금 그녀에게 해야 할 것은 다른 질문이지 않은가.

"그런데 어머님은 이걸 어떻게 아세요? 도플갱어를 겪으셨어요?"

"더블? 네?"

"아니, 붕어빵 속재료요."

"내 붕어빵은 아니에요. 설명하자면 복잡한데, 길에서 아는 애를… 어머, 나 오후 출근해야 한다."

"아."

"미안해요. 저번에 사 온 딸기 잘 먹었어요. 고마워요. 다음에 다시 얘기해요!"

허둥지둥 가방을 챙기는 기세에 밀려, 손님이던 시나가 먼저 현관에 서서 인사했다. 언제든 또 오라는 영혼 없는 인사가 시나를 배웅했다. 진짜로 또 와 버려야지.

누구 것인지는 모르겠지만, 소명 어머니가 또 다른 도플갱어의 존재를 알고 있다는 것만은 확실해 보인다. 다른 사람들은 어떤 선택을 할까? 하나가 될까, 또는 시나처럼 자기 자신의 사라진 장점을 거부할까.

시나는 핸드폰을 열며 확신했다. 앞으로도 수많은 삽질과 실수와 고민을 동료 삼아 나아가겠지만, 적어도 어제 아침의 그 선택만은 후회하지 않을 거라고.

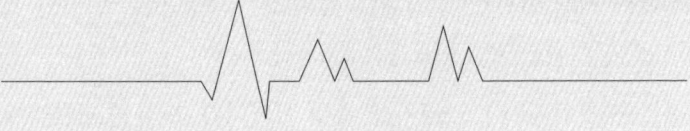

머리가 아팠다. 누군가가 두개골 안에서 돌을 굴리는 듯한 통증이기도 했고, 누군가가 머리통을 시멘트 바닥에 놓고 끄는 외부의 따끔함이기도 했다. 가끔 토하고 싶은 기분도 들었지만 그럭저럭 참을 만했다.

두 시간에 한 번, 간호사가 다가와 물었다.

"학생, 이름이 뭔지 기억해요?"

"아, 니오."

"여기가 어디라고 했죠?"

"병원이요. 외과, 중환자실."

"오늘 며칠이에요?"

"3월… 아니, 4월 12일."

"잘했어요. 잠깐 눈 좀 볼게요."

펜라이트 빛이 동공을 스쳤다. 몇 번을 해도 익숙해지지 않는 검사를 마치고 간호사는 '슬슬 괜찮아져야 하는데'라고 한숨을 섞어 뱉고는 몸을 돌렸다.

금태는 언젠가 저 사람에게 말해야 할 것들을 우물거렸다. 이름은 반금태. 열일곱 살. 천금1동에서 부모님과 거주 중. 하지만 그중 말해도 되는 것은 나이뿐이다. 사고를 겪은 날 자신이 정신을 차렸음을 간호사에게 알리고 시간이 조금 지났을 때 소명이네 엄마가 달려와 소곤소곤 물었다.

"정신 들었어?"

"네… 소명….'

"아는 체하지 마. 지금부터 설명할게. 다행히 네 상태는 심각하진 않은데, 그 자식이 네가 이 병원에 입원한 걸 알아."

그 자식이 누굴 칭하는지는 뻔했다. 금태의 어깨가 뭔지 모를 감정으로 뻣뻣하게 굳었다. 소명이네 엄마는 금태 어깨를 토닥이며 진정시켰다. 하지만 정작 그분이 말하는 이야기는 진정할 수 있는 내용은 아니었다.

"다행히 여긴 준중환자실이라 직원이랑 가족만 들어올 수 있는데, 네 정신이 완전히 돌아온 걸 알게 되면 의사가 너를 일반 병실로 옮길 거야. 그럼 그놈이 바로 찾아오겠지."

"아….'

"그놈 만나기 싫으면 정신을 반만 차린 척해. 너무 못 차리는 척했다간 의사가 무슨 약을 넣을지 모르니까. 네 부모님은 그 가짜가 진짜인 줄 알고 집에서 잘 지내신다."

아, 이런 동화를 옛날에 읽은 적 있는 것 같은데. 쥐가 발톱 먹는 이야기였나? 상황 자체가 우스워서 피식 웃으니, 소명이네 엄마가 속 터진다는 표정으로 내려다보았다.

"웃는 건 네 자유지만 정신 좀 차려라. 아무튼, 가끔 여기 올 테니 혹시 그놈이 어디에서 왔는지 알아볼 만한 단서가 있으면 나한테 좀 말해 줘."

딱 본론만 남긴 후 소명이네 엄마는 과장되게 간호사를 향해 '내 시계 찾았어!'라고 알리바이를 주장하며 준중환자실을 떠났다. 그 뒤로 금태는 더 오래 고민하지 않고 매 두 시간마다 찾아오는 간호사에게 제한된 정보를 제공했다.

아무것도 생각하지 않는다. 하고 싶은 것과 시키는 것만 번갈아 한다.

초등학교 5학년 때였나. 담임선생님이 말한 '몸이 좋으면 머리가 고생을 안 해도 된다'는 말이 참 좋았다. 어차피 고민할 줄도 몰랐고, 나름 고민이라는 걸 해서 결과를 내놓아도 조별 수업 중이던 같은 조 애들이나 선생님들은 웃음을 터트리거나 고개를 저었다. 그럼 됐다. 고민해 봤자 좋은 결과가 나오지 않는다면, 차라리 몸 가는 대로 뭐든 해결하는 게 훨씬 낫지 않은가.

그래서 파쿠르가 좋았다. 머리보다는 몸이 배워야 하는 일. 다음 건물까지 얼마나 떨어져 있는지, 지금 손댄 난간이 얼마나 미끄러운

지를 각 감각기관이 바로 느껴 몸 전체의 안위를 책임져야 하는 일. 역설적인 소리지만, 모든 감각기관이 하나하나의 뇌가 된 것만 같아 기분 좋았다. 나는 다섯 개의 뇌를 가진 총사령관이다!

파쿠르를 할 때는 생각이라는 것을 할수록 위험하다. 각 건물 간의 거리가 멀수록 몸은 더더욱 멀리 뛰어야 하는데, 뇌는 내 몸을 멈추려 들 테니까. 비록 파쿠르는 그만두었지만 굳이 생각이라는 걸 가질 필요는 없다. 정말로. 아마도.

왜, 예전에도 괜히 어울리잖게 생각이라는 걸 했다가 오히려 곤란을 겪은 적 있지 않았나? 그러니까… 그게, 언제였지? 입이 마른다. 분명 무슨 일이 있었어. 겪으면 안 되는 그런 일이. 그런데 왜 잊어버렸더라? 아니, 내가 잊어버렸던가? 아니, 나는 왜 파쿠르를 그만뒀지? 나는….

어울리지 않게도, 생각이 속삭였다. '떠올리면 안 돼.' 하지만 강아지를 생각하지 말라는 말은 강아지를 떠올리게 만든다. 저 문장이 금태의 머릿속에 돌을 던졌다. 빨갛고 말랑말랑한 돌. 금태 자신의 피로 만들어진 돌. 어제 소명이네 엄마가 설명했지. 지금 금태의 머릿속에는 땅에 부딪힐 때 흐른 피가 혈종이라는 작은 핏덩이가 되어 남아 있다고. 내버려두면 천천히 사라질 거라고. 하지만 지금 금태가 금태스럽지 않게 고민이란 것을 하게 된 것을 보면 아무래도 그 덩어리가 머릿속을 헤집고 있는 것만 같다.

파쿠르를 그만두기 얼마 전, 그때도 빨간 돌을 본 적 있다. 빨간…

아니, 붉은 얼룩이 묻은 콘크리트 조각. 그 너머에 어른거리는 건…
아, 도망쳐야 한다고 깨닫기도 전, 기억 속 그분이 소리를 질렀다.

'너는 우리 애 안 말리고 뭐 했어!'

기억 너머에서 텍스트로만 아른거려야 했을 그 문장은 금태의 다섯 개의 뇌 중 하나, 청각을 꿰뚫었다. 분명 머릿속에 자리 잡은 돌 때문이다. 어느새 입이 벌어졌고, 간호사가 달려왔다.

"환자분!"

그러나 그 소리보다 다른 소리가 더욱 컸다. 여섯 번째 뇌이자 진짜 뇌가 흔들린다.

'너 때문에 우리 애가 죽은 거야, 알아?'

시나의 붕어빵 이야기를 들은 날, 주연은 내친김에 시나의 타투숍에도 방문했다. 나름 치운다고 치웠다는데 집에 들어서자마자 싸구려 바나나 시럽 같은 달달한 냄새가 코를 채웠다. 망설임 없이 걸레를 찾아 드는 주연을 보고 시나가 기겁했다.

"청소까지 도와주실 필요는 없어요!"

"내가 하고 싶어서 그래요. 남한테 말하기 부끄러웠을 단점 이야기까지 해 준 것도 고맙고."

"그건 잊어 주세요…."

고개를 끄덕였지만, 주연은 잊을 수 있을 것 같지 않다. 일평생 자신에게 결핍되었다고 생각해 온 것이 눈앞에 어른거리는데 그걸 단호하게 찔러 버리다니…. 부끄러운 이야기가 아니라 멋진 이야기지 않은가. 나는 그렇게 할 수 있을까.

물론 무엇의 앞에 서느냐에 따라 다르겠지. 시나처럼 평생 '결핍되었다'고 느껴 온 요소가 주연에게는 없다. 어쩌면 그것 자체가 문제일지도 모른다. 자신에게 무엇이 부족한지도 모른다는 것.

"대단하네요. 젊은 나이에 자기 가게도 차리고. 난 젊을 때 내 돈으로 전세 사는 것도 무서워서 월세만 전전하다 돈도 제대로 못 모았는데."

"할 줄 아는 게 이것밖에 없었거든요. 사실 현행법상 타투는 의료인만 할 수 있어서 이것도 어떻게 보면 불법 영업이지만요! 아하하!"

"무섭네요…."

하지만 시나의 그 자조적 웃음도 조금 부러웠다. 자기 사업체를, 가족을, 커리어를 꾸려 나가는 어른의 웃음.

주연이 스스로가 어른이 되었다고 느꼈던 건 21도짜리 소주 한 병을 다 마셨던 대학 첫 MT날뿐이었다. 그 이후로는 모든 게 엉망진창이었다. 졸업하자마자 전공에 맞춰 취업을 해도-아이를 낳고 그만두었지만-, 결혼을 해도-이혼했지만-, 애를 낳고 전셋집을 구하고 투자 개념으로 그 집을 사도, 부모님 같은 '어른'이 되었다는 실감은 한 번도 느끼지 못했다. 지금은 어린 사람들 앞에서만이라도 어른인 척하려 발버둥 칠 뿐이다.

"아, 이제 좀 깨끗하니네. 일 열심히 해요."

"진짜 감사합니다! 소명이한테도 안부 전해 주시고요! 멸치? 명치? 그 고양이 보이면 말씀드릴게요!"

"갈치예요…. 고마워요."

타투숍을 나서며 주연은 오래간만에 핸드폰에 있는 갈치 앨범을 열었다. 소명이 고양이를 제 목에 두르고 웃는 사진이 제일 먼저 떴다. 일평생 이런 사진을 보고 웃기만 하고 싶다. 자신이 고양이 하나 간수하지 못하는 어른이고, 외고에 가고 싶다는 딸 서포트도 못 해 준 엄마라는 건 잊고….

그때 카카오톡 메시지가 하나 올라왔다.

[주연 씨.]

병원 간호사였다.

[무명남 환자 상태 변하면 알려 달라고 했죠? 의료법상 톡으로 알려 드리진 못하는데… 와 보셔야 할 것 같아요.]

3
길을 잃은 붕어빵

1

"이 동네에서 제일 좋은 매물 보여 드린 겁니다. 솔직히 이 이상 가는 방은 없어요!"

장극이 단언했다. 방금 전까지 생글생글 웃던 노인이 뱃속 힘까지 끌어모아 뱉는 문장은 20대들에겐 채 반박하기 힘든 힘을 갖기 마련이다.

말을 잃은 대학생 옆, 그나마 두어 살 더 먹어 뵈는 형이 질문을 던졌다.

"예, 그건 그런데요. 아까 떼 주신 등기부에 잡힌 근저당은 어떻게 된 거예요?"

"으하하하! 이야, 많이 공부하셨네. 근데 봐요. 이거 주체가 요 옆 대학 학생회죠? 단체는 돈을 함부로 못 쓰니까 안전장치를 걸어 두거든. 그래서 잡힌 거예요."

"네에…."

"아니, 걱정을 못 놓아 보내시네. 봐요, 이 동네에 집주인분이 가진 건물만 아까 보여 드린 원룸 건물, 시티빌이랑 여기 하나 더, 이렇게 두 군데거든요? 정말 만약의 경우, 주인분이 건물 하나만 팔아도 10억은 우스워요. 근저당 잡은 쪽에 1억 준다 쳐도 학생네 월세 보증금이야 껌값이지. 지역 유지한테 3000이 돈인가?"

입안에서 온갖 반박이 삐쭉거려도 손님은 입을 열지 못한다. 혹시라도 순진한 소리를 뱉었다가 부동산 중개업자 앞에서 얕보이는 게 두려운 것이다.

거의 다 넘어온 손님들 앞, 장극은 부러 보란 듯 한숨을 쉬며 마우스를 딸각였다.

"별로면 제가 뭐 어쩌겠어요. 다음 방 보여 드릴게요. 사이즈는 좀 작아지는데 등기부는 깨끗하고 아 참, 아까 그 방은 다음 예약한 손님 보시라고 할게요."

"아, 네."

"그럼 새 매물 보러 가시죠. 걸어서 5분이면 돼요."

바로 보여 주는 북서향, 여섯 평짜리 원룸 앞에서 대학 새내기는 아까 본 열 평짜리 원룸에 작전대로 사로잡혔다. 결국 그들은 존재하지 않는 다음 예약 손님을 앞지르기 위해 급히 도장을 찍었고, 인상 좋아 보이는 집주인의 '학생, 어디서 올라오셨다고? 아이고, 우리 처가가 거긴데. 잘해 드려야겠네'라는 너스레에 조금 편안해진 얼굴로 부동산을 나섰다.
 집값 싼 지역 찾아서 천금2동까지 온 건데 이 월세로 계약할 거였으면 그냥 대학가 원룸을 찾을 걸 그랬다. 이런 이성적인 생각을 되찾았을 땐 이미 늦지.
 형제를 먼저 배웅한 후 박장극은 좀처럼 일어설 생각이 없어 보이는 시티빌 건물 주인에게 커피를 타 내밀었다.
 "오래간만에 오셨네. 요즘 좀 괜찮아요?"
 "어우, 괜찮긴! 애들이 매년 줄어. 요즘 원룸엔 드럼 세탁기를 꼭 넣으래서 억지로 공사하고 난리를 피웠는데, 이제는 또 와이파이가 없으면 안 들어온다네? 얼어 죽을."
 "요즘 대학생들이 좀 까다로워야죠. 나 젊을 땐 공부하는데 혼자 방 쓰는 건 상상을 못 했거든요. 그나마 운 좋은 애들은 고향 학사 들어가고, 나머지야 뭐, 저녁 술자리 파하고 선배 방에 어벌쩡 끼어 들어가서 자다 나오고 그랬지."
 "그러니까 말이야. 대학을 호강하려고 가는 것도 아닌데…. 박 선생님은 서울대 나왔댔죠?"
 "들어는 갔는데, 좀 희한하게 나왔죠. 돈 없어서 데굴데굴!"
 "으하하하!"
 시티빌 주인이 장극의 어깨를 툭 쳤다. 그러고는 속삭였다.
 "박 선생, 부동산 새로 열 생각은 없어요? 아니면 사장님이 여길 박 선생한테 넘긴다거나 그런 말 없나? 서울대 들어간 사람이면 뭘 해도 하는데."

"에헤이, 무슨 하극상을 시키시네."

"아니, 진짜. 여기 사장님 요새 기운 없고 난리잖아."

그건 맞는 말이다. 이 부동산 사장은 장극보다 열서너 살은 더 많은 영감인데, 원래도 건강하다고는 못 할 인물이었지만 올해 들어서는 정신까지 깜빡깜빡하는 모양새다. 지금도 손님 맞으러 간다고 해 놓고서는 찜질방에서 꾸벅꾸벅 조는 걸 모두가 빤히 알고 있다.

시티빌 주인이 일어났다.

"그럼 난 이만 들어갑니다. 아까 농친 거 아니니까 생각해 보시고."

"예에, 감사해요."

장극은 손님을 배웅하고는 유자차를 진하게 타 마시며 화분에도 물을 주기 시작했다. 언제 끝날지 모르는 삶. 여기서 뜯어먹을 건 매 순간 뜯어먹어야지. 새 부동산은 무슨. 공인중개사 자격증이 없는 사람이 무슨 재주로 부동산을 열까. 출퇴근도 힘들어하는 영감님 대신 집 보러 다니는 게 장극이 할 수 있는 일의 전부다. 사실 이 자리에도 멀쩡하게 자격증 갖고 있는 인간이 와 앉아야겠지만, 이깟 동네에 그런 것씩이나 필요한가.

화분에 물을 쭉 주고, 책장에 얹어 둔 인삼주와 노봉방주의 먼지까지 다 떨어냈을 때쯤 부동산의 진짜 주인이 돌아왔다.

"박 선생, 별일 없어?"

"별일 없죠."

"오늘 또 온다는 사람 없나?"

"어디 보자아, 오늘은 더 없네요."

"그럼 장극 씨는 이만 들어… 아, 맞다. 밤꿀 남는 거 있어? 밤꿀 산다는 친구가 있는데."

"어이구, 요즘 철이 아니라 좀 알아봐야겠는데."

"응, 알아봐. 어이구구…."

사장은 들어오자마자 전기 포트에 정수기 물을 받아 스위치를 누르고는 소파에 털썩 쓰러지듯 앉았다. 꼴을 보아하니 이따 손님이 들어오더라도 지금 같이 보러 다닐 사람 없다며 손사래 치게 생겼다.

"가만 쉬셔요."

대답을 기대하지 않은 채, 장극은 거울 앞에서 옷매무새를 다듬은 후 베레모를 눌러쓰고 부동산을 나섰다. 벌써 집에 들어가기에는 세상에 쏟아지는 햇살이 아깝다.

장극은 아직 멀쩡한 왼쪽 무릎과 슬슬 삐걱대기 시작하는 오른 무릎을 놀려 길을 건너고, 지하철을 탔다. 멀리 가지는 말자. 이 근방에서 그나마 젊은 애들이 모이는 학원가가 세 정거장 뒤였던가. 벤치에 앉아 해바라기를 하다가, 입이 심심하다 싶을 때쯤 근처에서 테이크아웃 커피를 들고 산책 중인 학생들을 찾아 말을 건다. 남녀 커플도 괜찮지만 당장 눈에 띄지 않을 땐 세 명짜리 모둠이 적당하다. 가운데 사람에게 말을 걸면 그들이 수상한 불청객을 무시하고 싶어도 바로 도망갈 방향을 못 잡거든.

장극은 베레모를 살짝 치켜올리고 웃으며 물었다.

"미안한데요, 학생. 이런 커피는 어디서 팔아요?"

"네?"

"그, 거품 복슬복슬한 거, 라테 맞죠?"

"아, 예, 맞아요."

"저기… 이런 거 파는 카페는 노인네가 들어가면 별로 안 좋아한대서 그러는데, 혹시 하나만 사다 줄 수 있을까요?"

주머니에서 건네는 돈은 2000원. 세 학생이 눈빛을 교환하지만, 젊은이들은 대개 그가 오랫동안 빨아 입어 깨끗하지만 보풀이 일어난 스웨터를, 챙에 손때가 반질반질 묻은 베레모를 보고 호감을 갖는 편이다. 이번에는 성공한 모양이다. 그들은 돈이 모자란다고, 더 주셔야 한다고 잘라 말하는 대신 알겠다며 카페 쪽으로 여섯 개의 다리를 놀렸다.

잠시 후 장극의 손에 따끈한 라테 한 잔이 들어왔다.

"고마워요, 학생. 잘 마실게요."

세 학생이 어색하게 웃으며 물러났다. 장극은 오래간만에 라테를 물고 벤치에 기댔다. 날 좋네. 2000원이나 쓴 날이니 당연히 기분 좋은 일만 일어나야지.

오래간만의 호사는 아까 학생들이 커피를 사러 갔던 카페로 들어가 물로 입가심을 하는 것으로 마치고, 장극은 다시 지하철을 타고 그가 새로이 몸담은 고향, 천금2동으로 돌아왔다. 병든 거북이 등껍질처럼 우둘투둘한 갈색과 회색과 뭐라 비유도 하지 못할 벗겨진 벽화색 벽이 그를 맞이했다.

경기도 파주시부터 제주도 서귀포시까지, 장극은 일평생 남들의 예닐곱 배는 돌아다니며 살았다. 마포구의 40평대 아파트에서 산 적도 있고, 지방 돼지 축사에 딸린 일곱 평 컨테이너 기숙사에서 다섯 명이 함께 산 적도 있다. 어디에 살든 장극은 기쁨이나 괴로움에 크게 휘둘리지 않았다. 이 또한 지나가리라. 세상 모든 상황은 변하며 감정 또한 영원하지 않으리라.

하지만 지금, 그깟 몇십 분 걸었다고 바늘로 찔러 대듯 아픈 관절로 또 0.5층 계단을 올라 현관문을 연 장극은 겨울 바다에 빠지듯 우울해졌다. 서울 한구석, 천금2동의 열두 평짜리 월세방이 그의 삶의 마지막 보금자리가 되리라는 예감이 도통 머릿속을 떠나지 않았다.

처음으로 이 몸의 사용 기한이 다 되어감을 느낀 것은 작년 가을 즈음, 천금2동에 발을 막 디뎠을 때였다. 안면 익힌답시고 동네 술자리에 얼굴을 들이밀고 다녔는데, 어처구니없게도 술이 아닌 안주가 문제를 일으켰다. 서비스로 준 닭똥집 튀김을 아이고 감사합니다, 너무 맛있네, 하며 온갖 호들갑을 떨면서 먹다 사레들린 게 늑골골절로까지 이어진 것이다. 그나마 그걸 계기로 동네 사람들과 가까워질 수 있어 다행이었지만 솔직히 전화위복이라기엔 잃은 게 너무 많았다.

한편 장극의 뼈는 한번 관심을 받기 시작한 뒤로부터 온갖 부위에서 비명을 질러 댔다. 주로 다리가 문제였다. 지팡이를 쓰기에는 이른 나이인데…. 게다가 지팡이 짚는 노인은 남들에게 기억되기 쉬운 것도 문제다. 하지만 가장 큰 문제는 머리에서 왔다. 올 초부터 기억력이 훅훅 나빠지기 시작했다. 애초에 고등학교 졸업장도 못 받은 놈이 서울대 운운할 수 있게 해 준 원동력은 그의 제법 쓸 만한 기억력이었는데, 이제는 제 계좌번호를 불러 주려 해도 두 번에 한 번은 수첩을 열어 봐야 한다.

집에서 뭐 알아봐야 할 게 있었는데… 뭐더라? 재킷을 걸어 놓고 장극은 창고방 불을 켰다. 흐릿한 불빛 아래에 부동산을 통해 팔아먹곤 하는 각종 꿀, 매실액, 노봉방주 따위가 유리병에 담겨 일렁인다. 아, 맞다, 밤꿀. 밤꿀이었지. 색 진한 유리병을 찾아 뚜껑을 여니 약으로나 쓸 냄새가 난다. 장극은 뚜껑을 다시 봉하고 둥근 견출지에 적당히 이름과 날짜를 지어내 붙였다. 언제, 어디에서 산 물건인지는 기억도 가물가물하다. 그래도 어쨌든 국산이겠지.

밥이나 먹으러 나갈까. 내일 잊어버리지 않고 가져가려고 유리병을 신발장 옆에 놔둔 후, 장극은 운동화를 찾아 신고 집을 나섰다. 만만한 콩나물국밥집에 들어서면 익숙한 얼굴들이 손을 흔든다. 벌써 옆에 소주병 두 개가 구른다.

"벌써들 술 깠어?"

"에이, 이게 뭐 벌써 먹은 거야. 반주지, 반주."

"앉아. 별일 없나?"

"얼마 전에 우리 딸이…."

온갖 문장들이 누구든 들어 줄 사람을 찾아 쏟아진다. 장극은 자잘한 정보를 주워 머릿속에 꾹꾹 눌러 담았다. 대개는 시답잖은 소리지만, 언젠가는 돈 몇 푼 벌어다 줄 쓰임새를 보일지도 모르지. 만약, 정말 만약에 그가 마지막으로 한탕하고 천금2동을 떠날 수 있는 운명이라면 말이다.

소주 반병에 갈비뼈가 시큰거린다. 개중 한 명이 손자가 보냈다는 문자를 한참 자랑했다. 해장국을 깨작거리던 양반이 뒤늦게 마누라 전화를 받고 욕을 구시렁대며 나갔다. 마지막 서비스로 내어 준 콩나물국 국물도 다 식었겠다, 장극은 슬슬 자리에서 일어나고 싶었다. 애초에 술 마시는 취미도 없거니와 머리가 굳는 속도에 박차를 가하고 싶지도 않았다.

"더 드실 거요?"

"어… 일어나게, 박 선생?"

"예, 아침 일찍 또 나가 봐야 해서."

"그려… 이것까진 비우고 가."

남은 술이 소주잔에 넘치도록 담겼다. 서로 이름도 잘 모르는, 한때 공무원이었다기에 다들 '김 주사'라고 부르는 노인은 가만히 입을 축일 뿐, 장극에게 별다른 말도 걸지 않고 제 핸드폰을 들여다보기만 했다. 양손이 느릿하게, 그리고 꾸준하게 자판을 친다. 오히려 장극에게 상대에 대한 흥미가 돌았다. 가족은 없다는 것 같았는데, 누구와 대화를 주고받는 거지?

"친구예요?"

"…어어, 아니."

괜히 물어봤나. 그는 장극의 자리에서는 보이지도 않는 핸드폰 화면을 슥 가렸다. 장극은 괜한 헛기침을 하고, 바로 일어나기도 민망해서 김치 반찬에 젓가락을 휘둘렀다. 김 주사가 지갑에서 종이쪽을 꺼냈다. 새빨간 티켓 형태의 광고지였다.

"이런 거 관심 있나? 실내에서 서커스 보여 주고 라면 준다는데 혼자 가기 뭣해서 말이야."

말이 서커스지, 라면이나 휴지를 미끼로 사람 끌어들여서 건강 보조 식품 같은 약 파는 것들일 거다. 장극이 고개를 저었다.

"아아, 저는 가슴 두근거려서 서커스는 못 봐요."

"그래…."

김 주사는 조금 시무룩해서는 티켓을 집어넣었다. 우편함마다 빽빽이 꽂히는 물건인데, 그걸 5만 원짜리 지폐보다도 조심

조심 다루는 모습이 어쩐지 장극의 뱃속을 긁었다. 술자리는 다시금 조용해졌다. 겨우 술잔이 비었다 싶을 때쯤 장극은 자리에서 일어났다.

"김 주사님은 더 있을 겁니까?"

"어어, 지금 들어가 봤자 바닥만 냉골이고….”

"하긴, 아직 춥죠. 또 봬요.”

장극은 김 주사 옆을 지나치면서 고개를 돌렸다. 그는 또 핸드폰에 고개를 처박고 있었다. 김 주사가 두 개의 손가락으로 톡, 톡 치는 건 문자 메시지였다. 그것뿐이라면 장극도 바로 고개를 되돌려 집으로 향했겠지. 하지만 화면 왼쪽 위, 메시지를 주고받는 상대가 그 직전에 보내 온 메시지가 장극의 시선을 붙잡고 늘어졌다.

[죄송합니다. 저희 학생 번호인 줄 알고 잘못 보냈습니다.]

[선생님이신가 봅니다. 저도 옛날에 잠깐 가르치는 일을 했었는데.]

투자 사기 문자에 답장하는 거 아닌가, 하는 호기심이 순식간에 날아갔다. 장극은 볼에 붙은 벌레라도 떼어 놓는 사람처럼 고개를 홱 돌렸다. 하지만 제 몫의 술값을 계산한 이후에도, 식당에서 쥐어 온 자두맛 사탕을 어금니까지 뽑아 먹을 기세로 쭙쭙 빨아 당기는 와중에도 아까 본 풍경은 머릿속에서 도통 떠나가지 않았다. 그 영감은 대체 뭐 하는 거야. 여자가 잘

못 건 전화를 붙잡고 추잡스러운 소리를 하는 놈들이야 예나 지금이나 있다지만….

그 불쾌감은 곧 사라졌다. 잘못 온 문자에 성별 딱지가 붙어 있을 리 없잖은가. 불쾌감의 빈자리를 순식간에 다른 감정이 차지했다. 다만 그 감정은 장극이 식당 골목의 숯불 냄새에서 벗어나, 주택가 골목길로 들어와, 묘한 쉰내가 풍기는 집 문지방 안으로 딱 들어섰을 때야 제 이름을 드러냈다.

이건 외로움이었다. 김 주사도 가족 없댔지. 그도 집에 들어서면 뜨뜻미지근한 진흙에 잠기는 듯한 외로움을 느낄까? 도망치고 싶어 할까? 젊든 늙든 친하든 불편하든, 당장 뒤돌아서 아는 사람이 있는 아무 술자리나 밥자리에 끼어들고 싶어지는 걸까? 그리고, 그리 했음에도 불구하고 견딜 수 없는 걸까?

솔직히 상대가 여자든 남자든, 진짜 교사든 코인 운운하는 젊은 날라리든 무슨 상관인가. 장극은 짧으나마 김 주사의 마음을 이해해 버렸고, 그래서 넓은 관짝 같은 집에 홀로 들어서는 것이 더더욱 두려워졌다.

"뇌졸중이 진짜 무섭다니까. 내 사촌 동생이, 아직 지하철도 돈 내고 타는 나이거든? 근데 아침에 출근하려고 문손잡이 잡자마자 그대로 픽 쓰러진 거야. 다들 보험 들어. 특히 고혈압 있으면 그것 때문에 할증 붙더라도 꼭 들어. 사장님은 보험 있으시죠?"

부동산 사장이 느릿하게 고개를 끄덕였다.

"손자가 전에 새마을금고 취직했었거든. 하나 들어 달라길래, 그때 들었어."

"아이고, 상담 정도는 받고 드시지. 혈육이라고 다 잘해 주는 거 아니에요. 내가 나중에 보험 어떤지 좀 봐 드려야겠네. 거기, 박 선생은 어떤 거 있어?"

매물 내놓으러 왔다가 한 시간째 커피를 축내는 손님이 장극에게 물었다. 장극이 웃으며 대답했다.

"저도 이것저것 많이 해 주는 거 하나 들었어요. 예전에 차 사고 났을 때 쏠쏠하게 써먹었네."

사실은 없다. 정확히는 있었지만 지금은 없다. 장극이 제 실수로 금 간 팔뚝을 가벼운 교통사고에 덧씌워 보장받으려다가 실패해 날아갔다. 망할. 그때 의사가 조금만 협조적이었어도 중고차까지 팔 일은 없었을 텐데. 어쨌든 지금 '없다'고 하면 이 손님이 보험을 팔아먹으려 들겠지. 속 빤히 보이는 손님을 향해 장극은 아예 화제를 돌렸다.

"동생은 좀 괜찮아요? 아니, 어쩌다 쓰러지셨대. 원래 혈압이 있었대요?"

"으응, 혈압 있었지. 그래도 누가 혈압 있다고 뇌졸중 올 줄 바로 알았겠어. 예전에 장인어른이 비슷하게 쓰러져서, 마누라가 보자마자 119를 불렀다네."

"와이프가 한 건 했네요. 평생 받들게 생겼어."

"그치. 보험도 마누라가 들어 준 거래. 결국 가족이 있어야 한다니까? 요즘 것들은 왜 장가도 못 들고 빌빌대나 몰라. 박 선생도 안사람이 잘해 주죠? 맨날 깔끔하게 하고 다니잖아."

이번만은 장극도 바로 웃는 낯으로 대답하지 못했다. 안사람? 그런 걸 가져 본 적이 없는데. 잠깐잠깐 살 부딪치고 살던 사람 정도라면 모를까.

장극은 겨우 무난한 대답을 끄집어냈다.

"지금은 없네요."

"어이구, 허, 어이구, 내가 괜한 걸 물어봤네."

"에이, 뭐 됐어요. 하나 소개해 주시면 더 좋고?"

"으하하하! 아, 그래야지. 말 꺼낸 놈이 한번 알아봐야겠네. 안 되면 보험이라도 찾아볼 테니까, 응?"

사장이 느리게 끼어들었다.

"보험 한 달에 얼마까지 해 주는데?"

"아, 잠시만요. 여기, 내가 스마트폰에 담아 다니는데…."

두 사람이 한 테이블에 고개를 기울인 동안 장극은 입에 커피를 물고 부동산 밖으로 나갔다. 마누라는 무슨. 가족이 그 어느 보험보다 안전한 것이라면 장극이 나이롱 환자였던 시절 보았던, 병실에 열 개들이 음료 세트 하나 던져 놓고 꽁무니를 빼던 그 수많은 자식새끼들은 뭐였겠는가. 진짜로 아파서 입원한 와중에도 밥 차리러 짬 내어 귀가하던 여자들은 또 어떻고.

그리고 무엇보다도, 어떤 여자가 되었든 제 미래를 맡길 상대를 섣불리 선택하지는 않겠지. 사람이든 짐승이든, 중요한 일에는 귀신같이 상대를 구분해 발을 뺄 수 있기 마련이다.

"미야옹."

장극은 부동산과 그 옆의 24시간 과자 가게 사이에서 그를 부르는 새까만 고양이를 내려다보며 답했다.

"오야."

"앵…."

"잠깐 있어 봐라."

장극은 빈 햇반 그릇에 물을 떠 왔다. 이 뻔뻔스러운 고양이에게 많은 과자 가게 손님들이 소시지 따위를 챙겨 주지만, 물을 따라 주는 이는 장극뿐이다. 뭐, 그 편이 낫다. 고양이를 영 싫어하는 부동산 사장 앞에서 '아이고, 누가 얘 밥을 자꾸 챙겨 주나 보네'라고 너스레를 떠는 것도 나름 재미있으니까.

"너는 친구 있나?"

고양이는 대답하지 않았다. 물을 급히 마시고, 축축하게 젖은 주둥이를 두어 번 핥고는 건물과 건물 사이 틈새로 사라져

버린다. 대체로 쓰레기가, 가끔은 쥐나 들고양이 시체가 굴러다니는 그 좁아터진, 동물들만의 골목길로.

고양이는 죽을 때가 되면 제 시체를 보여 주지 않으려고 어딘가로 숨어 혼자 죽는다고 들었다. 하지만 인간이 그랬다가는 변사체지. 바로 경찰에 연락 들어가야 할 사안이지. 그리고 누군가가 당당하게 장극의 짐을 뒤지기라도 하면….

그때, 아까 그 손님이 커피가 담긴 종이컵을 들고 부동산을 나왔다.

"박 선생, 혼자 무슨 생각해?"

"아니, 그냥 저기 고양이가 지나가길래."

"고양이? 으응, 고양이 좋아하는구먼. 고양이도 좋지. 그리고 저기, 아까 내가 한 말 너무 괘념치 말고. 박 선생은 친구도 많으니 외로울 일은 없겠네."

"그렇죠. 손님도 내 친구지. 만약에 나 출근 안 하면 연락 한 번 해 봐 줘요."

"아, 당연하지! 근데 그보단 여기 사장님이 문제지만!"

서로의 삶을 책임지지 않을 이들이 킬킬대며 웃는다. 막상 일 터지면 아이고, 어쩐지 그 사람 안색이 안 좋더라, 언제 문병이나 가? 하고 날짜 잡고 문병 갔다 돌아오는 길에 술집에 들러 병원에 있던 시간보다도 더더욱 긴 시간을 보내겠지. 물론 그것만이라도 충분히 감사할 일이다. 하지만 멀어지는 손님의 모습을 보며, 길을 지나다가 장극을 알아보고 손을 흔드는 이들의 면면을 보며 장극은 친구라는 말을 입안에서 짓씹었다.

친구는 얼어 죽을. 그게 쉬워? 마지막으로 친구 비슷한 걸 만들어 본 시기가 언제였더라. 지금 같이 술 마시는 이들도 당장은 장극을 친구라고 불러 줄지 모르겠으나….

만약 그가 집을 나서다가 반신에 힘을 잃고 쓰러진다면. 어느 날 재수 없이 제 이름도 기억하지 못하는 신세가 된다면. 어느 다정한 이가 그를 도와준답시고 장극의 짐을 뒤져 쓸 만한 서류를 찾다가 면허 번호 칸이 비어 있는 한의사 면허증, 거짓 노봉방주를 만드는 데 쓰는 건조 번데기 가루, 79년에 나온 고려대학교 교지와 81년도 경기고등학교 졸업 앨범 따위를 찾아내고, 그 모든 아다리 안 맞는 물건의 쓸모를 깨닫는다면…. 슬슬 처분을 해야 하나? 아직 언제 쓸지도 모르는데.

장극은 아직 젊다. 한참을 살아가야 한다. 하지만 그의 수명이 그에게 얼마만치의 '삶'을 보장할지는 아무도 모른다. 새삼스러운 불안감이 장극의 목을 조였다. 괜스레 뻗어 보는 오른쪽 다리가 삐걱삐걱, 불만을 토해 내는 것만 같다. 어떻게 해야 할까. 뭐든… 있어야 하나? 혼자서는 걷지 못할 날이 저벅저벅 다가온다. 그리고 그때는 누구도 손을 뻗어 주지 않으리라. 하지만 그 반대의 보장은 있을까? 지금의 장극에게 누가 손을 뻗으리라는….

됐어! 무슨 쓸데없는 생각을 해! 장극은 잡생각을 쫓아내듯 혀를 크게 차고 부동산으로 들어갔다. 기다렸다는 듯 사장이 질문을 던졌다.

"박 씨, 어제 갖다 준 밤꿀, 어디 농원 건지 이름 좀 알려 줄 수 있어?"

"네? 뭐, 직접 주문하시려고?"

"아니, 친구가 먹는데 어째 냄새가 영 엷더래. 아카시아꿀 섞은 것처럼."

"어이구? 그럴 리가 없는데. 이 친구가 도청 중소기업 우수 제품 박람회에도 물건 댄 친구거든요. 제대로 보내 준 게 맞나 좀 알아봐야겠어. 이놈의 새끼가 진짜, 친구한테 사기를 쳤으면 조져 버려야지."

"아니, 됐어. 그럴 것까지야 있나. 꿀이 꿀이면 됐지…."

글쎄요. 벌에게 설탕 먹여 만든 꿀도 법적으로는 꿀이라고 하지요. 난 그걸 내 돈 주고는 안 먹겠지만…. 난 당신들에게 사양 벌꿀도 아닌 그냥 설탕을 먹이는 꼴입니다, 라는 말을 속으로 씹으며 장극은 다시 한번 생각했다. 나는 아무래도 이 동네에서 인생 곱게 마무리하지는 못할 운명인가 보다고.

갑작스레 찾아온 센티멘털함은 퇴근 전 진하게 타서 털어 넣은 유자차 한 잔에 그럭저럭 엷어졌다. 사장님이 집까지 안전히 들어가는 것을 확인한 후 장극은 간단하게 곱창을 사 집으로 향했다. 더는 집을 두려워하고 싶지 않았다. 살날이 한참 남았는데 뭘. 집도 이 정도면 대궐이야, 대궐. 반계단을 오르고, 불을 켜 급히 어둠을 내쫓는다.

장극은 사 온 곱창을 안주 삼아 상을 차렸다. 술잔에 따르는 것은 저번에 직접 담그려다 실패한 도라지술이다. 더럽게 쓴맛만 머리를 쨍하니 울렸다. 괜찮아. 장극은 창고방에 을씨년스럽게, 꼭 사람 머리통처럼 놓인 술병과 꿀병들을 외면했다. 뭐가 문젠데. 인생은 혼자 와서 혼자 가는 거지.

침실 옷걸이에는 온갖 옷들이 걸려 있다. 요즘 입는 고운 옷들부터 시작해 페인트 묻은 멜빵바지, 한때 일하던 곳에서 반납 안 하고 가져온 경비원복, 형광 조끼, 경조사용 검은 정장…. 이전까지는 볼 때마다 참 잘도 모았다 싶은 전리품이자 준비물이었다. 하지만 어쩐지 지금, 천천히 알코올에 가라앉는 눈으로 보고 있자니 꼭 저마다 벗겨 온 사람 껍데기를 보는 기분이다. 그가 입어서는 안 될 것들. 눈 없는 얼굴들이 서서히 취해 가는 장극을 쳐다보는 것만 같다.

왜 이래. 장극은 눈을 끔뻑였다. 다 내 옷이다. 그뿐이다. 옷에 무슨 인격이 있겠느냐.

"내가… 너희들 주인이다."

입 밖으로 목소리를 내어 보았다. 도리어 그게 패착 같았다. 고양이 앞 쥐새끼처럼 덜덜 떨리는 목소리가 장극의 발가락을 굽어 들게 만든다. 젠장, 옷들이 춤추며 말하는 것만 같다. 거기 벌거숭이야. 가진 건 아무것도 없으면서 돼지 내장이나 삼키는 벌거숭이야. 너는 곧 쓰러지면 무덤에 대체 무슨 가죽을 쓰고 들어갈래?

"이게…."

장극이 무어라 대처할 말도 없이 벌떡 일어난 순간, 누군가가 문을 쾅쾅 두들겼다.

"여보쇼! 바아악장극 씨 계신가?"

"누, 누구세요?"

"나야, 나!"

"누구신데요?"

장극은 서둘러 기억을 더듬었다. 한밤중에 다짜고짜 찾아와 '나야'라고 말할 만큼 뻔뻔스러운 인간은 몇 명 없고 그나마도 5년, 9년 전에 죽거나 연이 끊겼다.

뭐라 대꾸할지 고민하는데, 문 두들기는 소리가 더 커진다. 쾅쾅쾅쾅!

"그만 좀 두들겨요!"

"이이이거, 열어 줘야 그만 두들기지이!"

"겨, 경찰 부릅니다!"

경찰 소리에 상대방의 목소리가 뚝 끊겼다. 술에 어지간히 취한 놈 같은데, 경찰 무서운 건 기억하는 모양이지. 그러나 안심은 오래가지 않았다. 놈은 웃음을 터트렸다.
"으하하하! 경찰을 어떻게 불러, 응? 박장극이 네가!"
"…응?"
"문 여어어얼라고오. 네가 네 손으로 경찰 부르기 전에!"
 젠장. 장극은 머릿속으로 지금 당장 자신에게 덧씌워질 혐의가 있나를 헤아렸다. 없을 거다, 아마도. 하지만 이 불청객의 주둥이가 장극을 괜히 경찰 앞에 앉혀 둘 가능성은 차고 넘치지. 결국 장극은 급히 문을 열었다. 물론 안으로 들일 생각은 없었다. 일단 얼굴 확인하고, 관상을 보고, 진짜로 경찰을 부를지 내쫓을지 결정할 작정이었는데….
"으히히히히!"
 문을 열자마자 부엌 불빛을 받으며 히죽 웃는 얼굴은… 모르는 사람이다.
"누구, 쇼?"
"누구게!"
"으악!"
 불청객은 갑자기 장극에게 치대며 무게를 실었다. 놈이 술에 취해서 장사가 된 건지, 장극이 취해서 힘이 빠진 건지, 장극의 몸은 순식간에 뒤로 밀려났고 곧 거실에 나자빠지는 처지가 되었다. 뒤통수와 눈앞에 불덩이가 확 인다.
"아악!"

"바아악장극아!"
"아, 비켜! 좀 비키라고! 다리, 다리 아파!"
"그렇겠지, 응? 그렇겠지!"

놈이 겨우 자리에서 일어나는가 싶더니, 현관으로 나가 문을 잠그고 되돌아온다. 이거 미친놈 아닌가. 무릎이 아픈 와중에도 장극의 머릿속에 새빨간 경고음이 울렸다. 놈은 아주 자연스럽게 부엌에서 물을 한 잔 따라 와 꿀꺽꿀꺽 삼켰다. 그러는 모습이 시원스러워 장극은 저도 모르게 그 꼴을 멍하니 바라보았다.

놈은 입가를 쓱 훔치고 다시 장극 앞에 앉았다. 보아하니 나이와 덩치는 자신과 비슷한 것 같고, 웃는 낯을 박제해 놓은 양 인상이 좋았다.

"누구, 쇼."
"나는, 그 뭐냐, 흐으음… 박 소령이라고 하자."
"예?"
"한숨 잔다."

놈은 그대로 꾸물꾸물, 벌레가 탈피하듯 제 윗옷을 하나둘 벗으며 창고방까지 기어가서는 마지막으로 바지를 벗어 베고 누웠다. 하나 장극은 그를 두들기지도 내쫓지도 못했다. 박 소령은 장극이 젊을 적, 돌려 가며 쓰던 가명 중 하나였다.

2

창고방 문을 닫고, 제 방으로 들어가 잠들면서도 장극은 자신이 꿈을 꾼 것이기를 바랐다. 아침에 일어나면 저것이 사라졌기를. 하다못해 얼굴이 새파랗게 질려서는 '죄송합니다. 제가 술에 취해서 추태를 부렸습니다'라고 사과라도 하기를.

하지만 새벽 5시 반 몸을 일으킨 장극은 노란 화장실 불빛이 거실을 가를 때, 부엌 한쪽 벽에 비스듬히 기대앉은 소령을 보고 심장이 떨어질 뻔했다.

"늙으면 밤잠이 없어진다고들 하는데, 내가 보기에는 잠이 없어지는 게 아니라 몸뚱이가 자는 것도 제대로 못하는 거야. 거 봐, 소변 마려워서 일어났지?"

"당신, 진짜 뭐요?"

"더 자. 눈이라도 감고 있어. 출근하려면 한참 멀었잖아? 아침 먹을 때 다시 이야기하자고."

놈이 다시 창고방으로 기어 들어갔다. 뼈대에 삭은 고무를 씌워 만든 듯 늙은 등이 잘도 굼실거린다. 뼈다귀만은 저놈이 훨씬 더 멀쩡한 모양이다. 들어가자마자 푸, 파, 푸, 잠든 소리를 내는 꼴도 속 터진다.

사실상 뜬눈으로 한 시간이 지나고, 마침내 해가 완전히 뜨며 위층 사는 고등학생이 계단을 달려 내려가는 시각, 장극 앞에 마주 앉은 자칭 '박 소령'이라는 자가 말했다.

"당신이랑 같이 살러 왔는데."

사람이 어지간히 괴상한 소리를 들으면 말도 안 나온다는 걸 처음 느꼈다. 장극이 입을 떡 벌리고 있는 동안 놈은 부엌으로 가더니 야무진 손으로 냉장고 속 반찬을-말라비틀어져 가는 무말랭이와 된장 정도지만-상 위에 늘어놓으며 말했다.

"왜 얼이 빠지셨을까. 같이 살 사람 구하고 있지 않았어요?"

"예? 아, 아니, 어디서 무슨 말을 듣고 온 거요? 누가 같이 살 사람을 찾아!"

"거기 할배 아냐? 사람이 무슨 쓸모냐고 혼자 제멋대로 살다가 몸 낡고 무너지니 새삼 인생을 무서워하는 양반. 그것도 모자라서는 난데없이 친구든 뭐든 만들어 보겠다고 혼자 허둥지둥하니 얼마나 웃겨? 딱 그 꼴 보러 왔지."

"뭔, 뭔 그딴 소리를! 나가!"

장극은 사내를 내쫓으려 했다. 맨손으로는 안 되겠다 싶어 한 손에는 핸드폰을, 다른 손에는 우산이라도 쥐자 생각하며 핸드폰을 주우려고 무릎을 구부린 순간, 송곳이 박히는 듯한 통증이 장극을 뒤흔들었다.

"아윽…!"

무릎에서 시작된 통증이 허벅지를 타고 등까지 짜르르 울린다. 장극이 옆으로 구르려는 걸 불청객이 손을 쭉 뻗어 어깨를 받쳤다.
 "어이구, 몸이 낡았으면 아껴 쓸 줄도 알아야지. 화타가 돌아와도 무릎은 못 고쳐. 알아, 몰라?"
 "아악, 악, 악! 밀지 마!"
 "밀려는 거 아냐. 자, 저기 벽에 기대. 무릎 천천히 펴 봐."
 "끄읍….“
 "힘준다고 안 나아. 응, 천천히. 아침 먹고 찜질만 좀 하자."
 박 소령이 방금 차려 놓은 밥상을 번쩍 들어 장극 앞에 놓고는 다시 부엌으로 달려갔다. 집이 워낙 작아서 그가 행주를 찾다 주무르는 모습이 바로 보였다. 장극은 불신 가득한 눈초리로 사내를 쳐다보며 천천히 수저를 놀렸다.
 잠시 후 오른 무릎에 딱 적당히 미지근한 행주가 늘어졌다. 소령이 킬킬댔다.
 "이럴 때 뜨거운 게 좋은지 차가운 게 좋은지 알 수가 있어야지. 선생님은 어떻게 생각해?"
 "선생님?"
 "한의사 면허 있던데, 저쪽 방에."
 "그건… 그걸 왜 뒤져!"
 "뒤지기는. 굴러다니는 걸 본 것도 내 탓인가? 아무튼 이럴 땐 따듯한 게 나아, 아니면 차가운 게 나아."
 "나도 모르지. 그거, 내 면허도 아니야."

"그렇겠지. 날짜도 안 박혀 있더만. 원래 장관 도장도 찍혀 있어야 하는 거 아닌가 싶고."

그것까진 장극도 모른다. 한의사 면허증은 시험 삼아 만들어 본 거지, 그걸로 진지하게 사칭할 계획은 없었다. 어쨌든 무릎 통증은 서서히 가라앉고 있다. 그동안 소령은 밥이 애매하게 남은 밥공기에 차가운 보리차를 끼얹어 준 후 설거지까지 끝냈다. 그 행동 하나하나에 망설임이라곤 없었다.

귀신이 곡할 노릇이네. 대체 저 인간은 뭐지? 남의 집에 쳐들어와서는 어느 물건이 어디에 있는지도 바로 알아서 척척 움직이고, 잠깐 장극이 몸을 옮기고 싶어 하면 자리를 정리하다가도 어느 틈에 다가와 그가 가고자 했던 자리로 밀어다 놓는다. 장극은 몇 번이고 눈을 껌뻑이고, 심지어 5분쯤 눈을 감았다 떠 보기도 했지만 놈은 여전히 장극과 비슷한 덩치로 집 안을 돌아다니고 있을 뿐이다.

그새 출근 시간이 다가왔다. 장극은 몸을 일으키려다 오른 무릎의 통증에 혀를 씹을 뻔했다. 문지방에 기댄 그에게 소령이 달려왔다.

"뭔 짓이래. 나가려고?"

"나 일 가야 해."

"이 몸뚱이로 어떻게 가. 왼쪽 무릎까지 분질러 먹고 싶어?"

"아, 그럼 어쩌라고!"

장극의 목소리가 저도 모르게 높아졌다. 그 자신이 저에게 놀랄 정도였다. 세상에 성질부려 봐야 좋을 게 없는데, 이게 무슨 짓이람. 그런데 놈은 놀라기는커녕 키들거렸다.
"어이구, 벌써부터 어리광 나온다. 잘하고 있어!"
"어리광은 무슨… 어윽."
"무릎 날아가면 네 손해지 내 손해야?"
조만간 지팡이를 사긴 해야겠다. 유들유들 떠들어 대는 저 주둥이를 후려치고 말리라 다짐하면서 장극은 핸드폰을 쥐고 부동산으로 전화했다. 죄송한데 오늘은 나가기 힘들 것 같다고 알리기 위함이었다.
하지만 대기음이 아무리 길어져도 전화를 받는 사람이 없다. 당연하다. 이 이른 시간, 부동산을 여는 건 항상 장극이었으니. 조바심 나는 30분이 지나도 무릎 통증은 한결같고, 부동산에서는 아무도 전화를 받지 않았다. 박장극이가 먼저 나와 준비했겠거니, 하고 영감님은 집에서 찬송가 두어 곡 더 듣고 나오시는 거지.
그때 소령이 일어났다.
"좀 쉬쇼. 부동산에는 내가 가서 말해 둘 테니까."
"뭐라고 말해?"
"내가 박장극이랑 한집 사는 사람인데, 그놈 무릎이 쑤셔서 못 나온답니다, 하면 되지. 그럼 뭐, 내가 댁이 팔아 치워야 하는 인삼주 먹고 숙취로 뻗어서 못 나온다고 할까?"

"누가 한집 산다는 거야!"

"내가."

"미친놈이… 아야야."

"무릎 세 개 있는 사람처럼 굴지 말고 좀 앉아, 앉아. 수건 갈아 줄게."

놈이 장극을 밀어붙였다. 한데 우습게도, 그 손끝이 그리 기분 나쁘지만은 않았다. 야무지게 돌려 짠 행주가 다시금 오른 무릎 위에 놓였다.

"쉬고 있어. 네가 하는 일은 나도 하니까 조바심 내지 말고."

"염병…."

"심심하면 술이나 처먹어. 그럼 일 잘리고 재밌겠네."

놈은 킬킬대면서도 장극의 손 닿는 곳에 핸드폰, 충전기, 보리차 병과 컵 따위를 두고 나갔다. 장극은 귀신에 홀린 기분으로 현관을 바라보았다. 저게 뭐야? 여우야? 그의 이름은 어떻게 알았고, 그를 어떻게 찾아온 걸까? 집 구조는 어떻게 꿰며, 그가 부동산에서 일하는 건 또 어떻게 알았단 말인가?

하지만 가장 기괴한 것은 따로 있었다. 장극이 핸드폰을 열어 보는 지금도, 오른 무릎이 갑자기 아파진 이유가 어젯밤 저놈이 달려든 탓 아닐까 생각하는 지금마저도 불청객의 등장이 마냥 싫지만은 않다는 점이었다. 오랫동안 연락 없던 동생이 갑자기 쳐들어오기라도 한 것처럼. 진짜 구미호인가?

집에 있는 동안 장극은 오래간만에 방구석 서류들을 정리했다. 어디 써먹지도 못할 한의사 면허증은 찢어 버리고, 잠깐 보험 일 배울 때 썼던 종이도 버리고, 요새는 쓰지도 않을 의료보험증도 치우고…. 적당히 여유를 되찾았다 싶을 때쯤 무릎 통증도 가셨다. 슬슬 식사도 해야겠다 싶어, 장극은 몸을 일으켰다. 다행인지 불행인지 부동산에서 온 전화는 없었다.

오전 11시 반. 골목은 한창 쨍하게 빛나고, 사람들은 제각각 제 할 일을 위해 목소리를 높인다. 장극은 조바심이 일어 발걸음을 재촉하다가 무릎 걱정에 멈추고는, 마침 부동산 골목으로 들어가기 전 눈에 띄던 트럭에서 과일을 샀다. 바나나는 누가 까 주지 않아도 먹을 수 있는 만만한 과일이었다.

과일 장수가 어째 장극을 한참 쳐다보기에, 장극은 저도 모르게 잡담을 했다.

"옛날에는 바나나가 진짜 귀한 과일이었는데. 사장님은 그 시절 모르죠?"

"지금도 귀하신 몸이긴 하죠! 사시사철 팔 수 있거든요. 이게 진짜 효자 과일이지."

"하하, 그렇네."

"그런데 선생님, 저희 고양이 물 챙겨 주시는 분 맞죠?"

"예? 어어, 그 까만 고양이? 사장님 고양이에요?"

"제 고양이였죠. 근데 집 나갔어요."
"저런, 수면제라도 먹여서 잡아야 하지 않아요?"
"별짓 다 해 봤는데 안 돌아오더라고요. 날 더워지면 돌아오겠죠. 그냥 감사 인사만 좀 드려 봤습니다, 여기."

과일 장수가 바나나 위에 딸기를 한 줌 올려 주었다. 장극은 고맙다 대답하고는 몸을 돌렸다. 고양아, 네게는 이미 친구가 있었구나. 그런데 네 시체까지 보듬어 줄 친구를 왜 버렸니? 고양이들은 죽을 때가 되면 집을 나간다는 속설이 떠올라 괜히 가슴 한구석이 먹먹해진다. 망할, 예전 같으면 코웃음이나 쳤을 소리인데 늙기는 늙었나 보다.

"사장님, 저 왔습니다. 늦어져서 죄송….."
"푸하하핫!"

부동산 문을 열자마자 웃음소리가 고막을 때렸다. 장극은 얼떨떨해져서는 사무실 안을 들여다보았다. 웃음소리만 들으면 열 명은 있대도 믿을 것 같은데 거기 앉아 떠드는 건 단골손님인 시티빌 주인, 사장, 그리고 박 소령 딱 세 사람뿐이다.

박 소령이 손짓했다.

"어이구, 벌써 오셨어. 무릎은 괜찮아?"
"무릎은… 으응, 뭐, 덕분에 괜찮지. 아, 죄송합니다, 제가 다쳐서 늦었어요. 시티빌 사장님도 이거 같이 드십쇼. 딸기는 금세 씻어 올게요."

시티빌 주인이 이쪽을 쳐다보지도 않고 고개를 끄덕였다.

그들이 주고받는, 정확히는 소령이 꺼내는 이야기는 대개 별 영양가 없는 잡소리였다. 짬뽕 먹으러 갔다가 누가 악수를 권하기에 정치인이라도 되나 싶어 인사했더니 그쪽 착각이었다느니, 작년부터 자외선 차단제를 바르기 시작했는데 가을에 거울 속 내가 대가리만 동동 뜬 꼴이 무서워서 그만뒀다느니…. 하지만 말을 잘해서 그런지, 사장과 시티빌 주인이 번갈아 박수를 치며 낄낄댔고 그 틈을 타 소령은 딸기를 하나씩 널름널름 집어 먹었다. 그는 딸기를 딱 세 개 남긴 다음에야 자리에서 일어났다.

"우리 일꾼 오셨으니 나는 들어가야지. 다들 건강하십쇼! 마안수무강하십쇼! 아니면 나한테 월급 주고 불러. 사장님, 꼭 나 부르기야!"

"이히히힛! 아, 잘 알겠으니까 들어가. 밥은 집에 가서 먹어야 한다며?"

"그렇죠. 박장극이가 남긴 밥 냉동실 들어가기 전에 라면에 담가 먹어야지. 또 봬요!"

소령이 궁둥이를 실룩이며 멀어졌다. 늘어진 코르덴 바지와 거기 들러붙은 먼지가 새삼 장극의 시야를 긁어 댄다. 거기로부터 고개를 돌리니, 이제 부동산은 아까와는 다른 곳같이 침묵으로 꽉 찼다.

장극은 딸기 하나를 거의 5분에 걸쳐 우물거리다가 겨우 물었다.

"그… 사장님, 저놈이 와서 뭐랍니까?"

"자네가 아파서 대신 왔다던데. 근데 별다른 손님은 없어서 노가리나 까고 있었지. 동생이지?"

그 질문에 목구멍이 턱 막혔다. 뭐라 대답하지? 그보다 왜 저걸 동생이라 생각한 거지?

옆에서 시티빌 주인이 대신 답했다.

"저 동생은 육이오 때 헤어졌어도 바로 찾았겠어."

"우리가 닮았어요?"

"말 안 하고 가만 있을 때만? 처음 봤을 땐 웬 정신없는 인간이 앉아서 우리 사장님을 들볶고 있는 거야. 근데 중간중간 말 멈출 때 보니까 아, 박 선생 가족 맞구먼 싶더라고. 언제부터 같이 산 거야?"

"…얼마 안 됐어요. 갑자기 찾아와서."

"뭐 복잡한가 보구먼."

시티빌 주인이 픽 웃었다. 다행이었다. 장극 자신도 모르는 박 소령에 대해 괜한 거짓말을 짜내지 않아도 되어서. 하지만 더욱 목을 조르는 질문이 찾아왔다.

"그런데 박 선생, 서울대 다니다 자퇴했다는 건 뭐였어?"

"네?"

"아까 박 씨가 그러던데. 박 선생이 서울대 문턱 밟은 건 예전에 관악캠퍼스 공사할 때 헬멧 쓰고 가던 시절밖에 없다고."

장극은 할 말을 잃었다. 가벼운, 그냥 밑 작업처럼 뿌린 거짓말을 들킨 당혹 때문이기도 했고 소령이 그의 옛이야기를 알고 있다는 두려움 때문이기도 했다. 그래, 예전에 공사장 일 다니던 시절도 있었지. 그런 걸 너는 어떻게 알고 있는 건데?

시티빌 주인은 그의 당혹을 자신을 향한 부끄러움으로만 이해했다. 그가 입꼬리를 끌어올렸다. 호감 따위는 조금도 느껴지지 않는 웃음이었다.

"살다 보면 별 희한한 소리가 다 입에서 나올 때도 있는 거지. 근데 예순 넘은 나이에도 서울대 뻥을 치는 사람은 첨 봤어, 내가."

"아니… 그, 미안해요. 내가, 좀."

"됐어."

이번에는 시티빌 주인이 진심으로 웃었다. 바로 그 점이 장극의 가슴 한구석을 할퀴었다. 자존심의 문제이기도 했고, 두려움의 문제이기도 했다. 장극이 천금2동에서 얼기설기 쌓아 올려 온 가짜 나무 집의 한구석이 무너진 것이다.

딸기를 다 먹은 그가 나갔다. 장극은 사장 옆에 앉았다. 하지만 컴퓨터를 켤 기운도 나지 않았다.

사장이 말했다.

"귀신에 홀린 표정이여."

"좀 그런 기분이긴 하네요."

"무릎 아프다고 진통제 너무 먹은 건 아니고?"

"아, 그 생각을 못 했네. 이따 들어가면서 약 좀 사야 쓰겄다."

사장은 금세 장극에게서 흥미를 잃었다. 그 때문에 장극은 더 빠르게 두려움의 늪 속으로 빠져들었다. 지금도 박 소령은 동네 곳곳을 돌아다니고 있나? 그곳에서 장극이 어떤 인간인지, 소소하게 어떤 거짓말을 쌓아 왔는지 떠들고 있진 않을까? 바로 경찰을 불렀어야 하는 상황인데, 괜히 동생이라고 인정해 버린 것 아닌가? 그런데 내 속사정을 어떻게 알았지? 생각이 꼬리에 꼬리를 물었다.

다행히 수십 분 후 울린 방울 소리가 장극을 답 없는 고민의 늪에서 끄집어냈다.

"어서 오십쇼. 뭐 보러 오셨어요?"

들어온 사람은 키가 껑충하게 큰 중년 여자였다. 하지만 키에 걸맞잖게 어깨는 살짝 앞으로 구부러져서 눈치를 살피는 모습이, 절대 어디 비싸게 내놓을 집이 있는 사람은 아닌 것 같다고 장극은 속으로 계산했다.

여자가 말했다.

"저기, 작년이랑 올 초에, 대성연립 팔 수 있냐고 상담 왔었는데요."

"아하, 그러셨구나. 몇 동 몇 호셨죠?"

그냥 묻는 소리다. 몇 동 몇 호가 되었든, 재개발 이야기도 진작 쏙 들어간 낡은 빌라를 누가 사러 오겠는가. 어차피 그분에게 돌려드릴 말은 '좀 더 기다려 보셔야겠는데. 이사 가고 싶은 집 있으시면 담보 상품 알아봐 드릴까요?'라는 말뿐이다. 하지만 어제부터, 세상 모든 것들은 장극의 예상을 뼁 둘러 도망치기로 한 것만 같다.

"저기… 선생님, 잠깐 골목 돌면서 이야기 좀 해도 돼요?"

"네? 아니, 저 일해야 하는데."

"아, 그러니까, 저희 빌라 좀 다시 봐 주십사 해서. 매물 내놓으려면 한번 보시기는 해야죠."

평면도도 부동산에 다 있는데 뭘 굳이 보기까지 해야 할까. 그래도 장극은 아까부터 유독 따가워진 사장의 눈초리를 피해 자리에서 일어났고, 부동산에서 100미터쯤 떨어진 뒤에야 생뚱맞은 소리를 들었다.

"선생님, 아까 부동산 앞을 지나가다가 선생님하고 똑같은 사람을 봤는데요."

"아, 제 동생입니다."

"그거 동생 아니고, 갑자기 나타난 사람 맞죠?"

"알아요?"

혹시 이 손님이 그놈의 정체라도 알려 주려는 걸까. 그녀의 조금 떨리는 목소리가 장극까지 긴장하게 만들었다. 잘못된 예상은 아니었다. 여자가 다급한 목소리를 쏟아 냈다.

"이 동네 사람들에게 그런 놈들이 나타나고 있거든요. 선생님만 만난 거 아니에요. 얼핏 똑같이 생겼는데, 사실 얼굴이나 옷차림을 계속 바꿀 수도 있어요."

"예?"

"나타나서는 그 뭐냐, 붕어빵에서 빠진 팥소, 아니, 나는 당신이 태어날 때 엄마 뱃속에 두고 나온 판단력이다, 결단력이다 그런 소리를 하면서, 이제 하나가 되자고 들러붙거든요. 이게 미친 소리 같다는 건 아는데 겪은 사람이 동네에 하나 더 있⋯ 선생님?"

장극은 여자로부터 한 발짝 물러났다. 조금 피곤해 보이는 눈매가 오히려 이 여자를 제정신인 사회인으로 보이게 만들지만, 장극의 몸에 오래도록 쌓인 경험치가 그녀가 사기꾼은 아닌 것 같다고 말하지만, 누군가에게 있어 진실인 것이 다른 사람에게도 사실이라는 법은 없는 것이다.

장극이 고개를 저었다.

"못 들은 걸로 할게요."

"선생님, 그 사람이 진짜 이상한 제안 하지 않았냐고요."

아니, 제안하는 대신⋯ 베풀었지. 외로운 장극의 곁을 지켜 주겠다는 턱없는 안전을. 또한 그의 거짓말을 찾아 비트는 위험한 짓을. 그렇기에 소령의 정체를 아는 듯한 이 사람 앞에서 함부로 현실을 인정할 수 없었다. 인정한다는 건, 이 여자에게 장극의 배를 갈라 연약한 내장을 보이는 거나 마찬가지니까.

"뭔가 오해가 있으셨던 모양인데요. 제 동생이 맞습니다. 신경 쓰지 마세요."

여자가 속 터진다는 듯 아랫입술을 꿈틀거렸다. 딱 그게 끝이었다.

"…알겠습니다."

"대성연립 보러 가요? 전에 올라갔던 것 같은데. 그 4층짜리 건물 맞죠?"

"아뇨, 어차피 안 팔리겠죠."

맞아요. 장극은 그런 심술궂은 말을 애써 참아 냈다.

그 이후로 손님이 몇 명 더 다녀갔다. 레트로한 동네에 힙한 와인바를 차리고 싶다는, 대체 뭔 소리를 하는 건지 모를 청년, 정말로 재개발 안 되냐고 묻는 아주머니, 딱 봐도 임장 연습하러 온 듯한 남자들…. 한마디로 돈 되는 사람은 없었다는 뜻이다. 그래도 가외 소득은 있었다. 장극은 솔가루 한 병을 팔고 받은 현금으로 또 곱창을 포장했다. 어제는 이게 목구멍으로 넘어가는지 콧구멍으로 넘어가는지도 모르고 먹었다. 같이 산 소주 세 병 중 적어도 두 병은 집에 있을 그놈의 목구멍으로 넘어갈 것이다.

장극은 문 앞에서 열쇠를 꺼내 들었다. 하지만 달각이는 소리에 바로 문이 열렸다. 이른 봄, 저녁만 되면 식었어야 할 장판 위로 따듯한 냄새가 달려 나왔다.

"왔어? 들어와. 아이고, 또 지랄맞게 술안주 사 왔네. 늙는 거 걱정하는 놈 맞냐?"

박 소령이 킬킬댔다.

뒤늦게, 알코올성 치매 걱정 때문에 술을 줄이기로 했던 결심이 떠올랐다. 이젠 알 바 없다.

"너, 꿀에 쌀은 있더라."

"동사무소에서 지원받은 거. 밥해 먹을 일이 없어서 더는 안 받아."

"밥해 놨다. 처먹어."

갈색 밥상 위에 냄비밥과 김치와 곱창이 놓였다. 분명 언젠가 받아 온 살짝 바스러진 정부미였는데, 밥알 사이사이에 현미 같은 것이 눈에 띄었다. 오래 처박아 둔 사이 작은 손님이 생긴 거겠지. 이건 현미다, 현미다 하며 씹는데 소령 놈은 몸에 좋은 단백질이라며 킬킬댔다. 놈은 밥도 안 먹고, 소주도 마시지 않았다. 다행이다. 놈이 축내는 것이 없어서.

한 병 반째의 소주를 따르며, 장극은 그에게 물었다.

"오늘 희한한 소리를 들었는데."

"뭔데."

"네놈이 내가 태어날 때 두고 나온 부족한 점이라고. 엄마 뱃속에 두고 나온, 그 뭐냐, 제정신이니 결단력이니 그런 거."

"오호."

소령의 눈썹이 물결쳤다. 강가의 어린애를 바라보는 물귀신 같은 웃음이다. 장극은 본능적으로 아까 손님의 말이 틀리지 않았음을 느꼈다. 머릿속이 굴러간다. 내 부족한 점이라…. 그렇다면 이놈은 뭐지? 단 하나의 단어가 떠올랐다.

양심. 그딴 건 필요 없는데. 장극이 자신을 '멀쩡한 사람'이라고 말할 수는 없지만, 이 정도면 솔직히 귀여운 편이다. 당장 교도소에 다녀온 적도, 수배된 적도 없는걸. 세상에는 양심을 먹고 죽으려 해도 없는 놈들이 몇 트럭으로 굴러다닌다.

장극은 손님이 말했던 남은 문장을 꺼내 끝맺었다.

"그래서… 부족한 사람에게, 다시 하나가 되자고 한다고."

이번에 소령은 답하지 않았다. 이제는 놈의 눈썹조차 파도치지 않았고, 장극은 반사적으로 술잔을 꽉 쥐었다. 정말 자신과 하나가 되러 온 걸까? 생각해 보면 어제 갑자기 쳐들어와 같이 살자고 한 것부터가 말이 안 되는 거였지. 그걸 받아들인 장극도 제정신이 아니었던 게 분명하다. 또는, 원래 하나였던 사람으로부터 거부할 수 없는 무슨 페로몬이니 뭐니 하는 게 나왔을지도 모르겠고.

그가 더 무서운 제안을 하기 전, 장극은 천천히 빈 소주병으로 손을 뻗었다. 하지만 곧, 언뜻 무표정하게 그를 마주 보는 줄 알았던 소령은 박이 터지듯 입을 쩍 벌리며 아주 큰 웃음을 터트렸다.

"으하하하하! 이 등신 새끼가 뭐래는 거야! 90퍼센트를 알려 줘도 정답을 못 맞히네."

"자, 잠깐. 너, 그러면 그게 맞아? 나한테 없는 거?"

"그래, 이 새끼야. 이 동네에서 몇몇 흩어졌다 싶었는데, 벌써 들 제 몸뚱이 찾아갔나 보네. 뭐가 됐나 안 됐나는 모르겠고… 어얼씨구."

소령이 소주병을 둔 채 엉덩이를 뒤로 미는 장극을 보고 비웃음을 흘렸다. 왜 웃는 걸까. 저항하는 게 의미 없어서? 아니면 그저 비웃고 싶어서?

"그럼 너, 넌 뭐야!"

"뭐 같냐. 한번 맞혀 봐."

놈이 잔에 든 술을 홀짝이며 말했다. 장극은 아까 떠오른 답을 꺼냈다.

"야, 양심?"

"이놈이 아주 사람 웃겨 뒤지게 만드네. 넌 그냥 설계도부터 양심이 좀 덜하게 들어간 놈이고, 그렇게 모자라지도 않아. 딱 재수 없고, 가끔 운 없으면 빵 좀 들락거릴 수준이지."

"그럼…."

"용기."

"응?"

"네놈은 용기라는 게 거의 없어. 《삼국지》 배경으로 태어났으면 위나라가 쳐들어온다는 말만 듣고도 목 매달러 갔을 게 네놈이라고."

생각도 못한 단어에 장극의 눈이 커졌다. 용기가 없다니? 선불리 위험한 일에 끼어들지 않는 건 사실이지만, 그건 용기가 없다기보다는 조심성이 있는 거 아닌가? 게다가 장극은 자신이 가진 것 없이 예순 넘게 살아왔다는 데 나름의 자부심도 갖고 있었다. 그는 살기 위해서는 어떤 일에든 손댔고, 누구에게든 말을 걸었다. 그런 삶에 용기가 없을 리 없잖은가.

하나 장극의 머릿속 반박이 흘러나오기도 전, 소령이 긴 한숨을 뱉었다.

"넌 겁이 많아서 박장극이를 데리고 나오지도 못하잖냐."

"나오다니? 어디로?"

"세상으로."

소령의 손가락이 집을 한 바퀴 돌고는 방 한구석을 향했다. 오늘 아침, 장극이 갈가리 찢어 놓은 서류의 언덕이다.

"이 동네에 들어오고 얼마 안 있다가 술자리에서 다들 학교 어디까지 나왔냐고 입 털 때, 대졸자가 셋이나 나오니까 지레 겁먹고 서울대 잘렸다고 한 놈아."

손가락이 바로 다른 곳을 찌른다. 그 아래, 무슨 자격증. 그 아래, 어디 면허증. 그 아래, 어디 의원이랑 동창이라고 주장하려 산 교지….

"그깟 할 줄 아는 거 없냐는 말에 괜히 찔려서는 벌꿀에 색소나 타고, 예전에는 남의 집 타일 일 맡아 버릴 뻔한 적도 있고. 안 그래?"

"아니, 나도 살려고 한 일이지! 다들 그 정도 허풍은 던져야 먹고사는 거 아냐?"

"너는 먹고사는 일이 아닌데도 그러니까 문제지. 애초에 건강한 남자 몸뚱이 하나로 먹고사는 게 무어 문제야. 학력도 엄청 딸리는 게 아니고만."

"난…."

"네가 커피 한 잔 살 돈이 없어서 길 가는 학생 붙잡겠어? 아니지! 나는 이렇게 남을 이용해 먹을 줄 안다! 멍청하지 않다! 다들 나를 호감 가는 노인네로 본다! 그렇게 믿고 싶어서 하는 짓 아냐! 좋아하지도 않는 모자까지 푹 눌러쓰곤!"

소령의 악다구니가 장극을 헤집었다. 무어라 대꾸하고 싶어도 입에서는, 꼭 목에 칼집이 난 듯 김빠지는 소리만 새어 나갔다. 내가 그랬던가? 해부당한 기분이다. 해부당한 자는 자신의 내장을 볼 수 없다.

장극은 서늘한 기분으로 물었다.

"그래서… 그따위로 사는 나를 고치려고 온 거냐?"

놈의 눈이 다시금 갈매기처럼 휘었다. 마지막 말이 장극의 가슴에 꽂혔다.

"아니, 길 가는 사람 다 붙잡고 물어보쇼. 누가 댁 같은 인간하고 인생 합치고 싶겠냐고."

"뭐? 그러면 여긴 왜?"

"근처에 떨어진 김에 구경 온 거지. 나 없이 네가 어떻게 굴러가나 구경 좀 하려고."

소령이 남은 술을 홀짝였다. 취기 하나 없는 눈빛은 장극을 안주 삼아 훑는 것만 같았다.

"볼 만은 하네. 이 없이 잇몸으로 굴리면 사람 꼴이 어떻게 되나, 아주 잘 보여."

"이, 이놈이! 써, 썩 꺼져!"

장극은 결국 소주병을 거꾸로 쥐어 휘둘렀다. 하지만 그 유리병은 얼굴에 닿기는커녕 고작 한 뼘쯤 움직이다 멈췄고, 소령은 그 유리병을 손끝으로 툭툭 쳤다.

"벌써 취한 것 같은데 가서 주무쇼, 할배. 이러다 유리병 깨먹고 발가락 다칠라. 당뇨 있는지 없는지도 모르지? 건강검진을 통 안 받아서."

"…."

"구경 좀 하다 갈 테니까, 혼자 죽고 이것저것 다 들키는 게 무서우면 지금 죽어. 내가 마지막 정도는 챙겨 줄게."
 소령이 소주병을 빼앗아 들고 싱크대에서 헹구었다. 장극은 멍하니 그 뒷모습을 바라보았다. 용기? 네가 내 용기라고? 아니라고, 나는 제법 괜찮게 살아온 사람이라고, 그렇게 외치고 싶었지만 소주에 절은 혓바닥은 도통 움직이지 않았다. 그의 몸은 결국 알코올에 잠기듯 서서히 기울어졌다.

3

 대성연립 C동 201호. 작년 말부터 매물로 걸려 있던 빌라의 평균 매매가는 그새 2000만 원은 떨어졌다. 아무리 긁어모아도 좋은 소식이 나오지 않는다는 것만 확인하고, 장극은 아직 아무도 없는 부동산에서 나와 대성연립으로 향했다.
 다행히 그 손님, 연주연 씨는 집에 있었다. 공부 잘하게 생긴 딸을 학교에 보낸 후, 그녀는 테이블에 커피잔 두 개를 놓았다. 주연은 장극의 하루 늦은 고백에 짧게 짜증스러워하다가, 곧 반가워하다가, 치부는 가려졌으나 핵심만은 남은 이야기를 듣고 당황했다.
 "선생님 건 구경만 하러 왔다고요? 제가 들은 애들은 다 꼭 하나가 되고 싶어 했다던데."

"지금까지 몇 명이나 봤습니까?"

"둘이요."

"둘이요? 그럼, 그 사람들은 어떻게 됐어요?"

"하나는 아직 도망 다니고 있고요. 다른 한 사람은 합쳐질 뻔하다가 상대를 죽였… 없앴대요."

"없애요? 어떻게?"

주연이 괜히 주변을 둘러보고는 말했다.

"뾰족한 걸로 퍽퍽 찌르니까 사라지더래요. 사람 잡듯이 했더니."

"정말 그게 돼요? 시체 남는 건 아니고?"

"바닥에 슈크림 붕어빵 소처럼 남았다던데…. 어쨌든 경찰 왔다는 소리는 없었잖아요."

"경찰… 아."

문득 장극의 머릿속에 얼마 전 동네를 조금 시끄럽게 했던 사건이 하나 떠올랐다.

"그, 누가 옥상에서 벽돌 던진 사건 알죠?"

"네, 들었죠."

"동네 사람이 범인을 봤는데, 분명 연등보살 옆집에 세 들어 사는 총각이었답니다. 한데 바로 신고하러 갔더니 그 총각이 파출소에 앉아 있었다네요. 혹시 이것도 그거 아닌가? 연 선생님이 안다는 두 분 중에 있어요?"

"아니에요. 근데 정말 그 사람도 붕어빵일지 모르겠네요."
"붕어빵?"
"아, 박 선생님은 모르시나? 이것들이 다들 자기를 붕어빵에서 빠진 소라고 말했다네요."
"거참, 나한테 온 새끼는 뭐 하나 평범한 게 없네."
장극은 머리를 벅벅 긁다가 이마를 짚었다. 그놈의 목소리가 새삼 머릿속에 되살아난다. '누가 댁 같은 인간하고 인생 합치고 싶겠냐고.' 주연은 다른 사람들이 제 붕어빵 소로부터 도망치거나, 맞서 싸웠다고 했다. 그 말인즉슨, 그쪽 불청객들은 하나가 되자고 먼저 달려들었다는 뜻일 게다. 그 치들은 어떤 인생을 살기에? 주연의 말을 믿는다면 그들도 뭐 하나 빠진 채로 살아가는 사람들일 텐데, 장극과 달리 누가 탐낼 만큼 멀쩡하게 살아왔다는 것 아닌가.
장극은 앞에 앉은 사람을, 그 뒤로 펼쳐지는 평범한 집을 바라보았다. 실평수 스무 평쯤 되는 방 두 개짜리 빌라. 냉장고에 스케줄표가 붙은 걸 보면 연주연 씨는 교대 근무를 하는 사람인 모양이다. 책장에 인문 서적과 고교 문제집이 뒤섞인 걸 보아서는 이 집 딸은 독서도 공부도 좋아하는 듯하고….
"큼, 어르신."
주연이 장극의 관찰하는 시선을 알아차린 것 같다. 장극은 급히 시선을 커피잔으로 돌렸다.

주연이 말을 이었다.

"어르신은 그걸 어떻게 하실 거예요? 뭐라도 도와드려요?"

"모르겠네요."

"방심하게 한 뒤, 잡아먹으려는 것일 수도 있어요. 제가 만난 첫 붕어빵 소가 머리를 엄청 썼거든요."

"흠, 이놈도 머리가 나쁜 것 같진 않은데. 성질머리는 확실히 드럽고."

두 사람이 동시에 쓰게 웃었다. 웃기지는 않았다.

"모르겠습니다. 시간 오래 빼앗아서 미안해요."

"시간을 빼앗긴요. 자세히 말씀해 주셔서 고맙죠."

"그럼 연등보살 옆집에 가 보실 겁니까?"

"네, 시간 날 때요. 같이 가실래요?"

장극은 가만 생각하다 고개를 저었다.

"아뇨, 죄송해요. 그보다 왜 나를 도와주려고 하신 겁니까?"

"네? 도와드린다는 게 이상한가요?"

"이게 넘어진 사람을 일으켜 주는 것과는 고생의 정도가 다르지 않습니까. 듣자니 상대가 진짜 팥소만큼 얌전하지도 않은 모양이고요."

"그래도…."

주연은 지구가 평평하다는 말을 들은 사람처럼 당황했다. 그렇게 장극의 질문에 찔린 다음에야 겨우 이유를 꺼냈다.

"사실 붕어빵 소에 쫓긴다는 사람이 제 지인이에요. 붕어빵 집 주인이라도 찾으면 이걸 줍든 치우든 책임을 물을 수 있지 않겠나 싶어서, 그 양반 꼬리라도 잡을 일을 찾는 거죠."
"고생하시네. 그 지인이 친구예요?"
"…어린애예요. 한참 애."
"저런, 마음고생이 크겠어요. 혹시 친척인가? 아니면 친구 애기?"
"제가… 아니, 걔 허락 없이 떠들면 안 될 것 같아요."
주연이 마음을 조금 열다 말고 입을 딱 다물어 버리는 꼴이 장극을 고깝게 했다. 오지랖 넓은 척은 다 해 놓고 사람을 사기꾼으로 보나.

장극은 살짝 삐딱한 말을 던졌다.
"연 선생은 팥소 없어요?"
"아, 저에게 온 건 없었어요."
"혹시 그 붕어빵 장수를 찾으면 좋은 팥소를 하나 달라고 해서 합칠 생각은 없습니까?"
"네?"
"그냥 해 본 소립니다. 세상에 완벽한 사람은 없잖아요."
주연이 조금 어처구니없다는 표정을 지었다. 하지만 그 직전, 장극은 그녀의 얼굴에 비친 약간의 솔깃함을 발견했고, 속으로 약간의 고소함을 느꼈다.

"오늘 참 고마웠습니다. 같이 가 드리지 못해서 미안해요."
"어쩔 수 없죠. 살펴 가세요."
짧은 만남을 끝내고 장극은 대성연립을 나왔다. 막판에 주연에게 한 방 먹였다는 쾌감은 금세 사라졌다. 아까 들은 묘한 이야기가 머릿속에 다시 나열되었다.

조물주 같은 것이 사람을 만든다. 붕어빵을 굽듯. 그런데 가끔 넣으려던 소를 빼먹는다. 빠진 붕어빵 소는 조물주의 붕어빵 수레 어딘가를 굴러다니다가 버려진다.
어느 날, 그 붕어빵 수레에 남겨진 것들이 이 동네에 버려졌고, 그것들은 자신이 원래 들어갔어야 했을 붕어빵을 찾아 움직이기 시작했다….

수레에서 너무 늦게 튀어나온 것 아니냐? 나처럼 60년도 더 전에 만들어진 붕어빵하고 누가 합쳐지고 싶겠어. 박 소령이 아니래도 차라리 혼자 말라 죽겠다.
나이 탓으로 돌리는 게 차라리 마음은 편하다. 물론 이 응급처방의 유효기간은 길지 않다. 금세 장극이 저지른 짓들이 추잡스럽게 그의 다리를 타고 기어 올라온다. 장극은 과거를 떨쳐내듯 걸음을 재촉했다. 그나마 떠오르는 인물이 김 주사였고, 아직 녹슬지 않은 시각 기억력이 얼마 전 같이 술을 마셨을 때 그가 보여 준 빨간 티켓 속 시간과 장소를 떠올렸다. 14시, 천금동 31번지 그린가든 블루홀.

서커스 공연 안내 플래카드가 걸린 동네 작은 이벤트홀 앞. 얇은 잠바를 입은 노인들이 바글바글하다. 장극은 그 앞에서 한참 서 있다가 운 좋게 김 주사를 발견했다.

"김 주사님, 혼자서는 뭣하다더니 오셨네요?"

"집에 있어 봤자 뭐 하나 싶어서. 그런데 박 사장은 관심 없다면서."

"라면 준다는 게 생각나서요. 가만히 있으면 뭐 합니까, 라면이라도 벌어야지."

"부동산 일 안 나가도 돼?"

"하루 쉰다고 했어요."

정확히는 사장이 하루 쉬라고 했다. 원인은 물론 소령이었다. 장극이 부동산을 통해 팔던 노봉방주, 즉 말벌집 술이 이미 다른 곳에서 한 번 다 마신 것에 새로 술만 부었다는 걸 까발린 것이다. 어차피 이 술이나 저 술이나 몸에 안 좋은 건 마찬가지인데 그걸로 몇 푼 벌어들이는 게 뭐가 문제라고…. 그딴 걸 말하는 게 용기야?

놈은 아무것도 먹지 않았다. 부동산에서 무언가를 나누어 먹는 분위기일 때에만 복스럽게 음식을 입안으로 밀어 넣을 뿐. 꼴을 보면 먹지 않아도 그냥 살아갈 수 있는 것 같다. 하지만 장극은 그게 불가능하다.

 나를 말려 죽이려고 그러나? 어제는 학력을, 오늘은 노봉방주를 들켰다. 이제 다음 주면 아주 팬티를 일주일에 몇 번 갈아입는지까지 낱낱이 까발려진 후 천금2동에서 쫓겨나게 생겼다. 차라리 잘됐다. 이 작고 구질구질한 동네에서 끝을 맞이하느니, 어디로든 떠도는 게 나을지도 모른다. 비록 방주는커녕 구명보트도, 튜브 하나 없는 삶이지만.

"들어갑세."

"예, 예."

 앞줄부터 사람들이 빡빡이 들어찼다. 휑해지는 머리숱들을 바라보며 장극도 김 주사와 함께 적당한 자리에 앉았다. 곧 공연이 시작되었다. 무슨 유명 서커스단에서 배우다가 떨어져 나왔다는 젊은이들이 그리 넓지도 않은 홀 무대에 서서 작은 접시를 돌리고 공을 주고받았다. 대단할 건 없지만 옆에서 사회를 보고, 박수를 유도하는 MC의 재주가 대단했다.

"아버님들, 어디 빚 받으러 오셨어요? 같이 웃어요! 거기 옆에 어머님하고 웃으면 얼마나 좋아?"

 어느새 장극도 짝짝짝, 박수를 몇 번을 쳤다. 공연은 한 10분쯤 했나. 공연단이 춤추면서 옷 색깔이 바뀌는 쇼를 보여 주어 사람들을 달아오르게 한 후, 어디 상조 사장님이라는 영감을 모셨다.

"안녕하십니까. 저는 오늘 공연을 여러분께 보여 드리기로 한 훈교 복지사업단 단장입니다. 재미나게 보고 계십니까?"
"예에!"
"이야, 감사합니다. 보람이 있네요. 제가 노인정 봉사만 22년을 다녔는데요. 매번 아쉽게 생각했던 게 우리나라는 노인들에 대한 복지가 너무 없다, 이거였어요. 여러분이 대한민국을 위해 얼마나 노력하셨어요."

공연이 끝나 산만해지던 관객들의 시선을 순식간에 끌어당긴 단장이라는 사내 뒤로 빔 프로젝터가 PPT를 띄웠다. 커다란 크루즈가 화면을 꽉 채웠다.

"여러분, 대한민국 직장인을 상대로 설문 조사를 했을 때, 은퇴하고 제1의 꿈이 무엇인지 아십니까? 바로 크루즈 여행이에요. 그런데 보통 비싸다고들 생각하시는데…."

혀가 기름 바른 듯 굴러가는 소리를 들으니 오늘 팔아먹으려 하는 상품이 무엇인지는 알겠다. 크루즈 여행, 정확히는 크루즈 여행을 미끼로 한 상조다. 한 달에 1만 1000원만 내면 만기 후 8박 9일 크루즈 여행을 보내 드리겠다, 만약 크루즈를 타러 갈 수 없는 상황이면 이걸 상조 상품으로 변경하실 수가 있다. 난 아직 건강한 것 같은데 재수 없게 벌써 상조는 무슨… 이렇게 생각하시는 분들, 막상 건강이 나빠지기 시작하면 맘 조급해져서 나쁜 상품에 덜컥 넘어갈지도 모른다. 난 이제 은

퇴해서 돈도 없고 인맥도 없는데 장례식은 어떻게 치르나, 요즘 아들딸들은 결혼을 왜 이리 늦게 하나, 이런 것까지 다 해결이 된다….

비단결같이 부드러운 말에 양옆 사람들이 고개를 끄덕였다. 그동안 장극은 돋보기안경을 꺼내, 아까 나눠 받은 종이의 뒷면을 들여다보았다. 한 달에 부담 없이 1만 1000원씩 내면 된다는데 납입 횟수가 300회다. 햇수로 25년이다. 여기 앉은 노인네들이 이거 다 낼 때까지 살아 있을 수는 있겠나. 심지어 글자가 너무 작아 알아볼 수는 없지만, 다 못 채우고 중간에 해지하면 위약금을 왕창 떼어먹는 것 같다.

상조라는 게 원래 이런가? 들어 볼 일이 있어야 알지. 그래도 한 가지 진리만은 알고 있다. 정말로 좋은 것은 초대장을 들고 찾아오지 않는다.

"이제 다음 공연 시작됩니다! 그동안 저희 직원들이 계약서 나눠 드릴 거예요. 펜하고요. 다들 하나씩 작성해 주시고, 자아, 초대 가수 나오셨습니다! 박수!"

쿵, 쿵, 쿵…. 사람 키 반만 한 스피커가 음악을 토했다. 몇몇 영감들이 일어나 박수를 친다. 그동안 복도처럼 터놓은 길로 유니폼을 입은 사람들이 돌아다니며 종이와 펜을 건넸다.

"이름은 여기 적으시면 돼요. 서명은 이쪽."

사람들은 회원 가입 신청서에 홀린 듯 이름부터 적었다. 장극은 멋모르고 이름까지는 적었다가, 곧 그 위에 줄을 벅벅 그었다. 이런 것들은 가입 후 해지 가능하다고 내세우지만 정작 해지하려고 하면 연락 안 받고 뺑뺑 돌기 마련이지. 조금의 여지도 주지 않는 게 나았다.

노래가 끝난 뒤에는 아까 그 말 잘하는 단장이라는 양반이 다시 무대에 섰다. 뒷배경에서는 세계에서 세 번째로 크다는 크루즈 화면이 흘러갔다.

"자! 만약 어르신들이 오늘 딱 1만 원 넣었는데 갑자기 사고가 나셨어. 그래도 우리는 어떻다? 바로 상조 회사 통해 장례를 도와드린다. 특히 저희는 무조건, 상복 대여가 무료입니다. 예, 거기 주소부터 계좌번호 칸까지 적으시면 돼. 우리 직원들 돌아다니니까 어려운 게 있으면 물어보세요."

장극은 더 확인할 것도 없이 종이를 덮었다. 글씨가 큼지막한 앞면은 개미지옥이고, 중요한 내용은 죄다 뒷면에 깨알 같은 글씨로 몰려 보기만 해도 머리를 꽝꽝 아프게 한다. 하지만 슬쩍 옆자리를 보니, 김 주사는 그 계약서를 붙잡고 한 획 한 획 정성 들여 적어 넣고 있다.

보다 못한 장극이 말을 걸었다.

"김 주사님, 그거 가입하시려고?"

"어, 어, 잠시만. 나 계좌번호가 좀 헷갈리는데…."

"굳이 할 게 있어요? 상조 때문에 그래요, 크루즈 여행 때문에 그래요?"
"뭐가 됐든 괜찮겠던데. 뭐, 이럴 때 골라서 하는 거지."
아, 꼭 이런 사람들이 있지. 평소에는 그냥 하고 싶다는 생각만 막연하게 하다가, 하필 인생의 함정이 다가왔을 때 갑자기 번개 맞은 듯 부지런해지는 사람들. 장극은 우정 아닌 우정으로 그를 말릴까, 하다가 바로 김 주사 옆에 달라붙어 무릎을 꿇은 직원을 보고 고개를 돌렸다.
100여 개의 펜이 종이 위로 미끄러지는 동안 단장이 계속 떠들었다.
"글씨 빡빡한 서류만 보면 마음이 덜컹 멈춰 서는 분들 계신데, 걱정 붙들어 매십시오! 요즘 세상이 어떤 세상입니까. 인터넷에 치면 이게 다 사기인지 아닌지 나와요. 그런 세상에서 누가 사기를 쳐요. 저희 믿으시고, 다 설명해 드리니까…."
장극의 옆에서 직원 한 명이 고개를 숙였다.
"아버님, 어떤 게 어려우세요?"
"어려운 건 딱히 없는데."
"네에, 그러면 어떤 게 복잡하세요?"
"복잡한 것도 없고…. 아니, 상품이 영 희한하네. 이거 30년간 내야 하는 거 아뇨. 크루즈에 관짝째로 타게 생겼어."
"꼭 그런 건 아니시고요. 여행 가시거나 상조 필요하실 때 남은 납입금 지불하시면 바로 사용 가능하세요."

"그럼 납입금이… 아니, 아닙니다."

장극은 따져 묻기를 포기하고 종이를 덮었다. 더 물어 무엇 할까. 이 여자들은 똑같은 소리를 반복할 테고, 누가 사인하라고 협박하는 것도 아니지 않은가. 직원도 더 매달리지 않고 물러났다. 앞에서는 쿵, 쿵, 음악이 계속 울렸다. 김 주사는 그새 서류 작업을 마치고 무대를 바라보며 박수를 친다. 그의 어깨가 좌우로 느릿하게 파도쳤다.

장극은 그의 귓가에 대고 물었다.

"사인했어요?"

"어, 응."

"왜 했어요?"

김 주사는 질문을 이해하지 못했다. 자라 목처럼 뻑뻑하게 주름진 눈이 끔뻑였다.

"하라고 준 거 아녀?"

"크루즈 여행 가시게?"

"가도 되고. 뭐 모르겠어? 내가 도와줘?"

"아니…."

"왼쪽 위에 이름부터 적으면 돼. 서류 참 오래간만에 보니까 좋네. 글씨가 큼직큼직하고."

김 주사가 종이를 검지로 문질렀다. 해면기에 일일이 손가락을 찍어 서류를 넘기던 시절이라도 떠올리는 걸까. 옛날에, 우리 사무실에 칼라 프린터가 처음 들어왔을 때…. 김 주사의 목소리가 멀리 거슬러 올라가는 소리를 듣고 장극은 더 간섭하기를 포기했다.

사람들의 서류 작성이 거의 다 끝났을 때쯤 무대 위에 MC가 섰다.

"다들 작성하셨죠? 이제 마지막으로…."

그때 통로에서 누군가가 장극의 어깨를 툭툭 쳤다. 조금 나이가 있어 보이는 직원이었다.

"선생님, 공연 보러 오셨죠? 이제 공연은 다 끝나셨어요. 나가시면 되세요."

"예? 지금 뭐 하려는 거 아닙니까?"

"공연은 다 끝났어요. 이제 정리하시면 돼요."

"저기 앞에서는…."

"공연하는 거 아니세요. 설명 같은 것만 할 거예요."

이게 무슨 일인지는 뻔하다. 서류에 사인을 안 하는, 아무래도 딴소리하러 온 것 같은 사람을 이제 내보내는 거겠지. 다른 직원도 한 명 다가와 장극의 옷소매를 가볍게 당겼다.

"밖에 라면이랑 달걀 있거든요. 그중 원하는 거 골라서 받아 가시면 되세요."

"끝까지 안 봐도 줘요?"

"어유, 당연하죠!"

시간을 끌려고 물어본 말에 직원이 바로 고개를 끄덕인다. 장극은 자신을 이끄는 그 손을 쫓아 나가려다가 다시 옆을 돌아보았다. 김 주사는 이쪽에 신경도 쓰지 않고 있다. 눈앞, 반짝이는 스커트가 뱅글뱅글 도는 것만 바라본다. 알아서 움직이는 만화경을 쫓듯이.

"자, 얼른 나오세요!"

홀을 꽉 채운 노인네들 사이, 불순분자를 뽑아내려는 손길이 점점 간절해진다. 그래, 나도 너희들 판에는 관심 없다. 너희들 속은 빤히 보여. 나도 이 짓거리 꽤 오래 했단 말이다….

자리에서 일어나니 직원들이 나가는 통로를 가리켰다. 라면과 계란 박스가 방금 막 훑고 지나왔을 통로에는 노란 플라스틱 끈이 어수선하게 굴러다닌다. 아무도 없다. 이제 홀로 저기를 건너, 라면을 끌어안고, 누구도 기다리지 않는 골목으로, 원하지 않는 집으로….

"어르신?"

"…아까 그거, 지금 사인 됩니까?"

"아, 하시려고요?"

"예, 합니다. 두 구좌도 된댔죠?"

"네, 네."

의아해하면서도 직원들은 종이를 내밀었다. 장극은 내용도 다시 읽지 않고 이름과 계좌번호를 갈겨썼다. 일주일 내로 취소 가능하다는 안내문에 별 의미가 없다는 건 안다. 그래도 지금 당장은, 그가 인파 사이에 앉을 수 있는 의자 하나를 돌려받는 게 중요했다.

"이야, 여러분이 너무 좋아하셔서 우리 초대 가수님이 딱 한 곡만 더 부르고 가신답니다. 괜찮죠?"

박수가 쏟아진다. 칼칼한 목소리로 예, 대답들을 한다. 장극도 그 사이에서 손바닥을 부딪치고 어색하게나마 예, 좋다, 하는 말들을 외쳤다. 소리라는 걸 질러 본 적 없고 환호와는 더더욱 거리가 멀었던 목소리는 쌀알들 속 돌처럼 구르다가도 곧 스피커가 전차처럼 밀어붙이는 음파에 묻혀 사라진다. 다른 사람들의 목소리와 하나가 되어 깔린다. 그래서 박장극은 이 순간, 처음으로 저를 부끄러워하지 않고 웃었다.

계란을 받아 나오다 집에 식용유가 없다는 게 기억났다. 삶아 먹을 수도 있겠지만 목구멍이 퍽퍽해지는 상상만 해도 숨이 막힌다. 장극은 돌아오는 길에 김 주사에게 계란을 넘겼다.

김 주사가 웃었다.

"나야 고마운데, 계란 안 먹을 거면 라면 받아 오지 그랬어?"

"사람들이 죄 계란에 몰리길래 저도 얼떨결에 그쪽으로 갔지 뭐예요."

사실 얼떨결에는 아니었다. 그들 사이에 파묻히고 싶었다. 정어리 떼 사이 치어 한 마리처럼.

"저녁 드십니까?"

'같이'라는 말을 일부러 삼켰다. 김 주사가 애매하게 답했다.

"나야 모르지. 아직 저녁 먹으려면 멀었는데."

"알겠습니다. 그럼 들어가셔요."

텅 빈 손으로 장극은 반 년 전에 정착한 골목에 들어섰다. 소란을 벗어나니 오른쪽 무릎이 또 살살 쑤시기 시작한다. 언제까지 걸을 수 있을까. 어디까지 갈 수 있을까.

일부러 부동산 앞길을 지나쳤다. 오래된 매물 정보가 벽지처럼 붙은 유리창 너머로 사장이 꾸벅꾸벅 조는 게 보였다. 평소였다면 저 꼴이 보이진 않았을 텐데, 하다가 위화감의 정체를 곧 깨달았다.

'진짜 매실액, 밤꿀 팝니다'라고 적어 붙인 종이가 사라졌다. 애매하게 트인 시야 너머, 고개를 까닥이다 제 졸음에 놀라 눈을 뜨고, 정수기를 향해 천천히 걸어가는 사장은 이불도 혼자 못 걷을 듯 불안정하면서도 정작 약해 보이지는 않았다. 저 공간이 그의 성채다. 언젠가 사장과 함께 무너질지언정 사장이 내세울 것 없이 홀로 무너지게 만들지는 않을.

집으로 가는 길, 장극은 주머니를 뒤져 잡히는 것을 하나하나 길에 던졌다. 부동산 명함과 맞바꿔 받았던 어디 분양 회사 명함, 라테 얻어먹고 입가심하던 날 집어 온 카페 쿠폰, 아까 공연장에서 받은 계약서 사본 및 약관 안내서 따위가 바닥을 굴렀다. 이제 손에 잡히는 건 정말 먼지뿐이다 싶을 때 장극은 주머니를 까뒤집고 모든 걸 싹 털어 냈다.

반계단 너머, 현관문은 잠겨 있지 않았다. 밥상에 발을 얹은 채 누워 있던 소령이 고개를 삐딱하게 기울였다.

"어디 가서 신나게 놀다 왔나 봐? 누구는 부동산 좆뺑이치고 있었는데."

"박 소령."

"어어, 왜."

"그거 언제 쓴 이름인지 이제 기억났다."

'박 소령'은 사기 한 번 치고 도망 다니던 30대 중반쯤에 얼마간 쓰던 가명이었다. 일부러 사람들을 헷갈리게 할 요량으로 군 계급을 끌어다가 만들었다.

그는 전남 한 육계 농장에서 닭 키우는 일을 했다. 그때 또래 한 놈과 친해졌다. 어지간히 덜떨어진 놈 아니면 다들 20대에 결혼하던 시기라, 애인도 뭣도 없던 둘이 더 빠르게 가까워진 것도 있을 것이다. 늦게 자라는 닭 모가지 비트는 일을 유독 꺼리던 놈 대신 장극이 몇 번 닭 목을 꺾었고, 놈은 저가 식사 당번일 때마다 장극의 밥그릇에 돼지고기를 한 조각씩 더 올려 주었다.

 돈을 좀 모은 뒤 둘은 닭 농장을 떠났다. 그리고 인천에서 닭 농장 시절에 비하면 대궐 같은 방을 구해 짐을 놓고 일자리를 구하러 나갔다.

 닭 모가지를 꺾는 것만 못할 뿐 힘 좋고 시원시원한 놈이었다. 자기는 어딜 가도 먹고살 자신 있으니 형님 편한 곳으로 가시라면서 정말 연고 없는 인천까지 쫓아 나온 놈이다. 그놈은 빈말을 하지 않았고 언제나 장극을 믿었다. 돈이 필요하다면 은행에 달려가 두툼한 봉투를 들고 나왔고 사람이 필요하다면 도장을 들고 나왔다.

 순진하고 든든한 놈인 줄로만 알았다. 장극은 내심 화수분 하나 물었다고 생각했다. 하우스 몇 군데 돌다 며칠 만에 집에 들어간 날, 그놈이 매캐한 냄새로 꽉 찬 부엌에 널브러져 있는 걸 발견하기 전까지.

 알고 보니 놈의 돈은 진작 다 떨어진 상태였고, 장극에게 턱턱 내밀던 돈도 언제부턴가 다 빚이었단다. 장극이 사기꾼이라는 걸 알게 된 이후에도 놈이 지갑을 열었던 이유는 하나였다. 놈에게 남은 유일한 것, 그가 안심하고 몸 누이게 된 집구석을 지키기 위하여.

 처음 그 말을 들었을 때는 이놈 머리에서 가스가 덜 빠진 줄 알았다. 그래, 퍽이나 안심되는 집구석이었겠다. 장극이 먼저 그의 지갑에 손대지는 않을 테니까. 살살 구슬려 직접 열어 달라고 말할 뿐이었겠지!

하나 장극이 사기꾼임을 알면서도 놈은 둘이 얻은 작은 집 구석이 바다에서 한참 허우적대다 겨우 올라온 보트 같다고 했다. 태풍에 매번 흔들리긴 해도 누군가와 함께 노 젓고, 가끔 낚은 생선을 배 갈라 나눠 먹고, 돈 모아 불을 때우고 열기를 나눌 인간이 있는 그런 공간 말이다.

인생이 힘들어 어지간히 돌았나 보다. 장극은 그렇게 생각하며 놈을 병원에서 며칠 지켜보았다. 일단 의사 소견으로는 후유증은 크지 않다고 했다. 다행이었다. 뉘우친 척 간병 좀 하다가 가족이 아프다는 핑계를 지어내고 장극은 꽁무니를 뺐다. 아주 멀리멀리. 그 뒤로는 어찌 되었는지 모른다.

박 소령 형. 놈은 장극이 떠나기로 마음먹은 날까지도 장극을 그리 불렀다. 살다 살다 그런 등신은 처음 보았다. 세상에 돈보다 중요한 게 있나? 좀 잘 대해 줬다고 가족도 아닌 인간에게 돈을 덥석덥석 안겨 줘? 심지어 죄 거짓인 걸 알면서? 그런 무서운 꼴은 태어나서 처음 보았다. 목마르다고 바닷물을 마시는 사람을 코앞에서 보는 기분이었다. 심지어 박 소령은 목마르다는 놈에게 바닷물을 팔아 치울 놈인데, 왜 너는 알면서 바닷물을 달라고 할까.

장극은 사람이 그런 식으로 망가질 수도 있다는 게 두려웠다. 그래서 더더욱 멀리 도망쳤고, 잊어버리려 했다. 왜 저런 짓을 해. 사람이 어떻게 다 알면서도 사기를 당할 만큼 멍청해져? 어떻게….

"…그럴 수도, 있었네."

장극은 소령 앞에 섰다. 자신을 '용기'라고 칭하는, 구질구질한 꼴 내보이기를 두려워하지 않는 또 다른 박장극이 옛날에 깨 먹은 어금니가 다 보이도록 씩 웃었다.

"혼자 구시렁구시렁하긴. 좀 알아듣게 말해라, 박장극이."

"솔직히 얘기해 봐. 왜 왔어. 남들은 제 붕어빵이랑 하나가 되러 왔다던데."

"온 김에 너 구경하러 왔다니까."

"재미있어?"

"지금은 별로 재미는 없네. 여기서 말라 죽을지, 아니면 다른 데 갈지 생각 좀 해 봐야겠어."

"그러냐."

겨우 안정되어 가던 내 삶을 망치고 너는 떠나가느냐. 화는 나지 않았다. 그런 데 쏠 기운도 없었다.

"박 소령, 네가 나 태어날 때 같은 틀에서 태어난 거면 말이지, 부탁 하나만 들어줄 수 있나?"

"뭔데 벌써부터 말이 길어?"

소령의 표정이 고깝다는 듯 일그러졌다. 장극은 반사적으로 웃음을 터트릴 뻔했다. 정말 이 자식은 용기가 흘러넘치는구나. 저를 손톱만큼도 꾸밀 줄 모르지 않는가. 그래서 오히려 장극은 마음 편히 양손을 들고 부탁했다.

"한번 안아 줘."

"뭐?"

"…안아 달라고."

어린아이들도 쑥스러워할 소리를 이 나이에 뱉으려니 목소리가 떨린다. 그래도 세 번 부탁할 필요는 없을 것이다. 소령은 분명 장극의 부탁을 듣자마자 이해했다. 놈은, 듣자마자 으하하핫 하고 큰 웃음과 비웃음을 같이 터트릴 것만 같던 놈은 태어날 때 그대로의 얼굴로 아무 표정 없이 장극을 마주했다.

"그러냐."

"그래."

"네놈 주둥이에서 별 희한한 소리가 다 나오네."

"그러게."

무표정한 만큼 장극과 더더욱 닮게 된 소령은 양팔을 벌리기 전에 말했다.

"아마 딱 한 번밖에 못 안아 줄 거다. 붕어빵이랑 붕어빵 소 관계가 좀 그렇게 생겨 먹었어."

"상관없어."

"그래."

"넌 상관없고?"

"하기 싫어도 할 일은 해야지."

"그래라."

60여 년 전에 떨어졌던 붕어빵과 붕어빵 소 약간이 두 팔을 벌리고, 어색하게, 자신의 팔 위치를 대각선으로 비틀어 상대를 끌어안았다. 그들은 곧 찾아올 미래를 알고 있었다. 시야가 흐릿해지기 직전, 장극의 핸드폰이 부르르 떨렸다. 문자 메시지가 보였다. 발신인은 김 주사였다.

[계란이 너무 많네. 계란말이 해서 같이 약주나 먹….]

장극은 더 읽지 않고 눈을 닫았다. 지금 보아서는 안 된다. 가능성에 대해 생각해서는 안 된다. 그가 선택할 수 있던 미래는 하나뿐이어야 한다. 이제는 후회할 수조차 없으니까.

수십 년 전 출고된 것과 수십 년 전 굴러 떨어진 조각은, 철판에서 갓 성형되던 때처럼 빠르지는 않아도 서서히 하나가 되기 시작했다. 다시 매대 위에 놓이지 않아도 좋다. 누군가는 외롭지 않기 위해, 누군가는 또 다른 자신의 마지막 용기에 답하기 위해 자신을 던졌다.

"안녕하세요. 저기, 박 선생님 안 계세요?"

늙은 대추처럼 얼굴이 쪼글쪼글한 부동산 사장이 안경을 치켜올렸다.
"누구신데 바로 박 선생을 찾아요? 미리 약속한 거 있나?"
"저번에 빌라 내놓는 것 때문에 말씀드린 적 있거든요. 대성연립 C동 201호. 안 계세요? 매물 보러 나가셨나?"
"그게… 말하기 좀 복잡한데. 여기 그만둘 것 같아서."
"네? 그만둔다는 말을 하신 거예요?"
"말을 들은 건 아닌데 거, 상황이…."
사장의 주름살이 춤추는 동안 부동산 문이 열렸다. 새로 들어온 사람은… 박장극이었다. 아마도, 사장의 목소리를 믿어보자면. 주연은 처음에 제 눈을 믿지 못했다.
"박 선생, 손님 왔어. 일하겠다는 건지 안 하겠다는 건지만 좀 말해 줘."
"아이고, 이게 누구셔어?"
장극이 주연을 마주 보았다. 항상 곱게 눌러쓰던 베레모도, 조끼도, 펜던트도 사라졌다. 대신 그의 광대처럼 과장된 밝은 미소가 그나마 익숙했던 얼굴 형태를 일그러뜨린다. 그는 무어라 혼자 중얼거렸다.
"아, 그분! 알아? 응, 대성연립이구나. 맞아. 알겠어."
"박 선생님?"
"네, 연 선생님, 무슨 일로… 아하, 빌라 파는 문제. 네, 지금 알아보러 갈까요?"

"아, 아니에요. 이제 안 팔겠다고 말씀드리러 왔어요."

주연은 누구도 안 믿어 줄 말을 변명처럼 던졌다. 장극은 전혀 불쾌해하지 않고, 오른손에 든 묵직한 검은 비닐봉지를 흔들었다.

"이 날씨에도 샤인 머스캣이 나오대. 같이 좀 먹을까요?"

뒤에서 사장이 물었다.

"잔치해? 이거 뭔 샤, 그, 비싼 청포도지?"

"하면 좋지요!"

잔치 소리에 장극의 목소리는 짧게 빛났다. 전에 없는 당당한 기쁨이 빛났다. 참 밝은 사람이다. 그가 포도를 접시에 놓으며 주연에게 손짓했다.

"와서 먹어요. 매물 달라는 소리 안 할 테니까."

붙임성 있는 태도에 자연스러운 미소가 따라붙었다. 이게 첫인상이었다면, 주연도 웃으며 그와 마주 앉아 포도를 먹었을 것이다. 하지만 이게 첫인상이 아니었기에, 주연은 뒷걸음질을 쳤다.

"수고하세요!"

문을 열고 나오는 동안 장극의 시선은 단 한 번도 주연을 뒤쫓지 않았다. 그는 정말 행복해 보였다.

"환자분, 환자분! 일어나세요! 내 목소리 들려요? 들리면 이 손가락 잡아 봐요! 아, 진짜 갑자기 왜 이러지?"

어린 날에는 우주 비행사가 되는 꿈을 꿨다. 이유는 하나였다. 그들은 중력에서 벗어나 천장을 걸어 다닐 수도, 허공을 떠다니는 물로 세수할 수도 있었으니까. 그들은 '금태야, 왜 네가 세수를 하면 꼭 화장실 바닥이 물바다가 되어 있니?'라는 말을 들을 필요도 없겠지. 그러게요, 어머니. 저도 그 미스터리를 풀지 못했습니다.

중력에서 멀어지고 싶었다. 우주 비행사가 되려면 공부를 아주아주아주 잘해야 한다는 말을 들은 건 신경 쓰이지 않았다. 하지만 1광년과 1광속이라는 개념을 들은 순간부터 금태는 우주에 대한 흥미를 놓았다. 대신 사람을 끌어당긴다는 땅으로부터 멀리, 아주 멀리 떨어지는 것을 즐겼다. 때로는 중력에 끌려가는 척 떨어지다가 잽싸게 제 팔 힘에 기대 중력의 마수로부터 탈출하는 순간이 가장 즐거웠다. 그때마다 머릿속에서 새하얀 풍선이 터지는 기분이었다.

중학 시절, 2년간 같은 반이던 놈이 영상 하나를 보여 주었다.

"반금태, 이거 우리 동네 맞지?"

'유치권 행사 중'이라는 플래카드마저 누렇게 뜬 8층짜리 건물. 누군가가 그 건물 벽과 높이 세워진 담장 사이를 번갈아 뛰어 내려가고 있었다.

"미친, 존나 슈퍼 마리오야. 재밌겠다."

"해 보려고?"

"안 해, 그럼?"

금태는 녀석이 다시 재생한 영상을 바라보았다. 친구의 말마따나 게임 영상처럼 재미있어 보이긴 해도 금태가 선호하는 스타일은 아니었다. 금태는 고개를 저었다.

"나 찍어 줘, 그럼."

"라이브?"

"노노, 숏츠로 올리게."

"이거, 넌 좀 어려울 것 같은데."

"그럼 네가 하든지."

"난 더 안 되지. 담장 무너진다."

어쨌든 약속은 잡혔으나 성사되지는 못했다. 금태는 20분 늦었다. 그리고 녀석은 기다리지 않고 벽을 올랐다. 녀석이 라이브를 생각하지 않은 건 다행이었다. 녀석의 추락은 짧은 영상으로만 남았다.

그럼에도 약속은 약속이 되었다. 금태는 그 약속을 깨트렸어야 했다. 제 시간에 나갔어야 했다. 말렸어야 했다. 어쨌든, 무엇이든 했어야 했다.

금태는 가끔 꿈을 꿨다. 제 시간에 나간다. 추락하는 친구 밑으로 달려간다. 거기까지는 금태가 할 법한 일이었다. 그대로 친구에게 깔려 뼈 서넛은 부러지는 것 또한. 악몽은 아니었다. 그리되었다면, 적어도 친구의 죽음 앞에 죄책감을 느낄 일은 없었을 테니까.

"CT 찍어? 보호자 아직 못 찾았죠?"
"이건 그래도 찍어야지."
"근데 나 얘 어디서 본 것 같은데… 어디서 봤더라?"

시간이 흐르며 금태 주변 사람들은 모두 같은 말을 했다.
"빨리 잊어버려. 네 잘못 아니잖아."
친구들이 말했다. 교사가 말했다. 부모님이 가장 강하게 말했다. 심지어 그 친구의 부모님마저도.
"잊어라. 걔도 너한테 기억되긴 싫을 거다."
우리도 너를 잊겠다는 말을 마지막으로 그들은 이 동네를 떠났다. 이제 녀석에 대해 가장 오랫동안 말할 사람이 사라졌다. 그 건물 근처에 주차해 둔 누군가가 제 블랙박스를 뒤져 유튜브에 업로드한 사고 영상은 1만 5000번의 조회 수를 기록하고는 신고를 받아 내려갔다. 부모님은 어느새 '금태야, 너 파쿠르 안 하지?'라고 묻는 것마저 잊어버렸다. 또는, 잊으려 노력하셨던 것이리라.

그게 옳겠지. 나보다 더 똑똑하거나 많이 배웠거나 사려 깊은 사람들이 하는 말이니까. 하지만 옳고 그름과 관계없이….

"난 그 애를 기억하고 싶거든. 백소명, 이거 내가 잘못한 거야?"

금태는 자신이 아는 사람 중 가장 똑똑한 이에게 그렇게 물었다.

소명이 삐딱한 시선으로 금태를 올려다보았다. 소명은 금태가 아는 사람 중 가장 삐딱한 인간이기도 했다. 금태는 이를 악물고 따가운 대답이 돌아올 것에 대비했다.

소명은 대답했다.

"직접 생각해."

"그걸 잘 모르겠어."

"네가 잘못한 거 같아?"

"아니."

"바로 대답하면서 왜 생각해도 모르겠대."

"이건 생각이 아니라 내 기분 아냐?"

"그것도 네 머리에서 나온 거잖아."

금태는 무슨 소린지 잘 이해할 수는 없었다. 어쩌면 소명도 그럴 것이다. 중학 시절, 그 애는 자신도 이해하지 못하는 말을 던지고 잘난 체하곤 했다. 내심 도움이 안 된다고 생각했다.

"예? 그 학생 더 안 좋아졌어요? 학생, 내 목소리 들려? 아… 수술 잡아야 하나?"

하지만 괜히 물어봤다 생각한 순간, 소명은 가장 중요한 대답을 전했다.
"생각하려고 했잖아. 잘했어."
소명이 금태의 등을 토닥여 주었다. 최선의 힘을 들여서. 그거면 충분했다.

부동산에서 마지막으로 본 장극은 정말 밝게 웃고 있었다. 태어나서 처음으로 설탕을 맛본 아이가 지을 법한 순수한 미소였다. 주연은 서둘러 부동산을 나와 한참을 멀어진 뒤 쿵쿵 뛰는 심장을 진정시켰다. 그 모습을 보고 생각할 수 있던 것은 하나뿐이었다. 박장극 씨는 붕어빵 소와 합체한 모양이야.
그는 분명 행복해 보였다. 사람 좋아 보이지만 어딘가 사기꾼 같던 면모도 사라진 채, 모든 것에 만족하는 것 같았지. 하지만 주연의 본능이 외쳤다. 저건 절대 좋은 일이 아니라고. 탐나는 붕어빵 소를 찾더라도, 하나가 되지 않게 조심하라고. 나도 아마 나잇값을 하게 해 준다는 붕어빵 소가 있었으면 합체하자고 했을지도 몰라. 박장극

씨가 괜히 사람 속을 한번 긁어 준 덕분에 생각해 볼 수 있었지. 솔직히 그 사기꾼 같은 사람이 여러모로 예방 주사가 되어 주었다.

이제 금태 걱정만 할 차례다. 상황은 좋지 않았다. 분명 말을 알아듣고, 손도 쥐던 금태의 의식이 갑자기 가라앉았다. 신경외과 의사가 동의서를 쓰고 수술하기로 하되, 경찰에 연락해 근처 블랙박스를 확인해 저 '무명남'의 보호자를 찾을 예정이라고 했다.

단, 진짜 문제는 금태 엄마를 찾는 게 아니라 가짜 금태를 어떻게 금태 엄마와 분리해 놓느냐지. 준중환자실까지 같이 들어오기라도 하면 정말 곤란하고. 그나마 다행이라고 할 만한 것은 하나. 반금태, 하시나, 박장극 세 사람의 공통점을 알아낸 것 같았다.

4
붕어 없는 붕어빵

1

"보살님이 말씀하신다! 갑진년 4월 5일 여기 갑산에 구렁이 슬렁슬렁 떠내려와 저 앞산 강을 건너 거기 보이는 너희 구렁구렁… 아니, 참, 으음… 술렁술렁거리는구나아!"

어디에도 없을 모닝콜과 함께 선진은 눈을 떴다. 8시 30분. 옆집의 연등보살님이 아침 먹고 굿 연습을 하는 시간이다. 저따위로 해도 손님이 있나?

보살님도 나름 조용히 연습한답시고 집 제일 안쪽, 구석방에서 노래하는 것 같은데 하필 그게 선진이 세 들어 사는 방과 딱 벽 하나를 사이에 두고 있었다. 그래도 선진에게 별 불만은 없었다. 이러니까 월세가 20만 원인 거겠지.

아침 식사를 끝낸 선진은 이만 닦고 바닥에 드러누웠다. 언제 보아도 새로운 천장 얼룩 구경은 핸드폰이 울릴 때 끝난다.

오늘의 첫 메시지는 엑스(전 트위터) 다이렉트 메시지였다.
[토요일, 롯시 굿즈 대리수령 가능해요? 한정 필름마크요.]
선진은 바로 답했다.
[예, 가능합니다. 각 4000원, 편의점 택배 2000원, 일반 택배 3500원. 강북 지역 직거래 시 3회 중 한 번 무료. 괜찮으시면 지금 오픈카톡으로 들어오시겠어요?]
하는 김에 인스타부터 당근까지 메시지함을 쭉 훑었다.
[빵냥이 15센티미터 인형 구매 원해요.]
['영원의 전쟁' 리마스터링 재개봉 기념 배지 아직 살 수 있을까요?]
['환상연회' 포스터 구해요. 서울이시면 직거래도 좋아요.]
가끔은 욕설도 뒤섞인다.
[플미충 새끼야! 정가 1.7짜리를 3만 원에 처파는 꼴 보소ㅋㅋㅋㅋㅋㅋㅋ 너 소울 저니 팬도 아니지? 뭐 본진인진 모르겠는데 앞으로 니 덕질 걸음걸음 박살 날 거임ㄴㄴ]
'플미충'은 물건에 웃돈을 크게 붙여 파는 사람을 비하하는 단어. '소울 저니'는 요즘 인기 있는 남성 아이돌 그룹. '본진'은 누군가가 좋아하는 연예인이나 작품. '덕질'은 무언가를 정성 들여 좋아하는 것…. 이제는 익숙해진 단어들이다.
선진은 웃지도 찌푸리지도 않고 그 메시지를 삭제했다. 이를 어쩌냐. 나는 덕질 그런 거 못하는데. 살아가면서 무언가를 열심히 좋아해 본 기억이 없다. 치과에 끌려갈 때마다 또래들이 항상 붙잡고 있던 《그리스 로마 신화 만화》에도, 부모님이 사주신 닌텐도에도, 대학교 동기들이 모두 좋아하던 해외 축구 등에도 전혀 관심이 생기지 않았다. 좋아하는 척 정도는 할 수 있었지만 그게 끝이었다.

그래도 그게 인생에 악영향을 미칠 거라는 생각은 한 적 없는데….

[〈WEB 발신〉 설레는 하루 보내고 계신가요? 웨딩숍 에스프리입니다. 지난 웨딩 박람회에서 정보 받기를 희망해 주셔서 연락드렸습니다….]

문자함을 쭉 내리다가 한 달은 지난 문자를 발견했다. 선진은 문자를 삭제하고 웨딩숍 번호를 스팸 처리했다. 다음으로 할 일은 카톡 확인. 오픈카톡에 몇 개의 알림이 반짝였다.

[엑스에서 보고 왔습니다. 매물 아직 남아 있나요?]

[물건 잘 받았습니다. 감사합니다.]

[송장번호가 이거 맞나요….]

오픈카톡창을 한 바퀴 쭉 돌아 확인하고서, 선진은 잠깐 망설이다가 수백 개의 '읽지 않음' 알림이 반짝이는 일반 카톡 메뉴로 들어갔다. 동창들의 연락은 그나마 가장 최근에 받은 게 보름 전이다. 그 아래로는 전 직장 동기 연락이, 그 위로는 동생의 목소리가 깜빡였다. 어차피 서먹했던 사이. 동생의 톡 두

개는 '생존 신고 좀 가끔 해라'라는 무심한 문장으로 끝났다. 그리고 맨 위에 놓인 것.

[나 로또 당첨됐어. 손 떨려. 이거 어떻게 해?]

관심 끄는 실력이 늘었다고 해야 할지, 아니면 극단적인 방법까지 쓰게 되었다고 해야 할지. 한때 선진과 같이 웨딩 박람회에 갔었던, 그리고 지금은 옛 여자친구가 된 사람 희서의 카톡이다. 4등이면 치킨 사 먹고 5등이면 닭다리 과자 사 먹어. 그런 실없는 대답을 보내는 상상만 한 후, 선진은 카톡창을 닫고 느릿한 일과를 시작했다.

반년 전까지 그는 흔한 30대 초반 남성이었다. 다만 이 '흔하다'는 것은 스펙트럼 내 실질적 중간값이 아닌, 사람들에게 '사회인 청년을 떠올려 보시오'라고 했을 때 그려지는 인물들의 평균값을 기준으로 삼은 결과물이라는 게 더욱 어울리는 묘사일 것이다. 32세 남성. 서울 내 4년제 대학 졸업. 육군 만기 제대. 나름 업계에서 건실한 회사 사무직 재직 중. 아파트 거주. 양친 생존. 2년 사귄 두 살 연하의 여자친구 있음.

세상 모든 게 무던하게 굴러갔다. 친구는 거의 없었으나 남들에게 욕먹는 성격도 아니었다. 남동생만이 '형은 좀 또라이 같아'라고 딱 한 번 진실의 입을 열었다 닫았다.

32세의 가을, 연애 700일을 맞이하여 선진은 희서에게 청혼했다. 조금 이른 감이 있었다만 식장 알아보다 보면 시간이 훅

갈 거라는 얘기를 나눈 뒤에 한 일이었다. 희서는 이것까진 예상하지 못했다며 민트색 상자 속 액세서리를 웃으며 받아들였다. 기뻐하는 것 같았다.

결혼식까지 시간은 넉넉했다. 선진은 마음이 변하지 않을 자신이 있었다. 단, 애초에 그 마음부터가 문제였다.

어느 날 희서가 물었다.

"오빠는 왜 나랑 결혼하기로 마음먹었어?"

세상에는 모범 답안이 두 자릿수는 있을 테고 선진은 그걸 골랐다. 희서는 예상했다는 듯 픽 웃고 물었다.

"들이고 싶은 가구 있어? 거실, 안방, 취미방 등에."

"너무 이른데."

"생각하는 건 자유지. 아무거나 말해 봐."

"없어."

대답이 너무 빨랐을까. 희서가 눈을 동그랗게 떴다.

"게이밍 책상 같은 건 새로 맞출 생각 없어? 오빠 게임 좋아하잖아."

게이밍 PC는 성장 중 남학생 사이에서의 사교 생활을 위해, 콘솔 게임기는 게임 개발이라는 현업에서의 자료 수집을 위해 두었을 뿐이다. 선진은 게임을 좋아하지 않는다고 말했다.

희서가 당황하며 되물었다.

"그럼 오빠 뭐 좋아해?"

맛있는 음식, 재미있는 영화, 재미있는 예능, 멋진 풍경이 있는 여행지.

희서는 그 대답에 한 번 더 당황하며 고개를 저었다. 그건 인류의 보편적 감각이지 취미가 아니라는 거다.

"그럼 특별히 더 좋아하는 영화 장르는 없어? 좀비 나오는 게 좋다든지, 눈물 뽑는 장르가 좋다든지. 여행을 간다면 난 바다가 좋다, 해외 대도시가 좋다 그런 것도 없어? 신발 브랜드는? 술안주는?"

모든 게 싫지 않았다. 기본적인 퀄리티만 보장된다면 뭐든 괜찮았다. 선진은 이게 잘못된 대답은 아닐 거라고 생각했다. 호불호 없이 무던한 사람이라는 의미 아닌가. 하지만 그건 오판이었다.

희서가 물었다.

"아, 그럼 나도 결혼하기에 괜찮았던 거야?"

그랬다. 하지만 이때 긍정하면 안 될 거라는, 선진이 일평생 쌓아 온 어떤 인간관계 매뉴얼도 작동했다. 고개를 저어 너는 특별한 사람이라고 대답해! 그러나 마음 한구석에서 무언가가 중얼거렸다. 무어라 말했는지는 모르겠다. 순간 거기 신경이 쏠린 탓에, 선진은 '옳은 말'을 꺼내는 대신 자신이 생각했던 것을 그대로 쏟아 낼 수밖에 없었다. 희서가 짧게 당혹스러워했고, 불씨가 커지듯 서서히 분노했다.

"그래서 오빠는 적당적당한 것들만 고르면서 살았고, 나도 그렇게 고른 것 중 하나야? 이제 2년 사귀었고 서른 넘겼으니 결혼하는 게 맞겠다 싶어서 결혼 이야기 주고받은 후 청혼한 거고?"

"다들 그렇게 사는 거 아니야?"

"그건 알아! 하지만 난 오빠랑 그렇게 살 생각 없었어!"

다행히 상견례 전에 일어난 일이었다. 싸웠다는 말만 들은 부모님은 피식 웃었다. 결혼 준비할 때가 한창 싸울 시기지, 빨리 사과하면 될 거다. 하지만 물 마시러 가던 동생이 고개를 저으며 말했다. 진짜 끝난 것 같은데.

어머니에게 등짝을 맞고 방에 들어가는 동생을 쫓아가 물었다. 지금 상황이 평범하지 않은 것 같냐고, 너는 뭔가 알고 있냐고. 동생은 조용히 고백했다.

"형은… 외계인 같아. 얼굴 이야기 아니니까 거울 보지 마, 짜증 나. 지금 거울 본 것도 이럴 때 어떻게 반응해야 사람들이 웃을지 예상해서는 일부러 장난친 거지? 하나도 안 웃겨."

동생은 뛰어난 관찰자였다. 선진은 동생에게 동의했고, 그의 판단을 칭찬했다. 나는 네 말이 맞는다고 생각한다. 그럼 다음 문제는 무엇일까? 외계인은 어떤 행동에 대한 비유였어? 진지하게 대화하는 자리라고 생각했는데, 동생은 그 질문에 얼굴을 찌푸리고는 질색을 하며 제 방에서 나가 버렸다.

동생의 예측대로 희서의 연락이 끊겼다. 가끔 사내 식당 등 먼발치에서 우연히 마주했을 때 선진을 불편해하는 게 빤히 보였다. 그녀가 먼저 마음을 정리해야 할 것 같아 선진은 기다리기로 했다.

가장 먼저 인내심이 떨어진 건 선진의 부모님이었다. 하지만 그분들이 경사 준비에 대해 논하기 전, 흉사가 일어났다. 뇌종양으로 근처 병원에 입원해 있던 큰삼촌이 돌아가신 것이다. 고작 몇 시간 앉아 있던 장례식장에서 온갖 일들이 부딪쳤다.

사촌 조카들이 방에 얌전히 있으라는 걸 참지 못하고 나와서 절편을 얻어먹다 떡을 흘렸다. 사촌 동생이 애들이 버릇이 없다고 욕을 뱉다가 작은삼촌에게 더욱 큰 욕을 먹고 쫓겨났다. 고모는 한 시간을 울다 얼굴이 하얘져서는 소파에서 더 쉬었다. 아버지가 담배 한 갑을 피웠고 큰조카는 첫 장례식 육개장 맛에 눈을 동그랗게 떴다. 외숙모가 처음으로 웃었다. 사촌 누나가 부의금을 체크하다 한숨을 쉬었다.

저녁 무렵, 가족 모두와 함께 장례식장을 빠져나왔다. 오래간만에 담배 냄새를 잔뜩 묻힌 아버지가 선진의 어깨를 쳤다.

"삼촌이니 어미, 아비만큼 와닿지야 않겠지만 옆집 개가 죽었다는 사람도 너보다는 슬퍼하겠다."

잡일은 나름 눈치를 살펴 했다. 옆 빈소로 뛰어나가는 조카들을 끌고 들어왔고, 사촌 누나에게 커피와 파스도 쥘러 주었고, 반쯤 기절한 고모도 업어 날랐다. 그러니 저 문장은 다른 부분을 지적하는 거겠지. 그렇게 선진은 경사 준비와 조사를 한 번씩 겪은 뒤에야 깨달았다.

그는 아무것도 원해 본 적이 없었다. 또한 이제 그는, 더 이상 무언가를 '원하는 사람들'과 같은 속도로 움직일 필요성을 느끼지 못했다.

깨달음은 결심과 행동으로 이어졌다. 직장을 그만두기로 했다. 다만 바로 퇴사했다가는 여자친구가 괜한 소문에 휘말릴 게 뻔하니 이직하는 형식을 취했다. 물론 새 직장 따윈 존재하지 않았고, 부모님에게 쓸데없는 단서를 주는 것을 피하기 위해 집을 나왔다.

다소의 시행착오는 있었으나 그 결과, 지금 선진은 원주소와 대중교통으로 한 시간 반쯤 떨어진 곳에서 꽤 오랫동안 머무는 중이다. 그동안 모은 돈이면 일하지 않아도 수년은 족히 먹고살 수 있다. 부모님께 가끔은 용돈도 보내 드린다. 그럼에도 선진은 딱 하나, 작은 일거리를 구했다.

"당근이세요?"

20대로 보이는 여자가 백화점 앞에서 손을 흔들었다. 선진은 그녀에게 종이 가방을 건넸다. 여자는 렌터카 회수 직원처럼 날카로운 눈으로 그 내용물인 게임 캐릭터 금속 배지에 흠이 없는지를 확인한 후, 마침내 고개를 끄덕이며 방긋 웃었다.

"감사합니다!"

"예, 감사합니다."

여자가 뒤로 돌았다. 백화점 유리문에 여자가 입이 찢어져라 웃는 모습이 비쳤다. 바로 그 모습이 선진이 거래 장소를 백화점 앞으로 정한 이유였다. 욕망이 빛난다. 사람이 제 의지로 목에 밧줄을 걸고 나아가게 만드는, 흥분한 말이자 매끈한 전차를 닮은 욕망. 그 욕망은 금세 인파 사이로 사라졌다.

선진은 조금 아쉬운 마음에 백화점 에스컬레이터에 몸을 실었다. 사람들이 카드를 꺼내는 순간에도 어떤 욕망을 발견할 수는 있으나, 무언가에 몰입하는 이가 순간 빛내는 욕망에 비할 바는 아니다. 그나마 백화점에 입점한, 프라모델을 파는 매장에서 약간의 아쉬움을 채웠다.

이제 백화점 카페에 앉아 다시 한번 메시지를 확인하려던 중, 하필 화면을 터치한 순간과 거의 동시에 카톡이 올라왔다.

"아."

[이선진 씨 주말인데 뭐 하실까아아.]

[헐.]

[헐 헐 헐? 읽었네? 뭐야 실시간이야??? 드디어 생각 고쳐먹었어??? 아니면 어이쿠 손이 미끄러지셨나???? 딱 기다려.]

선진은 급히 채팅방을 나왔다. 마지막 순간 '잠수이별 kill you'라는 메시지는 읽지 않았다. 약간의 억울함이 넘실거렸다.

내가 잠수이별을 하지는 않았는데. '희서야, 네 분노를 이해한다. 미안하다. 너는 더 좋은 사람 만날 수 있을 거다. 지난 2년간 즐거웠다.' 이와 같은 내용을 성실하게 만나서 얼굴을 보고 전달했다.

그때까지도 희서는 선진이 던진 어처구니없는 프러포즈가 빚어 낸 분노가 가시지 않은 상태였으니, 이 관계는 무던하게 종료될 거라 생각했다. 하지만 헤어지고, 연락은 끊기고, 선진이 직장을 그만둔 이후부터 희서는 괜한 연락을 계속 해 대고 있었다. 자신이 선진의 퇴사에 영향을 미쳤을 거란 오해라도 하고 있는지.

차단할까. 선진은 차단 버튼 위에서 손가락을 까닥이다 그만두었다. 이 감정과 교류하는 방법을 모르는 입장이니, 섣부른 대처로 불을 지르기보다는 자연발화를 하도록 내버려두는 게 나을 듯싶었다.

영화 특전까지 하나 수령하고서 선진은 백화점 주차장으로 향했다. 대학 시절의 '면허는 있어야지'와 사회 초년생 시절의 '차는 있어야지'가 합쳐져 구입했던 흰색 아반떼가 그를 기다리고 있을 터였다. 위치는 정확히 기억한다. 하지만 선진은 몸이 기억하는 위치에 서서, 처음으로 자신의 두뇌를 의심했다. 분명 여기였는데.

옆자리 팰리세이드가 주차를 빡빡하게 해 놔서 애먹었던 기억도, 백미러에 매달린 분홍색 곰돌이 비즈를 보고 진짜 안 어울린다고 생각했던 것도 생생한데 정작 그 옆에 놓인 건 생판 처음 보는 외제 차였다.

선진은 차 키를 눌렀다. 어처구니없게도 눈앞의 빨간 차가 꾸익꾸익 울어 댔다. 선진의 어깨가 정말 오래간만에 깜짝 놀라 치솟았다. 아니, 뭐야 이게? 착각이 아니다. 녀석의 사납게 생긴 눈이 빛을 번쩍였다. 선진은 혹시나 해 그 차의 문을 열어 보려다가 멈춰 섰다. 누가 봐도 저건 내 차가 아니잖아. 무슨 전파 간섭 같은 게 일어났는지도 모르지.

선진은 주차장을 세 바퀴나 돌았다. 위층을 가도 아래층을 가도 그의 차는 없었다. 정말 귀신이 곡할 노릇이다. 나중에야 세상에는 자동차 번호판이라는 물건이 있다는 게 떠올랐지만, 과연 그게 의미가 있을까? 사람 잃어버려 놓고 주민등록증 찾는 격이다.

내가 살 때부터 중고라 누가 훔쳐 가지도 않았을 텐데. 설마 저 외제 차 주인이 저기 주차하겠다고 내 차를 밀어 버린… 아니, 덩치가 산만 한 팰리세이드 옆에 누가 차를 꾸역꾸역 대? 의문이 머릿속을 뱅글뱅글 돌던 중, 중고거래 앱에 메시지가 들어왔다.

['가든 서머너즈' 서포터 세트 구매 원합니다. 오늘 중으로 직거래 가능한가요? 네고 X]

선진의 머릿속 스위치가 달칵 움직였다. 이성으로는 해결되지 않는 것과 항상 해 오던 일 중 하나를 고르라면 당연히 후자다. 심지어 게임 가든 서머너즈의 서포터 굿즈 세트는 매물로 올려놓은 지 한 달간 아무 문의도 받지 못한 물건이었다.

[가능합니다. 그런데 제가 지금 집 밖이라, 물건 갖고 나오려면 저녁때쯤 가능한데 괜찮으세요?]

[괜찮아요. 지역 선목구 맞으시죠? 제가 근방으로 갈게요.]

[예, 천금역 2번 출구로 와 주시면 가장 빠르게 드릴 수 있을 것 같습니다. 7시에 뵙겠습니다.]

백화점을 떠나기 전, 선진은 다시 주차장으로 올라가 아까 그 자리를 쳐다보았다. 그의 아반떼 자리를 차지한 것은 다시 보아도 빨간 외제 차가 맞았다.

가든 서머너즈. 선진이 일하던 게임 회사의 네 번째 게임이자, 서비스 초반에는 나름대로 주목받았으나 공개 1년 반 만에 업데이트가 중단된 '망한 게임'이다. 하지만 게임 마니아층은 은근히 남아 있었고, 선진은 이번 손님 또한 그런 마지막 팬덤 중 한 명이리라 예측했다.

어디… 크라우드 펀딩 한정 특전 포스터, 마우스 패드, 캔 배지, 설정집, 아크릴 스탠드, 다 있네. 이제는 구하려야 구할 수도 없는 것들이고, 또한 구할 사람도 없다. 그래서 선진은 이 물건에는 웃돈을 받지 않았다. 좋아했으면 좋겠다. 아주 귀한 물건을 우연히 만난 기쁨을 여과 없이 뱉어 내기를.

저녁도 먹는 둥 마는 둥 하고 짐을 들고 천금역 2번 출구로 나갔다. 선진이 커다란 가든 서머너즈 쇼핑백을 들고 있을 예정이었으니 그쪽 인상착의는 묻지도 않았다. 역에 도작하자마자 바로 확인하고 다가오겠지. 이번 거래도 금세 끝나리라 생각하며 다음 일을 떠올렸다. 내일 거래할 만한 물건이 뭐가 있….

"살림 다 팔아 치우고 있냐?"

익숙한 목소리에 선진은 고개를 들었다. 어느 유행가처럼 '결혼까지 생각했던', 그러나 그 의미는 로맨스와 아주 거리가 멀었던 여자가 눈앞에 서 있었다.

"아, 희서."

"오빠."

"여긴 어떻게…."

절대 우연일 리 없는 만남. 희서가 아까 그와 주고받던 중고 거래 메시지 화면을 흔들었다.

"그거, 크라우드 펀딩에 참여해야 받을 수 있던 키트인데 수령인 닉네임 칸이 비어 있다길래, 회사 직원이 자기가 받은 물건 처박아 뒀다가 파는 거 아닌가 싶었지. 찍었는데 맞았네."

"왜 찾아왔어?"

"잠수이별을 한 놈 혼자 맘 편해하는 꼴 상상도 하기 싫어서."

"나는 할 말 다 했는데…."

"나는 다 못 들은 것 같은데."

희서는 물러날 생각이 없는 것 같다. 하긴, 말 몇 마디 듣고 돌아갈 거라면 여기까지 찾아오지도 않았겠지. 선진은 가까운 카페로 향했다. 희서가 그 뒤를 쫓았다. 사실 이 상황에서 선진이 할 말이라고는 하나밖에 없었다.

"나는 너를 네가 원하는 만큼 좋아하지 못해. 그걸 들켜서 너를 화나게 했고, 우리 관계는 끝났다고 생각했어. 그게 네 연락을 더 받지 않은 이유야."

"그러셨군요. 진짜 예나 지금이나 깔끔하다."

"넌 무슨 말을 듣고 싶어서 왔어?"

가능한 한 상대를 추궁하지 않는 투로 말하려고 애썼다. 이건 순수한 질문이다. 사실 궁금하지는 않지만, 네가 이 대화에서 무어라도 얻어 가기를 바라는.

예상치 못한 질문이 되돌아왔다.

"오빠, 괜찮은 거 맞아?"

"어떤 점이?"

"이직했다더니 백수잖아. 우리 회사에 사표 낸 다음에 다른 데서 일한 적 없지?"

"어떻게 알았어?"

"경리과에서 나한테 물어보더라. 이직한다던 사람이 원천징수 영수증 아직도 안 받아 갔고, 연락도 안 받는데 정말 이직한 게 맞냐고."

"아."

"아 같은 소리 하네! 괜찮은 거 맞아? 남몰래 직장 그만두고, 집에 찾아갔더니 오빠 동생이 오빠만 이사 갔다고 하고, 카톡은 계속 씹고, 연락된다는 사람은 아무도 없고! 나랑 싸우고 파혼하자마자 그러면 내가 걱정이 안 되겠어?"

"그게… 정말 너 때문은 아닌데."

"그럼 뭐 때문인데."

내가 무언가를 원한 적 없으며, 꼭 원할 필요조차 없다는 걸 알게 되어서. 그 최초의 계기가 너였을 뿐이야. '고마워'라고 솔직하게 말하면 퍽이나 신나게 납득하겠다.

어차피 유지할 필요도 없는 관계다. 선진은 건조하게 사실을 말했다.

"네가 알 바 아니지."

됐다. 이제 정말로 끝났다. 당혹이 희서의 표정에 아주 큰 균열을 낸다. 그 균열은 지난 2년간 쌓인 관계를 완전히 잘라 낼 것이다.

희서는 낚아채듯 테이블 위에 엎어 놓았던 핸드폰을 들었고,

그걸 꽉 쥔 채 중얼거렸다.

"지금 그 소리 하면 오빠는 내가 벌떡 일어나서 뛰쳐나갈 줄 알았지?"

"희서야, 아니, 그래도 진짜야. 너랑 상관없어."

"그러시겠지! 그럼 말해 줘도 되잖아, 응? 어차피 남 일이면 듣고 개운하게 잊어버릴 수 있겠네."

선진은 벌써 세 번째로 '네가 알 필요 없다'라는 문장을 꺼내려다 삼켰다. 진실 1은 통하지 않는다. 그렇다고 진실 2까지 말할 이유가 있나? 희서라고 이해할까? 일평생 선진을 관찰하던 친동생마저도 그를 싸늘하게 바라보는데.

지금 당장 해야 하는 일은 하나다. 희서를 진정시키고 진실을 말하거나, 아니면 제대로 잘라 내거나.

"희서야."

"어."

"근데 너 오늘 가든 서머너즈 키트 사려는 건 맞지?"

희서가 잠시 자신의 커피잔을 쳐다보았다. 음료를 마시는 용도가 아니라 다른 방향으로 쓰는 것을 잠시 고민한 것 같지만, 다행히도 이성이 이겼다. 또한 희서의 자존심도 움직인 것 같다.

"펴 봐. 파트 다 있나 확인하게."

희서가 오래된 크라우드 펀딩 상세 페이지를 살폈다. 확인하다 보니 물건 하나가 빠져 있었다. USB였다.

"내놔."

"요즘 USB 쓸 일 없잖아."

"그럼 망겜 가든 서머너즈 포스터 쓸 일은 있나?"

희서에게는 여전히 핵심을 찌르는 재주가 있었다.

"그리고 나도 이거 굿즈 갖고 싶긴 했어. 내가 받은 키트는 친구 줬거든."

"아깝네."

"아깝지. 이걸 11만 원에 사게 될 줄은 몰랐는데. 계좌 불러."

공짜로 줘도 될 물건이다. 하지만 공짜는 더 많은 문제를 끌고 들어오기 마련이라, 선진은 짧은 고민 후 계좌번호를 찍어 보여 주며 다시 상자를 챙겼다.

"집 앞에서 기다려. 그리고 우리 골목 좀 무서워."

"무서워? 에이, 뭐가….

희서의 웃음 섞인 목소리는 골목에 들어선 후 옆집, 연등보살의 낡은 건물과 펄럭이는 오색 깃발을 보고 잦아들었다. 오늘은 웬일로 손님이 왔는지, 안에서는 보살께서 누구 욕하는 소리까지 들린다. 다행히 희서의 공포는 곧 호기심으로 바뀌었고 그동안 선진은 집에 들어가 USB를 찾기 시작했다. 그나마 실용성 있는 물건이라고 내가 꺼내다 썼나?

집 어디에서도 USB는 보이지 않았다. 침착하자. 환불해 주겠다고 하자. 하지만 그 와중에도 선진의 통장에는 착실하게 11만 원이 입금되었다. 혹여나 희서가 집으로 들어올까 봐 선진은 얼른 밖으로 나왔다.

"희서야, USB 못 찾겠는데."

"오, 사기 거래네. 당근이었으면 바로 온도 5도 떨어졌어."

"환불해 줄게."

"교통비도 줄 거야?"

"…찾아볼게. 일단 가져가."

"그으으러세요. 그리고 나 그냥 이러는 거 아냐. 그 USB에 특전으로 배경 CG 원본 파일도 같이 줬단 말이야."

지금 막 생각해 낸 핑계 같은데. 그래도 선진은 더 묻지 않았다. 알고 싶지 않다. 괜히 관심으로 보일 법한 대화를 주고받아서는 안 된다.

"찾아보고 다시 연락할게."

"알겠어."

"또 찾아오지 마. 난 정말로 더 해 줄 말이 없어."

"오빠."

무시당했다. 하지만 그 무시에는 나름의 이유가 따라붙었다.

"차도 바꿨네? 혹시 퇴직금 다 여기 털어 넣었어?"

"어?"

"아니, 차 새로 사면 번호판이 바뀌지 않나? 그대로 유지되는 거야?"

선진도 그건 모른다. 어차피 그딴 호기심이 당장 중요한 게 아니었다. 진짜 중요한 문제는, 항상 선진이 차를 세워 두는 소형 차고에 그가 잃어버린 아반떼가 아니라 아까 백화점에서 본 빨간 외제 차가 들어가 있었다는 것.

"내, 내 차 아니야. 번호판은 어쩌다 겹친 거겠지."

"저기 안을 봐. 전화번호도 오빠 거잖아."

그 말대로였다. 천원숍에서 손에 집히는 대로 산 차량 전화번호 알림판에는 선진의 전화번호가 적혀 있었다. 검은색 매끈한 시트에 어울리지 않는 대나무 방석도 자신이 던져 둔 물건이 맞다. 선진이 차 키를 들었다. 뿍, 뿍. 현대자동차 로고가 새겨진 버튼에 이 녀석이 반응을 한다.

희서가 한 박자 늦게 기겁했다.

"진짜 오빠 차야? 뭔데 이거. 오빠, 인스타에서 뭐 신용 9등급이어도 외제 차 주인이 될 수 있습니다, 이런 거 쫓아갔어? 차 유지비가 한두 푼도 아닌데!"

"내 차 아니야, 진짜!"

"그럼 저건 뭔데!"

"그만 가라. 시간 더 늦기 전에."

"아, 그러세요. 뭔 짓을 하든 진짜 나랑은 상관없지, 그래."

억지로 밀어낸다고 생각한 걸까. 희서가 골목길을 빠르게 걸었다. 그러다 슬쩍 뒤돌아보는 얼굴에는 분명 의심이 어려 있다. 선진과 자동차를 번갈아 바라본다. 물론 현실을 가장 의심하고 싶은 건 선진 본인이었다. 이게 뭐야, 진짜?

잠시 고민한 후 선진은 운전석 문손잡이에 손을 뻗었다.

2

"어허! 신령님이 내려다보시니 어디까지 맨발로 가려느냐. 이리 와서 깃털을 덮어라. 이리 와서 주둥이를 축여라. 이리이리 와서 찹쌀 냄새를 맡아라…."

익숙한 모닝콜에 눈을 뜨니 얼룩덜룩한 천장이 선진을 마주한다. 모든 게 익숙한 풍경 속, 선진은 핸드폰을 들어 어제 일을 복기했다. 중고거래 세 건 완료. 그 와중에 희서의 꾀에 걸려들어 사는 곳 들킴. USB가 필요하다고 우김. 참으로 난처한 하루였다.

아니, 더 큰 문제가 하나 있지. 차를 잃어버렸잖아. 다른 곳도 아니고 백화점에서, 고급 차종도 아닌 7년 된 아반떼를 잃어버리게 될 줄은 몰랐다. 오늘은 백화점에 가서 주차장 CCTV를 볼 수 있냐고 물어봐야지….

하지만 현실도피를 마치기도 전, 골목길에서 남학생들이 욕 섞어 숙덕이는 소리가 그의 귀를 찔렀다.
"와 씨발, 이거 뭐야. 카마로야?"
"카마로 단종된다고 하지 않았냐?"
"단종되면 전에 나온 차까지 죄다 순장시키겠냐. 야, 야, 나 사진."
"야, 발자국 조심해. 걸리면 어쩌려고."
"블랙박스 없어."
거기까지 듣고 선진이 달려 나갔다. 차에 달라붙어 있던 고등학생 두 명이 흠칫했다.
"볼일 있어?"
"어… 이, 이거 형 차예요?"
"…그래."
"이런 거 어디서 몰아요? 고속도로 나가면 밟을 수 있어요?"
"신장 팔아서 샀는데 서울 시내도 통과 못 해서 고속도로 못 나가 봤다. 가라."
헛소리로 녀석들을 겨우 보냈다. 녀석들의 욕망과 동경이 덕지덕지 붙은 눈빛은 자동차에서 수십 미터를 멀어져서도 좀처럼 떨어지지 않았다. 놈들의 시선에서 겨우 벗어난 후 선진은 보닛을 한참 쳐다보다가 문을 당겨 열고 운전석에 올라탔다. 어제 알게 된 사실이지만 이 자동차 문을 여는 데에는 차 키가 필요 없다. 외제 차라는 점과는 전혀 관계가 없을 것이다.

 운전석에 앉자마자 목소리가 들렸다. 외이도와 고막을 통하는 게 아닌, 머리뼈를 직접 울리는 듯한 소리였다.

 '별 귀찮은 놈들이 다 달라붙어서 놀랐네. 고마워!'

 "하….."

 역시 어제 일은 착각이 아니었다.

 '한숨 쉬지 마. 내 말 씹지도 마. 내리지 마! 내 말 끝까지 좀 들어!'

 "밥, 금방 먹고 나올게."

 '30분 기다린다. 5분 늦을 때마다 경적 울린다. 이런 차가 경적 울리는 거 들어 본 적 없지?'

 초등학교 3, 4학년쯤 될까 싶은 목소리가 짱알거린다. 선진은 오래간만에 올라오는 짜증을 억누르며 집 안으로 돌아갔다.

 어젯밤 희서를 보낸 후 선진은 설마설마하는 마음으로 문을 열고 운전석에 앉았다. 쿠션감은 외형에 비해 형편없었으나, 엉덩이 너머로 닿는 대나무 시트의 촉감은 부정할 수 없이 친숙했다. 그리고 혼란스러워하던 선진에게 그 모든 혼란을 잊게 만들어 줄 일이 벌어졌다. 갑자기 누군가의 목소리가 머릿속을 울린 것이다. 허무맹랑한 주장을 늘어놓는 목소리가.

 밥과 김치를 꺼내며 선진은 어제 녀석이 했던 말을 정리했다.

 1. 사람을 제조하는 과정에서 가끔 설계도상의 재료가 누락

된다. 그 예시로는 인내심, 결단력, 자신감 등이 있다.

2. 그리고 너는 완벽했다.

딱 거기까지 듣고 차에서 뛰쳐나왔고, 헤어진 여자친구를 만나 정신이 산란해진 모양이라고 되뇌며 머리를 이불 밑에 처박았다. 그리고 오늘 눈 뜬 뒤에도 이 환상을 벗어나게 할 구원자를 찾지 못한 것이다. 선진은 밥을 전에 없이 꼭꼭 씹어 먹고, 면도도 공들여 하고, 시간을 29분의 30초까지 아껴 쓰고서 심호흡을 하고 다시 차고로 나섰다.

오래된 동네일수록 주차 공간이 귀하다. 다행히도 선진이 빌린 집에는 반지하 공간으로 살짝 기울어진 형태의 차고가 딸려 있었다. 셔터가 반만 닫히는 상태로 고장 나긴 했다만, 가끔 통통한 들고양이가 들어와 맘 편히 뒹구는 모습을 보면 기분이 나쁘지는 않았다. 단, 어디까지나 여기에 아반떼가 주차되어 있던 시절 이야기다.

사람 둘밖에 안 들어가면서 차는 더럽게 크네. 선진은 차고 뒷문으로 들어서며 들고양이를 위해 놓아 둔 상자를 살폈다. 다행히 차 뒤쪽 범퍼가 아슬아슬하게 상자 위를 지나고 있었다.

운전석에 앉자 녀석이 환호했다.

'왔구나! 식사 잘 했어?'

"내 차는 어딨어?"

'내 안에 있어.'

"그… 어떻게 꺼내?"

'왜 꺼내. 내가 더 좋지 않아?'

"아니, 짐칸이 적고, 눈에 너무 띄고, 연비도 안 좋아."

'기름 안 먹고 움직일 수 있는데.'

아, 그러면 이야기가 조금 달라지려나. 고민하는 동안 녀석의 내부가 꿈틀꿈틀 움직이더니, 좌석이 영화 속 리무진처럼 양옆으로 갈라지며 미니바 같은 것이 생겨났다. 선진은 욕을 뱉으며 차 밖으로 나가려 했다. 하지만 운전석 시트가 90도 옆으로 돌았고, 녀석은 희한한 액체가 담긴 물컵을 선진에게 쥐여 준 후 어제 하다 만 이야기를 떠들기 시작했다.

사람이 붕어빵이라고 치자. 모든 사람이 첫 설계도대로 만들어지는 것은 아니다. 누군가는 몇 가지가 빠진 채 태어나 '넌 배알도 없냐' '넌 끈기가 없어' 같은 말을 일평생 짊어지고 살아간다. 그리고 어느 날, 이 근처에 있던 한 창조주의 붕어빵 수레가 엎어졌고, 버려진 몇몇 붕어빵 소들이 근처에 있던 제 본체를 찾아 달려갔다.

'근데 모든 본체가 본래 자신의 일부였던 그걸 반갑게 받아들이는 건 아니야. 보통 그것들은 자기가 들어갔어야 할 틀 모양을 떠올려 본체랑 똑같은 외모를 흉내 내거든? 그럼 본체는 뭘 한다? 저 자식이 날 죽이고 내 자리를 차지하지 않을까 놀라서 죽어라 도망간다!'

"그래서 넌 사람 흉내 안 내고 자동차 흉내 냈냐? 외제 차인 척하면 사내놈이 신나서 달려올 것 같아서?"

'아니, 너와 나는 좀 특이 케이스야. 일단 어제도 말했듯, 넌 모범적인 붕어빵으로 설계되어 모든 재료가 빠짐없이 들어갔어! 다만….'

"추임새 넣는다고 흥미 안 생긴다."

'내가 널 끝까지 품지 못했어.'

"응?"

'나는 네게 들어갔어야 할 재료가 아니라, 너무 이르게 입을 열어 버린 붕어빵 틀이다.'

혼자 재잘대던 남자애 같은 목소리가 갑자기 진지해졌다.

"붕어빵 틀이면, 나를 다시 굽기라도 하려고?"

'구울 타이밍은 놓쳤지. 넌 반죽이 익다 만 채로 출고되었지만 대충 적응해서 잘 살고 있잖아? 다들 그래. 다만, 지금은 네 문제를 해결할 선택지가 주어졌다는 거지.'

"별문제 없는데."

진심이다. 평범한 가족 아래에서 평범한 사회 경력을 얻었다. 사람을 대할 때 다소 어려움을 겪은 적은 있어도-엄밀히 따지자면, 곤란하다는 감정을 느낀 건 대체로 선진이 아닌 상대방이었지만-그건 인간관계 경험을 쌓으며 머릿속에 만들어 둔 대처법으로 해결 가능했다. 지금도 마찬가지다. 그의 삶은 바람에 흘러가는 구름처럼 평화롭다. 아침마다 들리는 바람 소리마저도.

그러나 자동차가 단호하게 답했다.

'넌 굴곡을 얻기 전에 출고됐어.'

"…붕어빵 주름 같은 거?"

'그 비유 좋네. 비늘이 오톨도톨해야 쥐기 쉽고, 꼬리지느러미 앞이 옴폭 들어가야 부러뜨려 먹기도 좋고, 살짝 탄 부분이 있어야 아하! 나는 이 고소한 맛을 좋아하는구나, 또는 싫어하는구나 배울 수 있거든? 하지만 넌 그냥 겉만 누리끼리해. 반죽에 팥 들어가고 겉만 살짝 구워져 출고. 그게 붕어빵이냐? 네 삶에는 굴곡도 즐거움도 고통도 없어.'

놈의 단언에 선진은 오히려 마음이 편안해졌다. 그래서구나. 난 애초부터 남들만큼 '좋아하는' 것을 가질 수 없게 태어났구나. 뭐 대단한 고생도 성과도 없이, 앞으로도 무던하게 살아갈 수 있겠구나.

"괜찮네."

'안 괜찮아.'

"정말 괜찮은데. 무슨 상황에서든 중간은 간다는 것도 대단한 거잖아. 네 말을 들으니 안심까지 된다."

'무늬 없는 붕어빵은 아무도 안 사.'

"꼭 팔려야 하나?"

'징그럽다는 소리 듣는 거 좋아해? 살면서 그 소리를 한 번도 못 들었어?'

징그럽다는 소리는⋯ 못 들어 봤지. 하지만 동생의 시선이 떠올랐다. 그리고 왜 나와 결혼하냐는 질문을 던졌다가 10여 분 후 예상도 하지 못했던 대답들에 상처받는 걸 넘어서 경악하던 희서의 표정도.

자동차가 비아냥거렸다.

'안 들어 봤을 리 없지. 너와 거리감을 유지하고 싶던 사람들은 그냥 말을 삼켰을 테고.'

자동차가 던진 말이 기억을 헤집었다. 선진이 쌓아 온 인간관계 매뉴얼로도 더는 친해질 수 없는 사람들이 떠올랐다.

'너, 정상 아니지? 어제 백화점에서 뭐 했어? 보통 사람들이 보기에 이상한 짓 하고 다니지?'

아냐, 나는 남들이 기뻐하는 모습을 보고 싶어 할 뿐이야. 이게 그렇게까지 기괴한 일은 아니잖아. 큰 문제는 없⋯.

그때 차의 시동이 걸렸다. 선진은 당황해서 반사적으로 차 키가 꽂혀 있을 법한 곳을 더듬었지만, 그 위치에서 선진을 기다리는 것은 아까 손에 쥐고 있다가 내려놓은 물컵뿐이었다. 거기서는 언제가 버리는 걸 깜빡했던 듯한 오래된 보리차 냄새가 났다. 입을 꽉 다물고 몸을 뒤로 물리는 사이, 선진은 어느새 좌석이 제 위치로 돌아왔으며, 차고 입구가 가까워지고 있음을 깨달았다.

"야, 야! 놔!"

'안전벨트 맵니다. 사실 안 매도 되는데 기분상, 법제상.'

"무슨…."

운전대가 마치 머리를 만지라고 대가리를 들이미는 강아지처럼 무릎 위로 기울어진다 싶더니 선진의 손을 제게 얽었다. 그건 오른발도 마찬가지였다. 어느새 액셀러레이터가 그의 발을 잡아당기고….

'희망곡?'

"미친…."

'난 〈하이웨이 투 헬(Highway to Hell)〉도 좋고 〈드라이버스 하이(Driver's High)〉도 좋더라.'

둘 다 모르는 노래였다. 슬픈 점은, 적어도 첫 번째 노래의 제목이 무슨 뜻인지만은 바로 알 수 있었다는 것. 음악이 폭발함과 동시에 계기판의 바늘이 기울어졌다. 시속 100킬로까지 뻗는 데 걸린 시간은 딱 3.5초였다.

타 지방에서 온 동기가 이런 의문을 던진 적 있다. '서울은 대중교통이 잘되어 있잖아. 그런데 왜 다들 자가용을 모는 거야? 애 키우거나 장 보는 경우 빼고 솔직히 매일매일이 인내심 겸 운발 테스트일 것 같은데.'

선진도 그 의견에 내심 동의했다. 유지비는 감당할 형편이 되어 '다른 사람들처럼' 차를 구매하긴 했다만, 서울에는 차도 많고 사람도 많고 싸가지와 배려는 그에 반비례해 드물어 운전하기 좋은 환경은 아니지. 특히 선진이 보기에 신기했던 것은 서울에서 슈퍼 카를 모는 사람들이었다. 도산대로 학동사거리 10차선에서 30초 밟는 것 이외의 쓸모가 있나. 수도권 내 핫플레이스로 누구보다 빠르게 갈 수 있다 쳐도 차 타고 온 사람이나, 걸어온 사람이나 유명 밥집 앞에서는 한 시간 30분 웨이팅하는 건 마찬가지일 텐데⋯.

하지만 지금, 막상 그들의 시점을 알게 된 순간부터 선진은 아무것도 생각할 수가 없었다. 세상을 이루는 모든 것이 선진을 스쳐 지나갔다. 별똥별처럼, 벼락처럼 온갖 형태로 부서지는 빛이 되어서.

천금2동 차고를 나오는 순간부터 핸들은 거의 진동하듯 돌아가기 시작했다. 길 자체가 구불구불한 데다 불규칙하게 놓인 자동차와 의류 수거함, 그리고 불규칙하게 움직이는 동네 주민과 양말 파는 트럭과 떠돌이 개 등을 전부 피해야 하는걸. 음악과 배기음에 파묻혀 소리는 거의 들리지 않았지만, 선진은 골목을 빠져나오는 동안 자신의 수명이 욕설을 통해 10년 정도는 연장되었으리라 확신했다.

도로에 들어선 직후도 문제였다. 더더욱 재앙 같은 문제.

'이제 핸들은 네가 돌려.'

"아냐아아!"

'액셀은 내가 누른다.'

"바, 바꿔! 차라리 바꿔, 악!"

건설적 의사소통은 이루어지지 않았다. 계기판의 숫자는 고속도로에서도 겪어 본 적 없는 영역으로 넘어갔고, 그가 할 수 있는 일은 전방을 바라본 채 모든 신경을 핸들에 기울이는 것뿐이었다. 후방 주시는 의미 없었다. 거울에 비치는 모든 것은 꼭 거울에 빨려 들어가듯 멀어졌다.

선진이 브레이크에 발을 뺄으려 할 때마다 놈은 꼭 코앞의 자동차 꽁무니에, 그것도 항상 비싼 자동차 엠블럼이 보이도록 대가리를 들이밈으로써 선진이 기겁하며 핸들에 신경을 기울이게 했다. 가끔 선진의 반사 신경은 그가 원하는 것과 반대 방향으로 움직였고 미사일처럼 달리던 자동차는 몇 번씩 거칠게 흔들렸다. 분명 남의 재산을 몇 개는 부숴 먹었을 것이다. 부서진 범퍼 값만 합쳐도 어쩌면 아파트 한 채는 살 수 있지 않을까. 선진은 머릿속으로 사과하는 것마저 포기했다. 그냥 도망치는 게 우선이었다.

겨우 차가 한강 다리 위에 올라섰다. 아주 잠깐 숨통이 트였다. 이제 한마디 정도는 할 수 있을 것 같았다.

"차라리 고속도로를 타!"

'너 하이패스 없잖아. 지갑도 안 가져왔고.'

"이상한 데서 멀쩡한 척하지 마!"

'잠시 후 우회전하면 좀 밟을 만한 코스 나온다. 나는 이제 운전에서 손을 뗄 테니 네가 밟아.'

"뭐? 왜 갑자기?"

'드라이브 나온 거니까.'

"난 드라이브 나온 게 아니라고!"

멋대로 사람을 끌고 나와 놓고서는 이게 무슨 상황인가. 하지만 정말 앞차를 추월해 우회전한 뒤부터 액셀에서 힘이 빠졌다. 반사적으로 선진은 운전 초보 시절처럼 이를 악물었다. 차의 속도가 살짝 줄어들자마자 등 뒤에서 빵빵 소리가 울려 퍼졌다.

'안 밟으면 안 될걸.'

"야…."

'그리고 우리 방금 추월할 때 중앙선 넘었어. 백미러 볼 것도 없으니 튀어.'

그럼에도 선진이 슬쩍 시선을 돌리자, 백미러가 오른쪽으로 고개를 돌렸다. 거기에 빨갛고 파란 불빛이 반짝였다. 망할. 그리고 눈앞, 멀리 떨어진 곳에서 파란불이었던 신호등에 노란 불빛이 들어왔다. 반사적으로 선진은 액셀에 발을 올렸다.

'꽉.'

"싫…."

'내 주둥이 밟듯 꽉.'

아, 그거라면 할 수 있을지도 모르겠다. 사이렌 소리가 쫓아온다. 선진은 오른발에 체중을 꽉 실었다. 이 자동차를 밟아 버리듯이 아주 꽉. 그리고 거의 동시에, 선진은 자신이 시각과 청각으로 담아 두었던 모든 풍경으로부터 벗어났음을 깨달았다. 모든 빛이 선으로 변해 뒤로 흩어진다. 앞차 후미등 불빛도, 유리창에 비치는 햇빛도, 알록달록한 간판의 색깔도 전부 형태를 잃었다. 어떤 것도 선진의 시선을 붙잡지 못했다. 지금, 선진은 처음으로 아무것도 생각하지 않을 수 있었다.

돌아오는 길에 선진은 대중교통을 탔다. 대낮. 사람들은 '저 사람은 뭐 하는 사람이기에 이 시간에 돌아다니는 걸까' 싶은 눈빛으로 다른 승객과 좌석을 차지하기 위한 눈치 싸움을 벌인다. 선진은 거기 참여할 생각조차 하지 못한 채 문 앞에 쪼그려 앉았다. 여기가 아까 그 카마로인지 뭔지 하는 차의 운전석보다 훨씬 편했다.

천금2동 골목을 올라오는데 과일을 팔던 남자가 선진의 얼굴을 유심히 쳐다보더니 손을 흔들었다.

"어이, 거기요. 혹시 아까 나가던 빨간 차 주인이에요?"

"아… 네, 죄송합니다!"

"죄송할 거 바로 아시네. 와, 진짜 심장 떨어지는 줄 알았어요. 이 좁아터진 동네에서 그런 차 몰 생각을 어떻게 해요?"

"네? 그건 좀…."

말이 심하지 않냐고 대답하려던 사이 과일 장수가 트럭에서 찌그러진 금귤 상자를 꺼내 들었다. 선진은 말 대신 고요한 입금으로 대답했다. 과일 장수가 그나마 멀쩡한 금귤을 추려 봉지에 넣어 주었다.

겨우 집 앞에 도착해 보니 빨간 차는 선진보다 먼저 와 차고에 들어가 있었다. 어차피 물리법칙도 뭣도 적용되지 않는 놈이니 가능한 일이겠지.

선진은 운전석에 올라타 말했다.

"원하는 게 뭐야. 나 죽이는 거?"

'너를 제대로 된 붕어빵으로 만들어 주는 거.'

"그 붕어빵 이름이 좆이냐?"

'못된 말도 할 줄 아네. 왜, 아까 재미있지 않았어?'

"퍽이나! 스릴 느끼려면 바이킹을 타고 말지, 누가 목숨 걸고 이런 미친 짓을 해?"

'붕어빵을 조각하는 건 불꽃이거든. 보온 밥솥 온도 정도로는 안 돼.'

그 말과 동시에 자동차 시동 걸리는 소리가 들렸다. 선진의 몸이 반사적으로 움찔했고, 곧 자동차는 고요해졌다. 점점 작아지는 엔진 소리는 누군가가 키득거리는 소리처럼 들리기도 했다.

'잘 배웠네. 재밌었지?'

선진은 핸들을 내리치려다 손을 멈췄다. 이래 봤자 손만 아프지. 말씨름도 의미 없기는 마찬가지다 싶어 차에서 내리며 비닐봉지를 흔들었다.

"퍽이나 재밌네. 아까 나갈 때 동네 과일 트럭 쳤다고 이거 강매당했다, 이 자식아."

'트럭이면 자기가 피했어야지.'

과일 장수가 저 말을 들었다면 당장 트럭을 몰고 달려왔을지도 모르겠다. 선진은 제 혈압이 오르기 전에 문을 거칠게 닫고 차고를 나섰다.

저 미친 차를 어쩌지? 일단 한번 올라타면 자신의 힘으로 대응할 수 없다는 건 확실하다. 어디 두고 다니더라도 선진이 가는 곳마다, 심지어는 앞질러서 쫓아올 수도 있다. 올라타지만 않으면 나는 괜찮겠지만, 남이 괜찮겠냐고. 누군가가 퍽, 하고 날아간다면… 아니, 꼭 사람일 필요도 없다. 오늘, 앞에서 거들먹거리던 벤츠 C클래스가 옆으로 통 튕겨 나가는 꼴은 제법 웃겼는… 잠깐, 지금 무슨 생각을 하는 거야?

선진은 고개를 젓고, 금귤을 씹어 정신을 차리려 노력하며 발걸음을 옮겼다. 연등보살이 귀신 들린 차도 해결해 주려나. 여차하면 물리적으로, 자동차에서 고철로 재탄생시키는 방법도 있겠다만, 누가 액셀을 밟지 않아도 스스로 시속 150킬로를 단번에 달리는 자동차가 얌전히 폐차될 리 없지.

저것이 바라는 게 뭘까. 나를 제대로 된 붕어빵으로 만들어 주겠다고? 난 멀쩡하게 잘 살고 있잖아. 좋은 붕어빵이고 자시고, 난 멀쩡하게 잘 사는 인간이잖아. 바뀔 필요가 있나? 사회가 요구하는 모범적인 삶이 아니라는 것은 안다. 하지만 선진은 지금의 삶에 만족했다. 모아 둔 돈으로도 3년은 족히 버틸 수 있다. 괜찮은 회사에서 일했다는 경력도 언젠가 힘이 되어 줄 것이다.

아, 구매 글 올라왔네. 취미는 이것 하나면 족하다. 누군가의 반짝이는 욕망을, 기쁨을 가만 관찰하는 것. 정말 그거면 충분한데, 충분했는데….

세상 모든 것들이 일그러지던 순간이 짧게 머릿속을 스쳐 지나갔다. 자동차 앞 유리에 비친 모든 것들을 뒤로 날려 보내던 바로 그 감각. 그리고 하나 더. 코뿔소처럼 나아가는 빨간 자동차가 다른 재수 없는 자동차와 부딪칠 때의 그 감각이, 머릿속으로 상상해 보는 상대 운전자의 욕설이 팝핑 캔디처럼….

[우영이 24.01 팬미 한정 포카 아직 있어요?!?!? 우리 우영이!!!!!]

텍스트만으로도 시끄러운 엑스 메시지가 선진을 현실로 끌어당겼다. 지금 그는 오래된 건물 자취방에서 좋아하지도 않는 남의 기호품을 웃돈 얹어 파는 인간일 뿐이다.

[예, 있습니다. 반값 택배 2000원, 일반 택배 4000원입니다. 서울 직거래는 5000원 할인됩니다.]

[왜 직거래는 할인이죠? 근데 제가 좀 먼 경기도라 직거래는 힘들어요.]

선진은 짧게 고민했다. 저 정신 사나운 느낌표만큼 강렬할 감정을 놓치고 싶지 않다고 생각한 순간, 반쯤은 본능이 대답했다.

[경기권 가능합니다. 요즘 새 자동차 길들이는 중이라 경찰서 앞에서 뵙죠. 저는 차에서 내리지도 않습니다.]

[헐, 어른이다ㅋㅋㅋㅋㅋ 저는 파주시 운정이고요….]

약속이 마무리되었다. 선진은 대중교통으로 가기에는 애매할 거리를 가늠해 보았고, 자신이 저 망할 자동차를 또 타기를 선택했다는 것을 다시금 곱씹었다. 가벼운 욕이 튀어나왔다. 저걸 또다시 탄다고? 내가 주도권을 잡을 수 있는지 없는지도 모르는데?

하지만 현실은 정해졌다. 선진은 이미 답했고, 자신이 운전할 수 없는 운전대를 잡게 될 것이다.

3

'집에 말하는 자동차가 있어요. 심지어 제가 손대지 않아도 저를 태우고 움직이며, 액셀을 멋대로 밟아 규정 속도를 가볍게 넘기곤 하죠. 저는 이 괴물을 어떻게 해야 할까요?'

이런 고민을 대체 누구에게 말할 수 있을까. 심지어 선진이 그 자동차를 알뜰살뜰하게 활용하는 상황이라면.

"와, 자동차 이거 뭐예요? 빨간 범블비 맞죠?"

"범블비가 뭔지 모르겠네요. 물건 확인하세요."

"네… 흐음!"

거래자는 아이돌 포토 카드를 확인하자마자 입을 틀어막고 뱅글뱅글 돌았다. 파출소 앞에 서 있던 순경들은 잠깐 어처구니없다는 듯 그녀를 바라보고는, 다시금 시선을 선진이 탄 자동차로 돌렸다.

어느새 다가온 순경 하나가 물었다.

"선생님, 본인 차 맞으시죠? 이 흠집… 생긴 지 얼마 안 된 것 같은데. 최근 흰색 차랑 부딪친 적 있어요?"

흰색뿐만 아니라 검은색, 은색 차와도 부딪쳤는데 흰색 흔적만 눈에 띈 거랍니다. 선진은 의심 가득한 순경의 시선 앞에서 진실과 마른침을 삼켰다.

"아, 네, 좀."

"어디서 막 밟고 그러시진 않죠? 밤에 파주 자유로 같은 데서 이런 거 밟는 분들이 있어서…."

"의심부터 하는 것도 경찰 업무에 포함됩니까?"

평소였다면 하지 않았을 까칠한 소리가 튀어나왔다. 후회는 뒤늦게 따라왔다. 순경의 눈썹이 꿈틀거렸다. 선진은 우물우물 변명하듯 말했다.

"아, 파주까지 온 건 이번이 처음입니다. 바로 서울 들어갈 거예요."

"네, 그러시겠죠. 서울에서도 너무 밟진 마세요, 진짜."

"당연하죠."

선진이 너무 밟은 적은 없다. 이 녀석이 움직인 거지. 고요하던 자동차가 키득거리는 듯한 소리를 낸 후 시동이 켜졌다. 순경들의 시선을 느끼며 선진은 이제 자신의 의지로 액셀을 밟았다. 제로백 3.5초. 지난주까지만 해도 알지도 못했던 개념이 그의 콧대를 세웠다. 분명 저 순경들 모두가 보고 있겠지. 대단하다고 여기겠지… 아냐.

놈이 사람 놀리듯 중얼거렸다.

'오늘 취미 생활을 해서 좋았어?'

"어, 그래."

그게 지금의, 어물전 멸치처럼 건조되어 단순해진 삶의 몇 안 되는 즐거움이니까.

그러나 놈은 진실을 말했다.

'액셀 밟을 때 좀 더 기뻐하는 것 같던데.'

아니야.

'그리고 꾸역꾸역 너보다 앞서가려던 그랜저 궁둥이 쳤을 때 더더욱.'

아니야.

자동차를 타고 달릴 때의 공포가 쾌감까지 빚어 낸 것뿐이다. 사람은 호르몬의 노예인걸. 아드레날린의 영향이겠지. 아니면, 그냥 네가 지어내는….

'사실 너, 남의 덕질을 관찰하는 것보다 더 좋아하는 거 있잖아? 더 신났던 거.'

말하지 마.

'병원으로 가. 요 앞 서독종합병원. 저번에 삼촌 죽었을 때 가 봐서 알지?'

하지 마.

'검은 정장 딱 한 벌 있는 거 차려입고 장례식장으로 들어가서, 저번처럼 세상 무너진 듯 우는 사람들 구경….'

선진은 브레이크를 밟았다. 거친 마찰음이 세상을 찢었다. 어디선가 욕설도, 비명도 들릴 것이다. 그러기를 바랐다. 지난 '추억'이 가려지기를. '아빠… 그동안 잘 버텼잖아요, 네? 그래 놓고 이렇게 가면 어떻게 해요….' '형님이 참 바보였다니까.

좀 더 신나게 살다 가지, 왜 고생은 고생대로 하다가 처자식도 못 알아보는 병에 걸려서는….'

무엇도 사랑해 본 적 없다 한들 기쁨이나 슬픔을 모르지는 않는다. 일정 범위를 넘어설 수 없을 뿐 공감을 느낄 줄도 안다. 그건 즉, 사람은 공감할 수 없는 행위에 대해 적대감을 느낀다는 것도 안다는 뜻이다. 그러니 선진이 소중한 것을 잃은 자들의 감정을 바라볼 때 가장 큰 생동감을 느꼈다는 사실은 누구에게도 들켜선 안 될 것이다.

"선생님, 선생님!"

아까 그 순경들이 달려오는 게 보였다. 계속 수상하게 보더라니, 서울에서 빨간 카마로가 사고 치고 다니더라는 신고라도 이제 확인한 모양이지.

선진은 바로 액셀을 밟았다. 자동차는 그런 선진을 소리 내어 비웃는 대신 음악을 틀었다. 모든 소리가 파묻힐 정도로 크게. 바로 그게, 선진이 제 배안에 갇힌 신세라고 놈이 선언하는 것만 같아 비웃는 것보다 더 짜증스러웠지만, 선진은 거기 반박할 근거를 떠올릴 수 없었다.

자동차는 곧 제자리, 천금2동의 작은 차고로 돌아왔다. 그 짧은 시간 동안 동네 사람들의 수많은 시선을 선물받았다는 건 부정할 수 없겠다. 저 빨간 차체만으로도 눈에 띄는데, 워낙 험하게 모는 탓에 어디 나갔다 올 때마다 흠집이 몇 개씩 늘어나 있으니 걸어 다니는 폭탄처럼 보였겠지. 하지만 폭탄이면 어쩔 건데? 그 폭탄을 피할 수 있기라도 한가? 너희가 뭘 할 수 있….

선진은 핸들에 이마를 박았다.

"하…."

나, 왜 이래? 고작 며칠 사이에 무슨 일들이 일어나는 거지? 운전석을 나설 때 붙잡는 손길은 없었지만, 이것도 놈의 허락 하에 이루어지는 기분이었다. 놈이라면 언제든 운전자를 안전벨트와 브레이크로 붙잡아 놓고 고속도로까지 달려갈 수 있을 것이다.

안 타. 이제 절대 안 탈 거야. 오늘은 진짜 너무 아무 생각 없었어. 이루어질지 알 수 없는 각오를 중얼대며 선진은 제 집으로 들어가려 했다. 하지만 보살집 앞에서 뜻밖의 인물이 그를 붙잡았다. 얼마 전 금귤을 강매한 과일 장수였다.

"저기요, 선생님."

오늘 그 남자의 손에는 빠그라진 과일 상자 따위는 들려 있지 않다. 하지만 선진은 조금 불안한 마음으로 그를 맞이했다. 어쩌면 이번엔 빠그라진 트럭을 가리키며 '선생님이 망가뜨리셨습니다'라고 말할지도 모르잖는가. 결백을 주장하기에는 액셀을 무아지경으로 밟아 온 그간의 기억이 고개를 저었다.

"아, 예."

"저 빨간 차 말이에요. 몬 지 얼마나 되셨어요?"

"또 운전 때문에 그러세요?"

"잘 아시네. 오늘은 어디 부딪힌 데는 없는데요. 그… 솔직히 선생님하고 맞는 차 같지는 않거든요."

"네?"

"농담 아니에요. 저희 어머니가 저런 거 다루셔서 좀 아는데, 지금은 젊으셔서 운동신경으로 모시지만 그러다 진짜 다쳐요. 쟤는 선생님을 휘두르려고 태어난 차라니까요."

"…하."

"저라고 동네 사람이랑 얼굴 붉히고 싶겠습니까. 이젠 제 트럭도 저 차에 치여서 뒤집히는 게 시간문제일 것 같아 솔직히 말씀드리는 겁니다."

"제 차에 절대 안 치이는 법 말씀드릴까요?"

"네?"

"트럭을 치우시면 됩니다. 이 동네에서 트럭 가지고 장사하시는 건 허락 맡고 하세요? 이건 시간문제가 아니라 바로 지금 잘못된 것 같은데?"

과일 장수가 입을 다물었다. 하나 저열한 쾌감은 잠깐. 그는 뭐라도 잘 아는 사람 같은 표정으로 고개를 젓고는 선진에게서 물러났다. 짜증이 확 치밀어 올랐다. 저 새끼가! 뭐? 너희 어머니가 이런 걸 다뤄? 어머니가 재벌 2세쯤 되냐? 허풍도 적당히 쳐야지!

선진은 집으로 들어가려던 발걸음을 돌려 천천히 그를 뒤쫓았다. 과일 트럭은 평소와 같은 장소에 있었다. 봄까지 어떤 할머니가 굉장히 맛있는 붕어빵을 팔던 자리였다. 혹시 저놈이 할머니 신고하고 그 자리 빼앗은 거 아냐? 아, 그럴 수도 있겠네. 저기가 딱 명당자리잖아. 하지만 할머니를 쫓아낸다 해도 네게 공용 공간을 쓸 권리가 생기는 건 아니잖아? 논리가 아주 자연스럽게 움직였다. 그래, 트럭이 공용 공간에 있으면 안 되지.

선진은 근처에 보이는 건물 옥상에 올라, 마침 교회의 예배 안내 배너를 고정하던 벽돌을 주워 들었다. '하느님은 여러분을 사랑하십니다'라고 쓰인 배너가 쓰러졌다. 그분도 우리를 사랑할 때 쾌감을 느끼실까? 적어도 선진이라는 붕어빵을 만든 분은 그렇진 않을 것 같은데. 저기 있네. 과일 트럭이 보였다. 성진은 벽돌의 무게를 가늠했다. 잘 던지자. 저놈은 트럭이 박살 나면 어떤 표정을 지을까?

벽돌이 낙하한다. 선진은 근처에서 손님을 맞이하던 놈을 찾아 고개를 돌렸다. 거의 동시에 그의 시야에 예상하지 못했던 것이 들어왔다. 옆 건물 3층 고시원 비상구에 기대어 담배를 피우던 노인이 선진을 보고 눈을 크게 떴다. 아… 좆됐다. 노인이 황급히 건물 안쪽으로 몸을 피했다. 선진은 그를 쫓으려고 하다가 교회 배너에 걸려 넘어졌다. 하느님! 망할 저 노인네를 사랑하시나 봅니다? 제가 저 노인네에게 무슨 짓을 할 줄 알고 그러십니까. 저도 아직 못 정했는데!

1층까지 거침없이 뛰어 내려가던 발걸음은 옆 건물로 향하지 못하고 양달 앞에서 멈췄다. 최대한 그늘에 기대 걷는 그의 머릿속에 단 한 문장이 꽝꽝 울렸다. 내가 미쳤나? 그나마도 '끌려갈 거야'라는 생각보다 '내가 왜 그런 짓을 했지'라는 생각이 더 큰 것을 보니 아직 인간성을 잃어버리지는 않은 모양이다. 선진은 거기에서 약간의 안도감을 느꼈고, 그 안도감이 참으로 쓸모없는 감정임을 새삼 되새겼다.

손이 덜덜 떨렸다. 지금이라도 자수해야 하나? 과일 장수는 자신에게 원한을 가진 사람이 누구일지 어렵잖게 추측해 낼 수 있을 것이다. 심지어 선진의 얼굴을 확인한 사람도 있다. 게다가 아침부터 다른 동네에서 사고도 쳤지. 물론 자수 외의 선택지도 하나 있다. 누구도 쫓아올 수 없는 곳으로 자동차를 몰아 추격전을 찍는 것. 아주 재미있겠지.

아니야. 선진은 단언하면서도 집으로 향했다. 절대 자동차를 몰아 도망치기 위해서는 아니었다. 일단, 스스로는 그렇게 생각했다. 그 망할 놈이 갑자기 문을 열고 안전벨트를 촉수처럼 뻗어 선진을 운전석에 태우면 모를까….

하지만 집에 도착해 셔터 안으로 들어간 순간, 선진은 제 눈을 의심했다. 차고에서 그를 기다리고 있는 것은 아반떼였다. 직장 생활 내내 선진의 충실한 발이 되어 주었던 그 물건. 선진은 욕을 뱉으며 문손잡이를 잡아당겼다. 열리지 않았다. 당연했다. 문은 잠겨 있었으니까.

이게 무슨 상황이야? 그동안 꿈을 꿨나? 뺨을 때려도, 눈을 비벼도 현실은 그대로였다. 그래, 이게 정상적인 상황이긴 하다. 30대 초반 무직 남성의 차고에 있는 건 중고 아반떼면 차고 넘치지. 연료 없이도 스스로 움직이고 주인에게 액셀을 밟으라고 강요하는 인공지능 자동차가 아니라.

"하, 하하…."

웃음이 나왔으나 우습지는 않았다. 여기저기 흠집투성이인 아반떼를 만지니 가슴 한구석에 얼음이라도 가져다 댄 듯 이상한 기분이 들었다. 빨간 차, 자칭 붕어빵 틀, 넌 어디로 갔어? 정말 사라진 거야? 나를 어처구니없는 도파민에 처박아 놓고서는?

지푸라기라도 잡는 심정으로 선진은 몸을 돌렸다. 차 키를 가져올 생각이었다. 누가 아는가, 운전석에 앉으면 놈이 다시 속삭여 주기라도 할지…. 하지만 차고 셔터 아래를 통과하기 전, 누군가의 그림자가 선진을 가로막았다. 역광을 업은 채 서서히 드러나는 그 남자의 얼굴은, 분명 선진이 매일 아침 거울 속에서 바라보는 그 모습이었다. 어…?

"하이루!"

선진의 것과 다른, 하지만 선진이 아는 목소리로 인사하며 놈은 그의 어깨를 퍽퍽 두들겼다. 어쩐지 쇳소리가 났다.

"야, 너 사고 쳤더라? 아까 내가 파출소에 앉아 있는데 웬 할배가 헐레벌떡 들어와 어느 미친놈이 옥상에서 트럭에 벽돌을 던졌다는 거야. 근데 떠들다가 내 얼굴을 보고는 손 벌벌 떨면서 삿대질을 하더라고. 그 자식이 이 자식이었는데 벌써 자수하러 왔냐며."

"아…."

"더 웃긴 건 뭔지 알아? 그러고 난 다음에 과일 트럭 손님이 과일 장수까지 끌고 와서, 어떤 새끼가 옥상에서 벽돌 던져서 신고하러 왔다고 아주 난리가 났었다."

"그…."

"그럼 뭐 해. 노인네가 방금 범인을 보자마자 달려왔다고 우기는데. 난 서에 10분은 먼저 와서 앉아 있었거든. 과일 트럭이 세금도 안 내고 길 점유하는 건 불법 아니냐고 신고하느라. 그 장사꾼 진짜 재수 없지?"

"너, 넌 뭐야!"

"아, 거기서부터 설명해야 할 줄은 몰랐네."

놈이 웃었다. 활처럼 가늘어지는 눈은 순간 브레이크 등처럼 붉게 빛났다. 말하지 않아도 알 것 같았다. 이것이 '그것'이다.

선진의 붕어빵 틀이라고 주장하는 자이자, 그를 제 배에 담아 무질서하게 돌진하는 맛을 알려 준 놈.

놈이 아반떼를 어루만졌다. 아반떼는 순식간에 붉은 카마로로 바뀌었고, 잠시 후 또 푸른색으로 바뀌었다. 며칠에 걸쳐 냈던 자잘한 상처들도 방금 출고된 차량인 듯 매끈하게 사라졌다. 그러고는 차 문이 열렸다. 그 의미는 분명했다. 탈래?

원래부터 한 몸이었던 것처럼, 놈이 말하고자 하는 내용이 선진의 머릿속에 바로 떠올랐다. 야, 한번 밟으러 가자. 또 나가냐고? 뭐 어때. 지금 짜증 나는 일 생겼잖아. 아까 그 경찰들이 나 쫓고 있으면 어떻게 하냐고? 아냐, 안 해. 만약 찾는대도 빨간 차 찾고 있지. 진짜 괜찮….

그때 뱃속에서 울리는 꾸르륵 소리가 현실감각을 일깨웠다. 아, 그러고 보니 아침은 대충 때웠고 점심도 여태 먹지 못했다. 아직 이 본능이 우선시되는 것에 안심하며, 선진은 도망치듯 차고를 떠났다.

점심은 일부러 집 근처 식당에서 사 먹었다. 그 와중에도 손은 핸드폰에서 떨어지지 않았다. 키워드로 걸어 둔 '탈덕' '처분' '급처' '입대' '시험 준비' 등의 알림이 올 때마다 싼값에 보물을, 정확히는 누군가의 욕망을 낚아 올릴 떡밥을 구할 수 있을지 기대하며 거래 해당 플랫폼으로 달려갈 준비를 했다. 오늘 포토 카드 반응 좋았는데. 그보다 더 반응 확 오는 거 없으려나?

돈을 거의 벌지 못하더라도, 심지어 손해를 조금 보더라도 상관없었다. 저 망할 자동차를 탈 때의 감각을 압도하는 쾌감을 눈앞에서 목격할 수만 있으면 된다. 제발, 누구든 순수한 기쁨을….

[USB 못 찾았어?]

몸의 긴장이 탁 풀렸다.

[사기꾼이네. 나 아직 거래 완료 안 눌렀다. 신고한다.]

[핑계잖아.]

뜻밖에도 희서는 순순히 인정했다.

[ㅇㅇ 처음에는 핑계 맞음. 근데 작업물 진짜 거기 있어.]

[우리 DB에도 남아 있을 거 아냐.]

[완전 다르지!!!! 창고에 '배경-숲01-072' 이런 식으로 처박아 둔 물건 꺼내는 거랑 누구한테 선물용으로 포장했던 거 꺼내는 거랑 의미가 같아??? 게다가 그거 펀딩 구성 진짜 좋단 말야. 요새도 펀딩 구리게 하는 데 있으면 이 혜자로운구성을 보라고 몇년째비교군으로소환당하는데.]

아, 막판에 띄어쓰기를 안 한 걸 보니 흥분했다. 이유는 모르겠지만, 무언가를 좋아한다는 통칭 '덕후'들은 좋아하는 것을 화제에 올릴 때마다 말이 빨라지곤 했다. 희서가 이 USB에 진심이라는 건 알겠다.

[알겠어. 한 번 더 찾아볼게. 일해.]

[흐어어어어ㅓ 일하기 싫어.]

[일하기 싫어서 나한테 말 거는 거 아냐?]

[왜 예리한데 백수가ㅋㅋㅋ 오빠 바쁘면 말해.]

아직 괜찮다. 키워드 알림에 잡히는 매물도, 쟁여 둔 매물을 원하는 메시지도 없다. 선진은 익숙하게 손가락을 놀렸다.

[괜찮아.]

[개발팀 지금 상황 재밌어짐(아님). 저번에 낙하산이 팀장 달고 들어왔는데 개발 1도 모르고 투자 쪽 인간이라더라고. 얼마나 환장인지 우리 팀에도 말 들어온다.]

[빨리 안 쳐내면 타 팀에도 계속 영향 갈 텐데. 너희도 힘들겠네.]

[그치ㅎㅎ 그래도 아직 괜찮아. 우리 팀 AD는 저번에 이직할 뻔한 걸 이사가 직접 붙잡은 사람이라 앞으로 뭐 거슬리는 거 있음 다 부숴 버리고 나갈 각오임.]

[믿음직스럽겠다.]

[응ㅎㅎ 근데 오빠 나 궁금한 게 있는데.]

[?]

[그 빨간 차는 정말 뭐야?]

아홉 글자 만에 선진은 자신의 입꼬리가 뚝, 굳어 떨어지는 걸 느꼈다. 전파 너머에서 희서의 텍스트가 꿋꿋하게 이어졌다.

[오빠 그런 거 좋아할 사람 진짜 아니잖아. 차 싫어하는 남자 없다고 하는데 싫어하는 거랑 추구하는 거랑은 완전 다르지. 내가 아는 오빠는 스포츠카 사느니 트럭을 샀을걸, 짐 많이 싣겠다고.]

맞다. 선진이 차를 살 때 고려하는 가치는 딱 두 가지. 연비와 적재량뿐이다. 희서는 정확히 알고 있었다. 하지만 이제부터는 틀려야 할 사실이지.

선진의 손가락이 액정 키보드를 거칠게 때렸다.

[좋아하게 됐을 수도 있지.]

[사람이 서른 넘어서?? 오빠 혹시 그 차 사려고, 목돈 필요해서 퇴직금 빼려고 직장 그만둔 거 아냐?]

[망상이 심하다.]

[심해? 더 해 볼까? 이딴 소리 미안한데 그 차 진짜 뭔가 기분 나빠. 〈크리스틴〉 생각남. 하필 색도 빨개서.]

갑자기 튀어나온 외국 이름이 선진에게 이전에 친 텍스트를 지우게 만들었다. 그게 누구지? 인터넷에 검색해 보니 〈오페라의 유령〉이 나온다.

[〈오페라의 유령〉 여주?]

[아니, 스티븐 킹 소설 원작 영화. 남자애가 중고로 구매한 빨간 스포츠카 귀신에 홀려서 이상해지는 내용인데….]

[진짜 소설 썼네.]

선진은 카톡방을 나왔다. 희서의 목소리가 쉴 새 없이 핸드폰 상단에 떠올랐다.

[귀신은 당연히 비유지. 근데 오빠는 하나도 제대로 된 대답을 못 하잖아. 처음에는 오빠 차 아니라더니 지금은 좋아할 수도 있는 거래고. 진짜 차에 인생 잡힌 거 아냐? 빚져서 차 사는 어린애들처럼.]

귀찮은 말이 쏟아진다. 선진은 더 참는 대신 차단 버튼을 눌렀다. 내친김에 핸드폰 번호까지 차단할까, 고민하다가 그것만은 참았다. 그 빌어먹을 USB까지는 던져 줘야겠지. 중고거래 앱에서 신고당하면 귀찮아진다. 사실 지금도 귀찮지만…. 무슨 관계씩이나 된다고 이러지. 더 고민하기도 귀찮았다. 선진은 자리에서 일어나 집으로 향했다. 정확히는 부모님이 동생과 함께 사는 그 집으로.

어머니의 첫 인사는 '연락을 하고 왔어야지', 두 번째 인사는 '회사는 어쩌고 지금 왔니'. 아, 그렇지. 이직했다고 거짓말했지. 연차 내고 쉬다가 급히 찾을 물건이 있어 왔다고 했더니 어머니는 물러나셨다.

취준생인 동생이 방문을 열고 고개를 내밀었다.

"형, 웬일?"

"USB 찾으러 왔는데, 파란 바탕에 녹색 새싹 그려진 거 본 적 있어?"

"모르겠는데…. 급해?"

"어."

"수고비."

"3만 원."

"예압."

동생이 다시 방에 들어가 부스럭거리더니, 곧 무언가를 갖고 나왔다. 그 USB였다.

"3만 원 내놔."

"양심 없다는 소리 자주 듣지?"

짜증이 치밀어 올라 선진은 동생 손 위의 USB를 낚아챘다.

"3만 원은 계좌로 보낼… 아, 너 이거 썼어?"

"당연히 썼지."

"PC 켜."

"켜져 있어."

선진은 동생 방으로 달려가 USB를 컴퓨터에 꽂았다. F 드라이브는 깔끔했다. 아무것도 남아 있지 않았다.

"야, 옮겨 둔 게 아니고, 정말 싹 지웠어?"

"대학 조별 과제용으로 쓰던 거라, 이젠 쓸모없어서 진짜 지웠지. 뭐 중요한 거 있었어?"

"어."

"어음… 미안."

선진은 말없이 PC를 껐다. 사실 동생이 사과할 일도 아니다. 그 USB가 중요한 물건이었으면 아예 동생에게 주지 말아야지. 몇 년이 훌쩍 지나 갑자기 내놓으라고 할 바에야. 그러나 논리와 기분이 꼭 일치하지는 않는다. 선진은 동생의 사과에 반응하지 않고 바로 현관으로 향했다. 그리 바쁘냐는 어머니의 질문에는 건성인 인사로 답했다.

그리고 1층에 도착한 엘리베이터에서 내렸을 때, 선진은 익숙한 빨간 자동차와 눈이 마주쳤다. 여기까지 꾸역꾸역 쫓아왔나. 절대 안 타. 비록 발끝은 체중을 실어 액셀을 밟는 순간을, 시각과 청각은 빛과 소리가 보닛 위를 튕겨 나가는 감각을 그리워하듯 날카로워졌지만, 지금은 참아야 한다.

지하철에서 내린 후 텅 빈 USB를 그냥은 돌려줄 수 없다는 생각에 집에 들어가기 전 문구점에 들렀다. 막상 USB를 선물 상자에 넣고 보니, 유치찬란한 포장이 도리어 그의 실수를 더욱 빛나게 만드는 것만 같았지만… 어쨌든 이제 물러날 곳은 없다.

집에 와 보니 놈은 자연스럽게 차고에 들어와 있었다. 선진은 놈의 그릉거리는 소리를 무시하고 방으로 들어와 문자를 보냈다.

[USB 찾았어. 하지만 미안해. 데이터가 지워졌어.]

읽음 표시에 연연하고 싶지도, 차단을 해제하고 싶지도 않아 일부러 문자로 보낸 거였는데 답장을 기다리다 보니 마음이 불안해졌다. 매도 먼저 맞는 게 낫다고들 하지만 당장 매가 언제 날아올지 모르는 상황이 된 거지.

불안 속에서 간편식을 데울 때, 차고와 연결된 부엌 쪽문 너머로 가르릉 소리가 들렸다. 자동차 엔진 소리였다. 놈이 선진을 부르는 것이다. 선진은 싱크대 물을 틀었다. 아무것도 안 들려. 말하지 마.

그리고 희서에게서 답장이 왔다.

[^^… 처음부터 그랬어? 혹시 그래서 차단한 거야?]

[절대 아니. 아무튼 난 이제 회사 인트라넷 접속도 못 해서 USB 안에 있던 파일을 되살릴 방법이 없어. 환불이든 뭐든 원하는 거 말해.]

[정말 뭐든 말해도 돼?]

아, '뭐든'이라는 단어의 위험성을 망각하다니, 사회인 실격이다. 선진이 고민하는 동안 매가 빠르게 날아왔다.

[내일 USB 받으러 갈게. 대신 나 그 빨간 차 한번 태워 줘.]

세상에는 왜 속이 빤히 보이는 제안과 거절할 수 없는 제안이라는 것이 공존하는 걸까. 선진은 바로 거부했다. 네가 이 차 싫어하는 거 다 아는데, 혹시 뭐 망가뜨릴 생각이라도 하는 거 아니냐고. 티가 나는 항변에 대해 희서는 물론 상식적으로 반격했다.

[조수석에 앉은 사람 때문에 망가지는 차가 있다면 그게 차야? 종이배지? 범퍼카도 그것보다는 튼튼하겠네!]

몇 번 더 말렸지만 희서는 흔들리지 않았다. 결국 약속을 잡은 후 선진은 차고로 나가 놈을 바라보았다. 조금 전까지 혼자 소음을 뱉어 내던 놈은 고요하다.

"야."

대답이 없다. 앞문은 저항 없이 열렸다. 선진은 조금 망설이다가 시동을 걸었다. 엔진은 바로 반응했으나 여전히 목소리는 없었다. 심지어 브레이크를 가볍게 걷어차고, 안전벨트를 튕겨 운전석을 때려도 마찬가지였다. 뭐야?

자칭 '붕어빵 틀' 귀신이 승천했을 리는 없다. 차 내부도, 외부도 전부 익숙한 아반떼가 아니라 갑자기 나타난 외제 차인걸. 지금 내릴 수 있는 결론은 이놈이 얌전한 척을 하고 있다는 것. 불안감이 스멀스멀 기어 올라왔다. 하나 당장 할 수 있는 것은 없었기에, 선진은 다시 차 문을 닫고 방으로 되돌아갔다.

4

"붕어빠앙! 여기로 오십시오, 붕어, 붕어빵! 연등보살께서 마땅히 오실 금빛 앙꼬를 부르신다! 천지신명이 저기 뱃속 갈라금 집어넣은 앙꼬가 개울을 거치고 폭풍우를 거슬러 여기로 여기로 마땅히 오신다아!"

선진은 귀를 의심했다. 왜 연등보살이 평소보다 훨씬 이상한 노래를 부르고 있지? 어쩌면 보살에게 정말 신기가 있고, 그분이 붕어빵 운운하는 괴생명체들을 알고 있는 건 아닐까….

선진은 옆집에 물어보고픈 호기심을 눌러 참았다. 당장 옆집 할머니에게 아무런 신기가 없다는 건 저 허술한 굿판이나 점집에 파리가 날리는 것만 봐도 알 수 있지 않은가. 괜한 소리를 꺼냈다가 호구라도 잡히면 그게 더 짜증 날 일이다. 그리고 지금 고민해야 할 일은 따로 있다.

[오늘 오지?]

희서가 기다렸다는 듯 답장을 보냈다.

[ㅇㅇ 휴지나 세제 중 뭐가 더 좋아?]

휴, 까지 썼다가 지웠다.

[집들이 와? 빈손으로 와. 대접할 것도 없다.]

그리고 차 타는 거 취소하고 싶으면 취소해. 이 차는 승차감도 나쁘고 엉따도 없고 차체가 얇아서 교통사고라도 나면 쫙 찢어지는, 까지 적다가 또 지웠다. 이런 걸 말할수록 수상해 보이겠지.

선진은 다시 한번 차고로 나가 차를 어루만졌다. 사고 친 후 잠시 파란색으로 바뀌었다가, 원래의 제 색을 양보할 수는 없다는 듯 빨간색으로 되돌아온 고집 센 녀석. 이제는 차 키 없으면 문이 열리지도 않는 녀석. 운전석에서 말을 걸어도 그것은 대답하지 않았다. 다시 한번 불렀다.

"야."

"네?"

뜻밖에도 여자 목소리가 들려왔다. 소리가 난 곳은 차 밖이었다. 선진은 차고 앞에 웬 여자가 서 있는 걸 보고 조금 당황했다.

"누구세요?"

"저기, 안녕하세요."

언뜻 40대로 보이는 여자가 어색하게 고개 숙였다. 처음 보는 얼굴이다.

"그, 얼마 전에 경찰서에 과일 트럭이 불법 노점이라고 신고하신 분 맞죠?"

"아니… 네."

선진의 외모를 흉내 낸 붕어빵 틀이 했지. 동네 사람에게 좋은 말을 듣지는 못할 행동. 하나 '아뇨! 누명입니다! 저는 그때 과일 트럭에 벽돌을 던지고 있었거든요!'라고 말할 수도 없기에 선진은 어색하게 인정하고, 상대가 무엇을 따지러 왔는지 눈치를 살폈다.

하지만 눈치채기는커녕 상상하기도 힘든 물음이 날아왔다.

"그때 트럭에 벽돌을 던진 건 누구예요?"

"네?"

"붕어빵 소였어요, 아니면 당신이에요?"

두 번째 문장의 목소리는 한껏 작아졌다. 숨겨야 마땅할 비밀을 알고 있는 사람처럼.

예상하지 못했던 질문은 선진의 마음을 뒤흔들었다. 무슨 이상한 소리냐고 되물었어야 했다는 게 뒤늦게 떠올랐으나, 이 여자는 이미 이런 일을 여러 번 해 왔던 것처럼 변명의 기회마저 앗아갔다.

"잠깐 이야기 좀 할래요? 아직 '하나'가 된 게 아니라면."

선진은 이 대화를 붕어빵 틀이 듣지 못했기를 바라며 급히 자리를 옮겼다.

가까운 카페에서 자신을 '주연'이라 소개한 여자는 무슨 전문 강사라도 되는 것처럼 붕어빵 이야기를 쉽게 요약해 전했다. 듣자니 그녀가 본 피해자만 셋은 되는 모양이다. 선진은 조금 망설이다가 자신이 겪은 이야기를 전했다. 단 하나, 벽돌을 던진 사람이 자신이었다는 사실만은 숨긴 채.

주연이 조금 당황했다.

"붕어빵 틀이 찾아왔다고요? 이런 경우는 또 처음 보네. 이 동네 조물주가 누군진 모르겠지만 아주 장사 접었나 봐."

"실수한 붕어빵이 이렇게 많으면 장사 접는 게 나을 것 같긴 하네요. 아무튼 하나는 없앴고, 하나는 합체, 하나는 감시 중이라고요. 합체했다는 분은 어때요? 좋아 보여요?"

"내가 보기엔 이상해요. 누군지 말씀드리긴 좀 그런데, 뭔가 되게… 기분 나빠요. 생각할 필요조차 없어서 행복한 상태 같은? 아무것도 원하지 않고, 아무것도 싫어하지 않는 그런?"

주연은 민달팽이라도 만난 사람처럼 질색하며 답했고, 그 답변에 선진은 잠시 할 말을 잃었다. 아무것도 원하지 않고, 아무것도 싫어하지 않는. 그건 선진의 삶과 가까운 문장 아닌가. 어쩌면 동생과, 혼담이 깨진 이후의 희서의 태도에서 친밀감을 걷어 내면 남는 건 바로 이런 표정일지도 모르겠다.

선진의 동요를 눈치채지 못한 채 주연이 물었다.

"그쪽도 틀이 원하는 건 합체랬죠?"

"아, 네, 비슷합니다."

"합칠 거예요?"

"말씀드려야 할까요?"

"…아뇨."

주연은 조금 어처구니없어했지만 곧 무심한 표정으로 돌아왔다. 평소에도 이 정도 무례한 사람은 심심찮게 만나 본 것처럼.

"선진 씨 덕분에 붕어빵 소들이 어디에서 왔는지 예상은 되네요."

"예? 정말요?"

"확인은 해 봐야죠. 같이 갈래요?"

선진은 고개를 저었다.

"선약이 있어서요."

몇 시간 뒤에야 겪게 될 선약이. 주연이 한숨을 짧게 쉬며 일어났다.

"붕어빵 틀을 정리하고 싶으면 말해 줘요. 저는 요 근처, 서독종합병원 신경외과에서 일해요."

"알겠습니다. 감사합니다."

주연이 떠났다. 붕어빵 틀의 주인이 누구일지 궁금하면서도 선진은 그 뒤를 쫓지 않았다. 당장 확인되지도 않은 일에 휘말리고 싶지 않거니와, 그가 부재중일 때 희서가 차에 다가오도록 두고 싶지도 않았다.

희서는 딱 맞는 시간에 연등보살 앞에서 전화를 걸었다.

"안녕하세요. 누락된 품목 받으러 왔는데요."

"어서 오세요. 들어오실 생각까진 없죠?"

"옆에 보살집이랑 혹시 세트야?"

"옛날에는 한집이었는데 셋방으로 분리한 것 같더라고. 방음이 잘 안 돼."

"귀신은 안 나오거나 엄청 잘 나오겠네."

희서가 집에 들어올 것 같지는 않다. 다행이라고 생각하며 선진은 선물 상자에 넣어 포장한 USB와 미리 사 둔 거품 가득한 라테를 건넸다. 희서는 한숨 섞인 웃음으로 두 가지를 모두 받아 들었다.

"고마워. 파일이야 뭐… 회사에서 다시 채워야겠네."

"미안. 관리를 잘못했어."

"괜찮진 않은데 어쩔 수 없지. 이 정도면 사기는 아니라고 생각할게요."

희서가 중고거래 앱을 켜고 거래를 완료했다. 하지만 이렇게 끝일 리 없지. 아직 진짜 본론이 남았다. 희서는 반쯤 열린 차고 셔터와 그 너머의 자동차를 바라보았다.

"처음 봤을 때보다 더 매끈해진 것 같다. 관리했어?"

"아니."

"어떻게 구한 차인지 말할 생각은 여전히 없고?"

"갑자기 나를 찾아왔어. 자기가 내 반쪽이라면서."

"오, 지금 솔직히 좀 믿을 뻔했어."

그야 진실이니까. 선진은 다음에도 진실을 말하고 싶었다. 그 차는 위험해. 이상한 놈이야. 사람을 붙잡고, 자기 멋대로 출발하고, 위험에 몰아넣는 데다가, 나는 거기 저항할 수 없어. 지금도 차에 타고 싶어져.

희서가 차고 안으로 들어가더니 문손잡이를 잡으며 물었다.

"얘, 이름 있어?"

"없어."

"차에 갑자기 미친 줄 알았는데 진짜 한결같네. 알았어."

희서가 손을 떼고는 다시 차고 셔터 아래로 허리를 숙였다. 선진은 당황해서 물었다.

"탄다며? 아, 골목에서 타려고?"

"안 타게."

"응?"

"내가 〈크리스틴〉이라는 영화 이야기 하지 않았나? 거기 나오는 빨간 자동차는 남자 주인공이랑 얽힌 여자들을 죽이거든. 걔 생각나서 무서워."

"너 그런 거 잘 믿었나?"

"스포츠카가 무섭다는 건 믿지. 속도 내려고 가볍게 만들어서 사고 나면 착착 찢어진다며?"

"알면서 타러 온다고 한 거야?"

"알았잖아, 오빠 보려는 핑계인 거."

당황하라고 던진 말에 도리어 선진이 턱을 얻어맞았다. 희서가 여상스럽게 말을 이었다.

"처음에 나는, 오빠를 엄청 좋아하지는 않았어. 제일 안정적으로 보여서 고른 거지. 그런데 정작 사귀다 보니, 결국 그 장점이라고 생각한 것에 내가 걸려 넘어지네. 그때 오빠한테 정 떨어진 건 맞는데, 좋아하지 못하게 되지도 못했어."

"좋아하지 못하게 되지도 못했…?"

"속 터지니까 더 말하지 마, 인간아."

희서가 라테 컵을 흔들었다. 반 샷 추가, 시럽은 한 펌프. 아직 기억하는 레시피대로 만든 것.

"오빠는 날 특별히 더 좋아하진 않아도, 여전히 좋은 사람이구나."

"그런 소리는 처음 들어."

"언젠가 두 번도 들을 거야. 고마워, 진짜."

희서가 손을 흔들고는 빠르게 멀어지기 시작했다. 뛰는 게 물구나무 서는 것보다 더 싫다던 애가 한참 빠르게, 따라오지 말라는 것처럼 경중경중. 희서는 좋은 사람이다. 잘 알고 있다. 그리고 지금은 아는 것 이상으로, 선진은 희서를 더 좋아하고 싶다고 생각했다.

하지만 바로 이 순간 할 수 없다면, 앞으로는 더더욱 할 수 없을 것이다. 굴곡 없는 붕어빵은 붕어로 불릴 수 없다. 헤엄칠 수도 없이, 그냥 가라앉는 게 할 수 있는 일의 전부겠지. 누군가가 이 기괴하게 생긴 붕어빵을 먹어 줄 때까지. 그럴 때가 오기는 할까?

이름 없는 자동차의 문이 열렸다. 선진은 앞문에 비스듬히 기대 운전석을 바라보며 말했다.

"내 삶에 무늬를 만들어 주겠다며. 그런데 할 수 있는 게 액셀 밟아서 도파민에 절이는 것뿐이야?"

'자동차에게 뭘 더 바라는데?'

놈이 웃었다. 동시에 선진도 웃음을 터트렸다. 그렇지, 자동차가 그 외에 뭘 할 수 있겠어? 이미 굳어 버린 몸뚱이를 다시 싱싱한 반죽처럼 만들 수도 없는 노릇이고!

'아, 하나 더 있기는 하다.'

"응?"

'넌 좋아하는 것을 만드는 것에 너무 매달리는 경향이 있어. 그러지 말고 반대로 생각해 봐.'

"아니, 알 바 없어."

'굴곡이 있으려면 올라가는 것과 내려가는 것이 다 필요해.'

내려가는 것. 그 말과 함께 안전벨트가 선진의 몸을 휘감아 운전석 위로 끌어당겼다. 가슴이 짓눌렸다. 물리적으로, 그리고 심리적으로.

'원하는 게 없으면 결핍을 얻으면 되지.'

"잠깐, 뭐?"

'성북구지?'

단 네 글자에 선진의 손발이 차가워졌다. 놈은 선진의 가족이 어디 사는지 알고 있다.

'가족하고 별로 안 친한 건 아는데, 그래도 없어지면 느낌이 남다를 수도 있어.'

"하지 마!"
'아니면 인정하든지.'
"뭐를?"
'네가 서울 한복판에서 시속 150 밟고, 다른 차 치고 다니는 걸 매우 좋아한다는 거. 말초적인 거 좋아하는 건 부끄러운 게 아니야.'
"아니…."
'가는 동안 골라. 결핍을 얻을지, 네 욕망을 인정할지.'
시동이 켜졌다. 계기판의 숫자가 하나둘 올라온다. 핸들은 선진이 손대지 않아도 움직였다. 안 돼, 안 돼, 안 돼. 선진은 필사적으로 머릿속의 지도를 켰다. 부모님 댁까지 얼마나 걸리지? 중간에 한강에 빠질 수는 없을까? 아니, 빌어먹을, 부모님은 왜 강남에 집을 안 사셨을까?
셔터가 서서히 올라갔다. 그리고 빌어먹을, 저 앞, 지금쯤이면 마을버스 정류장에 도착했어야 할 희서가 멋쩍은 듯 이쪽을 보고 손을 흔들다가 표정을 굳혔다. 길을 잘못 들었나. 이 빌어먹을 골목길.
'아, 딱 좋네.'
액셀이 기울어졌다.
"안 돼, 이 개자식아아!"
선진은 브레이크를 밟으려 했다. 하나 액셀은 오른발을 놔

주지 않았고, 브레이크는 왼발을 피해 움직였다.

'양발 운전 안 된다는 거 안 배웠냐.'

뒷걸음질 치는 희서와 선진의 눈이 마주쳤다. 도망치라는 말을 한다고 그걸 믿을까. 선진은 지금 상황을 설명하기에 가장 완벽한 단어를 외쳤다.

"크리스틴!"

"아…!"

희서가 가방을 내던지고 달리기 시작했다. 자동차는 그보다 한 박자 늦게 덜컥이며 차고 앞턱을 지났다. 지금 막 희서가 골목 한쪽으로 돌아간다.

'크리스틴? 〈오페라의 유령〉? 노래 한 곡 틀어?'

"브레이크, 브레이크!"

'양발 운전 안 된다니까.'

브레이크가 도망간다. 희서보다도 더욱 빠르게. 이제 선진은 아까 놈이 했던 말을 떠올렸다. 결핍을 얻거나, 자신의 욕망을 인정하라고? 그건 달리 말하면, 무슨 짓을 해도 선진의 본질을 바꿀 수는 없다는 뜻이렸다. 내가 바뀌지 않는다면 너도 그렇겠지. 이 붕어빵 틀은 원래 이렇게 생겨 먹은 틀이다. 붕어빵 반죽이 무어라 말하든 단 1퍼센트의 영향도 미칠 수 없다.

한 번 심호흡을 한 후 선진은 액셀에 무게를 실었다. 그 순간 차 속도가 살짝 느려졌다. 차가 자체적으로 액셀을 끝까지

밟던 아까까지와는 달리 주도권이 선진에게 넘어온 것이다. 다만, 발을 옆으로 옮기는 순간 브레이크는 또 도망가겠지. 선진은 운전대를 꽉 쥐었다.

"내가 할게."

'오, 근데 뭐를? 쟤를 쳐? 그럼 최고인데? 완전 일석이조.'

"닥, 쳐!"

방금 동네 할아버지 한 명을 칠 뻔했다. 욕설과 비명이 멀어졌다. 바로 큰길로 빠지고 싶었지만 기회가 좀처럼 나지 않았다. 젠장, 방금은 또 노란색 태권도 학원 차량이 아슬아슬하게 비껴갔다. 운전자가 차창 밖으로 몸을 기울이고 욕설을 하다가, 순식간에 90도로 방향을 바꾸는 선진의 차를 보고는 급히 운전대를 돌려 도망치듯 멀어져 갔다.

'으하하하하하! 아, 음악 안 틀어도 되겠다!'

어디선가 사이렌 소리가 들린다. 슈퍼마켓 주인이 셔터를 반쯤 내리고 핸드폰을 들었을 거다, 아마도. 또 모든 게 순식간에 빛처럼 부서지기 시작했다. 캉, 캉, 리어카가 부딪혔다. 사이드 미러가 날아갔다. 쓰레기봉투가 밟혀 찢기고 방금은 헌옷 수거함이 비틀렸다.

'재밌지? 재밌지? 재밌지? 아, 아, 아! 또! 또 해! 다른 거!'

"해야지."

'희서, 희서 가자! 희서어어!'

"안 돼. 다른 거 칠 거야."

'엥? 뭐 건드리려고?'

"다른 거. 예전에 봐 둔 거."

'뭐를… 아웁!'

과속방지 턱을 넘을 때마다 놈이 신음을 삼켰다. 선진은 비웃음을 흘렸다. 그래, 너도 아픈 건 아는 모양이구나. 앞으로 조금 더 아프게 될 거란다.

'너 지금 어디로 가는 거야?'

"재밌는, 곳."

'왜 자꾸 올라가? 사람도 차도 아래쪽에 더 많잖아! 아래로 가는 게 더 재밌을 거야! 내가 널 알아!'

"욕망이냐 결핍이냐 고르라고 했지?"

'…잠깐.'

"액셀은 내 거다."

놈에게서 주도권을 빼앗는 방법은 아주 쉽고 간단했다. 스스로 운전하는 것. 누구보다도 빠르게, 그리고 도파민에 절여진 채로. 어디로 가냐고? 예전에 이 동네에서 집값 싼 데를 쭉 돌아볼 때 기억해 뒀던 건물이 하나 있다. 샛별연립. 천금2동에서 가장 위쪽에 있는 연립이자 지어진 지 55년 되었으며 지금은 사람도 거의 살지 않는 곳. 그 뒤편으로 깎아지른 듯한 담장이 있고, 이용자가 별로 없는 주차장이 있었지.

'야, 야, 야!'

"나, 네가 좋아한다고 한 노래들 찾아봤거든. 그 〈드라이버스 하이〉라는 곡. 생각보다 옛날 노래인데도 뮤직비디오 때깔 좋더라."

밴드 구성원들이 다 같이 절벽으로 차를 몰고 가 떨어지며 끝이 나지. 이 차는 절벽에서 떨어지는 대신 주차장 벽을 들이받겠지만.

제 미래를 직감한 듯 놈이 외쳤다.

'안 돼!'

선진은 좋아하는 게 없었다. 싫어하는 것도 없었다. 짚신벌레 수준의 삶이었다. 사실 그것도 괜찮았다. 지금에서야 생각한다. 벽이 보인다.

'멈춰어어!'

"음악이나 틀어."

선진이 브레이크 밑으로 제 발을 밀어 넣었다. 브레이크가 선진의 발을 밟았다. 그 아이러니가 우스워서 선진은 입꼬리를 끌어올렸다. 별것 없던 인생 마지막이 이렇게 웃으면서 끝나다니, 생각보다 괜찮….

점점 가까워지는 벽을 바라보며 죽음을 대비하던 순간, 뜻밖에도 선진의 시야에 마지막으로 새겨진 것은 옆에서 충돌해 온 파란색 1톤 트럭이었다. 금귤이 하늘을 날았다.

"정신 들어?"

"…어."

"엄마는 주무시러 갔고, 미친놈이라고 전해 달래."

"…아아."

"임플란트 할 돈은 있지?"

"어."

"그럼 됐다."

동생이 선진의 가슴을 툭툭 치고 일어났다. 놈이 침대에서 멀어진 뒤에야 병원 풍경이 눈에 들어왔다. 동생아, 지금 여기는 어디고 무슨 상황인지 알려 주면 어디 덧나니.

나중에 피곤해 보이는 직원이 다가와 말을 걸었다. 마스크 때문에 알아보기 어려웠지만, 목소리를 들으니 붕어빵에 대해 알려 준 주연이었다.

"댁이 주차장 벽에 차를 갖다 박기 직전, 과일 장수가 본인 트럭을 몰아서 막았어요. 그분이 장사하던 명당자리는 한동안 비게 생겼네요."

"으… 쿨럭! 트럭이요?"

"네, 도와주셨어요. 신경 쓰지 말래요."

신경을 안 쓸 수가 있나. 하지만 그보다 더 중요한 문제가 있었다.

"제 차는요?"

"아, 그거 아주 크게 망가졌어요. 고치느니 새로 사는 게 낫다던데요."

"안 고쳐요!"

"정말요?"

주연이 핸드폰 갤러리를 열었다. 반쯤 찌그러져 견인차에 매달려 있는 건 빨간 외제 차가 아니라 익숙한 흰색 아반떼였다.

주연이 말했다.

"붕어빵 틀은 떠났어요. 가져가야 할 사람이 수거했어요."

"네? 아⋯."

그러고 보면 주연은 붕어빵 내용물이 어디서 튀어나왔는지 짐작 가는 구석이 있다고 했지. 누구였나요, 내 붕어빵 틀을 수거했다는 사람은 붕어빵집 주인이었나요, 어떻게 찾았나요. 그리 물을 수도 있겠지만 선진은 굳이 질문을 잇지 않았다. 구체적인 호기심은 그의 것이 아니었다. 무엇보다도 피곤했다. 남이 억지로 걸쳐 준 고급 코트를 겨우 벗은 듯한 개운함과 피로가 선진을 조금씩 가라앉히고 있었다.

선진은 익숙한 문장만을 겨우 꺼냈다.

"수고 많으셨습니다."

설명할 준비를 하는 듯 꿈질거리던 주연의 입술이 당황으로 헤벌어졌다. 곧 그녀는 숨을 갈무리하고 이럴 때 듣기 딱 적당한 말을 건넸다.

"언제 밥이라도 먹어요."

아반떼는 폐차했다. 미신은 믿지 않지만 떠나보내는 길에 막걸리 한 잔 부어 주었다. 선진의 상태도 말끔하진 않았다. 퇴원한 지 꽤 되었음에도 오래 걷다 보면 왼쪽 무릎이 시큰거리고, 숨을 너무 크게 쉬면 갑자기 폐가 짜부라드는 느낌이 든다. 병원에서는 지금 폐는 다 나았고, 그 감각은 큰 사고 후 당신의 몸에 남은 기억일 거라고 했다.

일상생활에서 통증이 느껴질 때 선진은 가끔, 이제 존재하지 않는 누군가를 향해 속으로 말했다. 나에게 결핍이 생긴 모양이네. 하지만 몇 달 후 생각이 바뀌었다. 이 감각은 삶에 생긴 결핍이 아니었다. 그저 이런 형태의 삶이 있을 뿐.

선진은 중고거래 앱을 지우고, 입원한 사이 SNS에 쌓였던 '그 물건 남아 있어요?'라는 메시지에 '없습니다'라는 답을 보낸 후 계정을 삭제했다. 마지막으로는 카카오톡을 켰다. 오픈채팅방 탭에 쌓인 '물건 잘 받았어요! 거래 감사합니다!' 같은 문장은 지금 보아도 반짝인다. 하지만 캠프파이어에 모래를 덮는 기분으로 선진은 오픈채팅방을 정리했다. 차창 너머에서 벼락처럼 쏟아지던 불꽃의 세례를 받은 지금, 더는 타인의 작은 빛을 맛보러 다니고 싶지 않았다.

이제 카카오톡을 닫으면 되는데… 해탈한 양 모든 것을 정리하고도, 선진의 손가락은 옆 탭을 누르고 채팅방을 거슬러 올라가 익숙한 이름을 눌렀다.

[진짜 차에 인생 잡힌 거 아냐?]

'! 차단된 친구와는 대화할 수 없습니다.'

차단 해제 버튼 위에서 고민하게 된 지는 몇 주 되었다. 하지만 저 검은 느낌표가 붙은 경고문이 선진에게는 삶의 책갈피처럼 기능했다. 통증만으로는 떠올릴 수 없는 것들을 기억하렴. 네가 어떤 꼴사나운 짓들을 했는지.

결국 차단 해제 버튼을 누르지 못하고 핸드폰을 내려놓기 직전, 문자 메시지가 도착했다.

[어이 잠수이별러, 내일은 카레 먹자.]

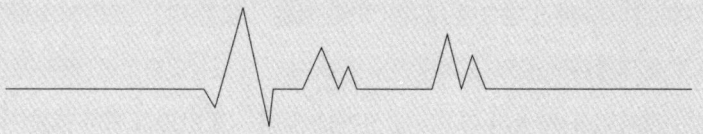

반금태는 백소명과 오래 알고 지냈다. 그 기간 내내 '친구'였다고 할 수 있을지는 모르겠지만, 가장 친한 친구도 따로 있겠지만, 시간만은 그 아이와 가장 오래 보냈다고 자신할 수 있다.

소명은 똑똑했다. 초등학교 2학년 때, 엄마가 외국 동화책을 사 줬다며 금태 앞에서 자랑스레 읽었다.

"미국에서는 이를 뽑아서 베개 옆에 두면, 이빨 요정이 다음 날 용돈을 준대!"

"와, 정말? 용돈 받았어?"

"아니, 나 앞니 빠졌을 땐 몰라서 못 받았어. 송곳니는 아직 안 흔들려."

"잠깐 있어 봐. 내 이빨 남는 거 하나 줄게!"

금태는 책장 밑에 넣어 두었던 송곳니를 건넸다. 소명은 별로 좋아하는 것 같지는 않았지만 이를 받아 갔다. 그리고 다음 날, 한국 사람은 이를 지붕에 던져야 한다고 배웠다며 자기 엄마와 함께 찾아와 이를 돌려주었다.

언제나 즐거운 기억만 있을 수는 없다. 소명은 금태를 자주 한심하다고 여겼고, 그 생각을 감추려 하지도 않았다. 금태는 왜 소명에게 친구가 별로 없는지를 깨달았으며 자신의 깨달음을 즉시 전달했다. 바로 말하지 않으면 잊어버릴 것 같았기 때문이다. 소명은 그 사실을 인정하고 울었다. 이후에도 둘은 여전히 친구였다.

그리고 두 사람의 어머니들 사이에-금태는 들어도 도저히 이해할 수 없는-사건이 생겨 두 가족의 거리가 물리적으로도, 심리적으로도 멀어진 날, 어머니는 눈치를 살피던 금태에게 말했다.

"내가 말한들 네가 듣겠니? 알아서 해."

어머니의 말은 정확했다. 금태는 여전히 가끔 그 골목에 찾아갔다. 많은 기억이 있는 곳. 그리고 그 기억들을 하나하나 생생하게 기억하는 소명이 있는 곳으로. 그로부터 얼마 후 소명의 부모님이 이혼했다. 이럴 때 어떻게 행동해야 하는지는 모른다. 최선의 행동은 언급하지 않는 것이겠지. 금태에게도 그 정도 눈치는 있었다.

몇 달에 한 번 찾아오는 듯한 소명의 아버지는 가끔 역 앞에서 마주치는 금태를 모른 체했다. 그래도 금태는 매번 고개를 숙여 인사했다. 생각하기 전에 몸이 먼저 움직이는 건 어쩔 수 없었다. 소명 아버지도 조금 멋쩍어하면서 고개를 끄덕였다.

그리고 언제였던가.

"뭐 하냐?"

도로 하수구 앞에 쪼그려 앉은 소명이 금태의 눈에 들어왔다. 그 아이가 고개를 돌릴 때 낮게 묶은 머리카락이 작은 등을 쓸었다.

"아무것도 아냐."

그러면서도 소명은 하수구 아래에서 눈을 떼지 못했다. 금태는 소명과 마주 앉았다. 부서진 낙엽과 담배꽁초 사이에서 이질적인 물건이 눈에 띄었다.

"폰 케이스?"

"아무것도 아니라니까."

"새것 같은데. 빤들빤들한 거 봐라. 지문도 안 묻었다."

"내 폰에 맞는 거 아냐. 됐어."

소명은 자리에서 일어나 뒤도 돌아보지 않고 걸었다. 하지만 몇 초도 되지 않아 금태가 삐걱대며 하수구 덮개를 들어 올리는 소리를 듣고 기겁하며 몸을 돌렸다.

"뭐 해!"

금태가 폰 케이스를 꺼내 흔들었다.

"이거."

"아무것도 아니라니까 그걸 왜 꺼내! 쓸모없댔잖아!"

"네가 쳐다보길래. 하수구 아래를 계속 보는 것보단 꺼내서 보는 게 낫잖아."

"그냥 두고 갈 거였어. 괜히 손 더러워지게 왜 그랬어."

"할 수 있을 것 같아서."

"못 하면."

"하수구 뚜껑은 기회 생기면 한 번쯤 들어 보고 싶지 않아? 나만 그런가?"

그 말에 소명이 살짝 웃었다. 금태의 생각이 옳았던 모양이다.

"바보냐, 진짜."

그리 말하면서도 소명은 핸드폰 케이스를 받아 들었고, 금태가 묻지 않은 이야기를 물가에 흘리듯 꺼냈다.

"우리 아빠가 몇 달에 한 번 왔잖아."

"응."

"이젠 좀 덜 와도 되지 않겠느냐고 하더라고. 우리가 뭐 애틋한 사이였다고 그런 허락을 받는지는 모르겠는데."

"응."

"올해는 이번이 마지막이라며 작은 선물을 사 왔어. 폰 케이스."

"그렇구나."

"지지지난번에 사 준 거랑 똑같아. 취향 아니라서 방에 처박아 뒀는데."

"응."

"지하철역에 있는 폰 케이스 가게에서 적당히 집어 왔을 거야. 선물 상자에 들어 있길래 당연히 다른 건 줄 알았는데."

"빡쳤겠네. 보자마자 바로 버렸어? 하수구에?"

"진짜 또 그건가 싶어서 앞뒤 살피다가 떨어뜨린 거야. 짜증은 그 뒤에 났고. 어차피 버려도 상관없… 야, 더러워! 뭐 해!"

금태가 폰 케이스를 제 교복 조끼에 슥슥 문질러 닦고 입김을 불었다. 약간의 낙엽 부스러기가 날아갔다.

"그래도 하수구에 있는 것보단 여기 있는 게 낫지?"

소명이 한숨을 쉬었고, 결국 대답했다.

"…고마워."

폰 케이스는 다시 선물 상자 안으로 들어갔다. 상자가 조금 큰지, 안에서는 경쾌한 달각 소리가 났다.

"금태 너 손은 어쩌냐. 잠깐 기다려. 물티슈 사 올게."

"아, 괜찮아. 닦을 거 여기 있는데 돈 아깝게."

"교복 좀 냅둬! 어차피 편의점 갈 거야. 뭐 먹고 싶은 거 있어?"

"투게더 바닐라. 왜, 사 주게?"

"그래."

금태는 별 신기한 소리를 다 들었다는 듯 눈을 동그랗게 떴다.

"왜?"

"이거, 고마워서."

"고마울 거 없어. 내가 할 수 있어서 한 건데."

"보통은 그럴 때 하고 싶어서 한 거라고 할 텐데, 넌 진짜 몸부터 움직이는구나…."

"계속 그래. 알지?"

"알아."

평소였다면 여기에서 대화가 끝났을 거다. 그런데 웬일로 좋은 생각이 하나 떠올라, 금태는 손을 마저 털며 말했다.

"고마우면 나중에 뭐 하나 도와주라."

"뭐를?"

"내가 뭐 생각해서 결정해야 할 일이 있을 때, 한 번만 네가 대신 고민해 줘."

"그렇게 살면 안 돼."

"나보고 생각하라는 거 빼고."

소명은 금태 앞에서 한숨을 자주 쉬었지만, 그날만큼 깊은 한숨을 들은 것은 또 처음이었다.

희한하게, 금태는 소명이 쉬는 한숨 소리는 그리 기분 나쁘지 않았다. 자꾸 듣다 보니 익숙해져서일까. 소명에게 한숨은 일종의 추임새라는 걸 알아서 그럴까. 아니면 괜히 그 소리가 자기를 걱정해서 내는 소리 같아서일까.

누군가의 한숨 소리가 들렸다.

"…보호자 왔어요?"

"아니, 지금…."

그런데 어쩐지, 금태의 귀에 소명의 목소리가 들린 것만 같았다.

5
금, 붕어

아침 기도를 마치자마자 신당 문이 열렸다. 키 작은 여자아이가 째지는 목소리로 외쳤다.
"할매애애! 나 진짜 희한한 얘기 들었다!"
"돈 될 이야기 아니면 하질 말어."
"일단 들어! 뭐든 돈이 될 수도 있잖아?"
"퍽이나 그렇겠다."
묵자는 의심 가득한 눈으로 영화를 바라보았다. 어디 돌아다니다가 1000원이라도 주웠나. 아니, 1000원이라도 주웠으면 말을 안 해. 쟤는 50원짜리만 굴러다녀도 줍자고 하는걸. 제 불운을 동전과 함께 버려서 남에게 옮기려는 작자들이 있다 경고해도, 자기는 그런 거 안 당한다면서 콧방귀를 뀐다. 그리고 꾸역꾸역 몇 푼 동전을 묵자에게 쥐여 주려 들지.
묵자는 기대 없이 상을 치우며 물었다.

"뭔 이야긴데."

"있잖아, 저기 위에 대성연립 알지? 재건축 나가리 난 데."

"예쁜 말 쓰랬지."

"그때 재건축 기다리다 이혼한 여자가 동네 돌아다니면서 사람들에게 하는 말을 들었는데…."

요약하면 사람들은 꼭 무언가를 흘리고 태어나는데, 지금 이 동네에서 그 '흘린 것'들이 원주인을 찾아 헤매고 있다는 거다. 처음 고개를 기울였을 때와 달리 묵자의 눈이 서서히 진지해졌다.

"네가 웬일로 돈 되는 이야기를 하니."

"어? 이게 돈 되는 이야기였어?"

"돈 될 수도 있다며."

"아니, 난 그냥… 재밌어서 한 소리였지. 이게 어디가 돈 되는데?"

"영화야, 천지신명이 나를 만드실 때 뭐를 빠트렸다고 생각하냐?"

"굿 실력."

"돈복이 빠졌지!"

묵자가 단언하며 집 구석구석을 사방에 새총 쏘듯 가리켰다. 겹겹이 부분 도배만 한 탓에 종이 무게를 이기지 못하고 기울어진 벽지, 촌스러운 파란 무늬 타일이 여기저기 깨져 더욱 정신 사나운 화장실과 화변기, 외풍 고속도로 역할을 하는 수십 년 된 금속 새시….

영화는 고개를 저었다.

"돈 아깝다고 안 하는 거잖아. 입 심심하면 떡 사다 먹고, 아프면 바로 병원 갈 수 있으면 호강이지 맨날 돈복 죽었다 타령이야."

"타령을 안 할 수가 있냐. 아이고, 나는 진짜 천지신명이 나를 만드실 때 빼먹은 게 그저 하나라고 자신을 한다."

"자신씩이나 해?"

"아니겠어, 그럼? 에휴, 나에게도 그 빌어먹을 것이 와야 하는데…. 다른 놈들은 뭐가 왔다냐?"

"으음, 정신머리, 곤조, 가오, 그리고 붕어빵 틀."

곤조, 가오 같은 단어 선정에서 찌푸려지던 묵자의 입매가 마지막 단어에서 헤벌어졌다.

"틀?"

"틀. 아예 모양새가 안 잡힌 사람이 있었대."

"별꼴이야. 팥 넣어 구웠으면 붕어빵이지, 붕어빵을 관상 보고 잡아먹나. 하여간에 인간들이 먹고사는 데 지장이 없으니 별 쓸데없는 걸 다 불러들이지. 난 손님이나 좀 받았으면 쓰겠는데."

마지막으로 굿을 한 게 언제인지도 기억이 가물가물하다. 묵자는 다시 뭐든 연습하기 위해 여기저기서 얻어 온 너덜너덜한 경문을 읽었다. 하나 머릿속에서는 방금 영화가 던진 말만 왔다 갔다 한다.

제발, 금전운이 이 집까지 오십사. 나는 살면서 운 좋게 목숨을 건진 적도 있고 운 좋게 복수한 적도 있을지언정 돈 이야기에서는 한 번도 웃어 본 적이 없소. 천지신명이시여, 정말 사람을 만들 때 빼먹은 사주를 주실 수 있다면, 제발 이 할멈을 한 번 돌아봐 주십시오….

그리고 며칠 후 한참 노래하다가 목에 뜨듯한 수건을 두르고 쉬고 있는 묵자에게 영화가 달려와 말했다.

"나, 아까 동네에서 봤어!"

"뭐를?"

"할매랑 똑같이 생긴 여자!"

묵자의 눈이 빛나기 시작했다.

"꼭 시켜야 하나? 여기 그냥 앉아 있으면 안 돼?"

"되겠수? 딱 봐도 카페 손님 자리잖아."

"이런 거 밥 가격이라던데….."

"누가 3500원으로 밥을 먹어. 저기 카운터 가서, '캐러멜 마키아토 하나 주세요' 하고 와. 제일 단 거야."

묵자는 주문을 하러 걸어가다가 다시 자리로 돌아왔다.

"나 저거 쓸 줄 모르는데. 저거, 주문하는 기계."

"아니, 카운터로 가라고. 어차피 할매는 카드 없잖아. 직원한테 현금 쓴다고 하면 주문받아 줘."

"노인네 귀찮다고 하는 거 아니고?"

"돈 들고 온 사람이 귀찮으면 굶어 뒤질 팔자를 타고난 거지 뭐. 욕먹으면 말해. 콱 엎어 버릴라."

묵자는 조금 주저하다가 발걸음을 옮겼다. 빈손으로 눈치만 보다 쫓겨나느냐, 아니면 뭐라도 먹어 볼 수 있느냐를 고른다면 후자를 택해야지. 그리고 뭐, 조금 망신당한다 해도 여기는 묵자의 동네에서 두 정거장은 떨어진 곳이다. 얼굴 붉히는 일이 생긴대도 딱 한 번이다. 냄새가 좋다.

"저, 기요. 내가, 그…."

스무 살쯤 되었을까 싶은 여자애가 고개를 잠깐 들었다 떨구었다.

"현금이세요? 메뉴 말씀하세요."

"아, 그럼 저기, 카라멜?"

"따듯한 거요, 차가운 거요?"

"따듯한 거."

"3500원입니다. 드시고 가세요?"

"아, 네, 네."

"현금 영수증 하세요?"

"아뇨, 아뇨."

그제야 직원의 질문이 끝났다. 잠시 후 무슨 벌집 모양이 그려진 음료가 묵자의 손에 들렸다.

"할매, 빨리 왔네? 마셔."

"어디… 어우, 달다. 어우, 달어."

"단것 좋아하잖아?"

"이건 너무 단데. 3500원으로 설탕을 샀으면 한 달은 먹지. 근데 이거 꼬숩네."

"그치? 어이구, 귀여워. 솔직해서 좋아."

"염병."

묵자는 헤실헤실 웃는 영화를 지나 주변을 둘러보았다. 평일 대낮인데 무슨 사람들이 이리 많을까 싶다.

"쟤들은 다 백수인가? 일을 안 하는 건지, 못 하는 건지. 여기서 공부하는 젊은 애들은 다 일 못 하는 애들이지?"

"물어보든지."

"아니, 됐다. 쟤들한텐 나도 팔자 좋은 할매로 보이겠지."

"친구 없는 할매."

"주둥이 좀 닫아. 여하튼 나 닮은 걸 이 근처에서 봤다고?"

"응, 키 작고, 염색 안 한 지 오래돼서 갈색 머리카락이 흰머리 주변으로 도나쓰처럼 팔락이는 할매."

"그거면 잘못 보진 않았겠네."

묵자는 커피를 홀짝이면서 다시 주변을 둘러보았다. 그녀의 금전운은 과연 어디로 갔을까. 그게 있었더라면, 동네에 커피를 1500원에 파는 카페가 들어왔을 때 마주 앉아 수다 떨 노인네를 한두 명은 둘 수 있었을지도 모르는데. 저기, 저 건너편에 앉아 깔깔 뒤집어지며 웃는 노인들처럼.

"저 할매들 재밌게도 떠든다. 여고생 같아."

"그 나이에 여고생은 못 되겠지만 재밌게 떠들 수는 있잖수. 천금동 노인정에 다시 들어가 볼 생각은 없고?"

"거기 결국 돈 모아서 새 에어컨 놨는데 무슨 낯짝으로 들어가. 선풍기면 충분하다고 소리 빽빽 질러 놓고 은근슬쩍 찬바람 쐬러 온 년으로 보이지."

"그러니까 여름 되기 전에 가시라고요."

"온풍기도 되는 에어컨이었어."

"곗돈 들고 석 달 잠수 탄 인간도 당당하게 나오던데 진짜 별 부끄러움을 타네! 할매는 가오를 너무 챙겨서 태어났어."

"난 그런 거 없다."

구민회관에 일본어 배우러 다닐 때, 가오는 '얼굴'이라는 일본어라고 들었다. 가오가 있다는 걸 바른 말로 바꾸자면 '면이 선다' 정도쯤 될까. 부끄러움을 아는, 스스로에게 당당한.

"그게 될 사람이었으면 내가 신통력도 없이 굿한다고 춤을 추겠냐."

"할매는 세심하기로는 여고생이 따로 없어."

"너는 말이나 좀 예쁘게 하라니까. 요즘 세상에 자꾸 일본어 섞어 쓰고, 쟤는 남자 같네 여자 같네 그러면 안 돼."

"여고생 소리는 할매가 먼저 했잖아."

"네 말버릇에 옮아서 그래, 옮아서. 그러니까 내 장삿길이 막히는 거야!"

"어이구, 아주 핑계 제대로 찾으셨어요. 수다 제대로 떨어서 좋다, 할매."

"흥."

영화는 정말 기특하다는 듯 묵자를 보고 웃었다. 그러는 묵자도 기분이 나쁘지는 않았다. 방구석에서 이래 떠들면 옆집에-원래 하나였던 집을 월세라도 받으려고 쪼갠 거긴 하지만- 다 들릴 것 같아, 집에서는 기도하고 기도 연습할 때 외에는 항상 꿀 먹은 듯 입을 다물고 지내야 했지. 그래도 그땐 집이 조용한 게 좋다, 혼자 떠들어서 뭐 하나 싶었는데….

"이거 이름이 뭐라고? 카라멜 마또?"

"캐러멜 마키아토. 이름 기억 안 나면, 나중에 와서 캐러멜 들어간 메뉴 달라고 말해. 그러면 내줄 거야."

"어휴, 직원 귀찮게 뭘 물어봐. 젊은 아가씨가 혼자 저리 바쁘게 일한다."

"쟤도 퇴근은 해."

달달한 커피가 마침내 바닥을 드러냈다. 묵자는 잔을 끝까지 기울였다. 입술에는 보들보들한 거품이, 그 아래로는 진하고 달달한 게 혀에 닿는 맛이 기분까지 축였다.

"할매, 걔 어디 갔나 봐. 분명 이 근처에 멍하니 궁뎅이 붙이고 있는 걸 봤는데 그새 빠졌나 보네."

"그것은 왜 나한테 안 오고 다른 델 돌아다닌대?"

"다른 붕어빵 소도 하는 짓이 다 달랐잖아. 걔도 카페에 좀 앉아 있고 싶었나 보지, 할매처럼."

"누가 앉고 싶었대!"

"그래그래, 앉고 싶었던 건 아니지. 근처 좀 돌아보자. 할매, 컵은 저기에 두고 오면 돼."

"커피가 싼 것도 아니었는데 별걸 다 시키네."

묵자는 투덜대면서도 컵을 옮겼다. 영화는 그새 앞질러 번화가를 걷고 있었다.

"아가씨가 참 싹싹하기도 하다. 컵 갖다 주니 감사합니다, 하네."

"원래 하는 말이야."

"입 밖에 나왔으면 말이 다 말이지, 그거 따져서 뭐 하게. 참 기특하다고 말하고 나왔네."

"참 잘했수다. 그럼 다음에는 어디로 가아아알까요."

"어딜 또 가? 들어가는 게 아니라?"

"걔가 여기 있다가 순간 이동이라도 했겠어? 좀 돌아봐. 여기까지 나온 것도 오래간만이잖수."

"오고 싶어서 오는 덴가? 영 돈 쓸 일밖에 없는 거."

"할매, 저기 옷 파는 골목 가 보자. 저기서 누구 지나가는 걸 본 것 같아."

"너 옷 구경하려고 그러지! 혼자서도 다닐 수 있잖아!"

"혼자서도 다닐 수 있는데 내가 할매를 왜 끌고 다니겠어. 할매 옷 구경할 때마다 딱지부터 뒤집고 이게 어떻게 이 값이냐 잔소리를 하는데."

"그럼 폴리 뭐시깽이에 2만 원씩 줄까?"

"아, 일단 오라고. 저기서 누구 복슬복슬한 머리를 본 것 같단 말이야."

"방향 좀 말하고 가! 어딘데!"

한낮, 옷 파는 거리는 비교적 한산했다. 젊은 여자들이 서로 하늘거리는 옷을 대어 보고 뭐라 한마디씩 얹었다. 다들 학생처럼 보이는 것이 근처에 대학이 있는 모양이었다. 그 와중에도 영화는 귀신같이 괜찮은 옷을 골라 묵자를 불러 댔다.

"이 조끼 귀엽다. 할매 하나 사서 환절기에 입어라."

"뭐 이런 옷이 다 있어. 털 난 것 봐, 이게 수세미야 조끼야?"

"일단 한번 입어 보고 안 따듯하면 잘라서 수세미로 쓰면 되겠다. 9000원이래. 수세미보다 싸."

"여엄벼엉."

"할매, 여기 수세미 재질 모자도 있다. 써 봐, 써 봐!"

마침 점원이 다른 학생을 응대하기에 묵자는 모자를 썼다. 머리숱이 휑하게 뚫린 정수리가 폭 가려진다. 한참 망설이다가, 난방 틀기는 영 늦었는데 아직 추운 이 계절에 쓰기 좋을 것 같아 지갑을 열었다.

"모자 귀엽다. 그런데 왜 안 쓰고 가?"

"집에서 쓰려고 산 거야."

"돈 아낀다면서 모자는 돈값 못하게 하네. 그냥 써. 오늘 햇빛 쨍하다."

"…그런가?"

"그렇지."

머리에 검버섯이라도 생길까 싶어 묵자는 모자를 썼다. 보들보들, 아까 마신 커피 거품처럼 부드러웠다.

"할매, 저기 그릇 가게! 밥공기 사야겠다고 하지 않았어?"

"지금 밥공기 사러 나왔어?"

"그럼 언제 사게. 금 가서 노랗게 물든 거 쓴 지 벌써 반년은 됐다. 나온 김에 좀 들어가."

"아니, 아이고…."

"와, 재밌는 거 많다. 할매, 이것 봐. 머그컵 손잡이가 강아지 꼬리 모양이야!"

"별게 다 재밌어, 아주."

"머그잔도 하나 사. 누가 그 나이에 이딴 거 왜 샀냐고 물어보면 보살님께서 사라고 시켰다, 해."

"그걸 물어볼 사람도 없다."

"만들든지. 할매, 전에 누가 집에 커피 마시러 가도 되냐고 했을 때 집에 잔 없다고 거절한 거 쪼끔 후회했잖아."

"시끄러. 밥사발에 타 줬으면 더 후회했을 거다. 그 사람은 다시 올 일도 없어."

"솔직히 식후 밥사발에 커피 말아 마셔서 밥사발이 더 빨리 더러워지는 것도 있을걸. 겸사겸사 사."

"아주 지갑 털어먹으려고 작정을 했구먼."

금전운을 되찾을 수 있을지도 모른다는 생각 덕분일까, 아니면 항상 묵자를 바라보던 가짜 탱화와 낡은 집에서 벗어났기 때문일까, 날씨가 좋아서일까. 금전운을 부르기 위해 항상 쓰지도 않을 7만 원을 딱 맞춰 넣어 두는 지갑이 참 쉽게도 얇아졌다.

"아이고, 좀 쉬자."

"배고프지 않아? 에이, 도끼눈 뜨지 말고. 저기 국밥집 콩나물국밥이 5500원이래."

"우리 동네에 4500원짜리 있잖냐."

"동네 들어가면 뭔 콩나물하고 물만 있으면 되는 거에 그 돈 내냐고 투덜대며 집으로 가 버릴 거면서."

"당연하지."

"안 당연하세요. 아무 데나 좀 들어가. 난 그 옆에 두부 정식집이 맛있을 것 같은데. 반찬에 케첩 두부탕수도 나온다. 할매 케첩 맛 좋아하잖아?"

새콤 짭조름한 단어에 침이 저절로 고인다. 이제 영화는 '할매 닮은 거 봤다'는 말도 하지 않았다. 묵자는 영화가 던진 미끼에 이끌려 가게 문을 열었다. 1인용 쟁반에 받은 메뉴는 제법 푸짐했다. 순두부찌개 뚝배기와 밥공기 위로 반찬이 다섯 개는 나온다. 묵자는 식사 맨 마지막에, 아껴 둔 두부탕수를 오래오래 먹었다. 두부탕수를 다 먹은 뒤 따라 마신 물이 진하게 잘 끓인 보리차라 기분이 한 번 더 좋아졌다.

해가 서서히 가라앉는다. 뜨끈한 밥에 배가 부르고, 몸은 자연히 벤치에 늘어진다. 부드러운 햇빛을 바라보며 묵자는 영화에게 물었다.

"내 금전운, 사실 못 봤지?"

"응."

영화는 순순히 답했다.

"그냥… 이거면 제발 할매 콧구멍에 바람 좀 넣을 수 있으려

나 싶어서 말해 본 건데, 진짜로 따라 나오대."
"동네에 붕어빵 어쩌고 나온다던 거는 진짜고?"
"응, 몇 명 봤는데 할매 건 못 봤어. 할매는 처음 생각대로 잘 만들어졌나 봐."
"잘 만들어진 게 이 모양이냐."
"또 금전운 타령이야? 밥 잘 사 먹어 놓고?"
"몇 번을 말하냐. 타령을 안 할 수가 없다고."

짧다고는 하지 못할 삶을 살아오면서 묵자의 생의 고비마다 걸림돌이 된 것은 항상 돈 문제였다. 적어도 묵자는 그렇게 생각했다. '얘들아, 너희 중 한 명만 학교에 갈 수 있을 것 같다.' '언니, 나 돈 좀 빌려 줘.' '묵자야, 이번 딱 한 번만 눈감아다오.' '묵자 언니는 다른 건 다 좋은데 꼭 돈 얘기만 나오면 눈을 희번덕대서 사람들을 불편하게 하더라. 다들 그래….'

"돈이어야지. 인복 없는 건 고칠 수가 없잖아. 딱 중요한 골목마다 돈이 나를 걸고넘어지는 거여야지."
"…."
"그래야지. 다음에 무슨 일이 생기더라도 돈에 걸려 넘어지지 않으려면… 그때…."

언제든 풍파를 겪게 될 때 누군가 곁에 있다면, 삶에서 단 한 번이라도 더 소중한 사람을, 하다못해 친구라도 만들 수 있다면….

"할매."
영화가 묵자의 어깨를 끌어안았다.
"미안. 난 할매가 태어날 때 뭘 두고 나왔는지까진 안 보여."
"누가 봐 달랬나."
"봐 주고는 싶지. 뭐가 문제인지 딱 잘라 말하면 할매가 잡소리 안 할 거 아냐."
"예미."
"그리고 내 핏줄이랍시고 연 닿는 거 딱 하나 남았는데, 나라고 할매 고생하는 거 보고 싶겠나."
"우리 엄마도 가끔 댁 목소리 들었다면서. 술값 아까운 줄 모르는 놈이랑은 결혼하지 말라고 한마디 해 주지 그랬어."
"남자가 팔자의 전부가 아니잖여. 그리고 그 집 수호령이 좋아 보였어. 나한테 인사도 꼬박꼬박 하더라."
"잘생겨서 좋았나 보지?"
"아, 진짜!"
영화가 웃음을 터트리며 제 동생의 손녀 등을 찰싹 때렸다. 묵자에게는 등에 낙엽이 닿는 느낌이었을 것이다.
묵자는 천천히 자리에서 일어났다.
"슬슬 들어가자."
"웬일로 성질은 더 안 부리네. 돈 쓰게 했다고 지랄 들을 각오를 하고 나왔는데."

"귀신에 홀렸다 치려고."

"맞는 말이긴 한데."

"됐어, 됐어. 뭘 벌써 저질러 놓고 혼자 찔려 대."

묵자가 허공에 손을 저었다. 영화, 하늘나라에 무엇을 두고 온 정도가 아니라 지상에 잠시 태어났던 게 실수였다는 듯 열여섯 살에 죽은 소녀는 아직까지도 제 핏줄 주변을 맴돈다.

"들어가자."

"응, 할매."

비록 조물주가 빼먹은 팔자가 있을지언정 항상 무엇이든 되어 주려 하는 게 곁에 있기에, 묵자는 단 한 번도 집에 돌아가는 길을 외롭다고 느껴본 적 없었다.

6
붕어빵엔 붕어가 있다

'선진'이라는, 어딘가 영혼이 빠져 보이는 남자와 대화한 후 주연의 머릿속에 작은 불이 켜졌다.

어느 명탐정들처럼 '수수께끼는 모두 풀렸다!' 같은 명쾌한 답이 나온 것은 아니다. 다만 엉망진창으로 쌓인 단서들 위로 작은 성냥불이 떨어지면서 쓸데없는 것들을 전부 불태워 휘날렸다. 모두의 이야기에 공통으로 들어 있던 단서가 회색 재 사이에서 반짝였다.

주연은 집에서 잠시 시간을 보내다가 '그'가 왔음 직한 시간에 한때 끝내주는 붕어빵을 팔던 할머니가 있던 자리로 내달렸다. 지난봄, 할머니는 신고당했다는 뜬소문만 남긴 채 떠나갔고, 이제 그 자리에는….

"어서 오세요! 천천히 보세요. 요즘 금귤이 제철입니다."

"붕어빵."

"네? 저기, 이 자리에서 붕어빵 팔던 분은 신고받아서 떠나신 지 좀 됐는데요."

"이 동네에 붕어빵 내용물이라는 것들이 돌아다니는 거, 사장님하고 관계있지 않아요?"

금귤 상자를 꺼내던 과일 장수의 손이 멈췄다. 어차피 모 아니면 도다. 주연은 배에 힘주어 한 번 더 외쳤다.

"그것들이 돌아다니기 시작한 시기가 사장님이 이 자리에서 장사하게 된 이후거든요. 그것이 찾아온 사람들을 쭉 다 만나고 왔는데, 다들 사건이 일어난 요 며칠간, 사장님과 말을 섞은 적 있더라고요."

"제가 이 동네에서 장사하니 당연한 거 아닙니까? 말 정도야 섞지요. 무슨 일인지 모르겠는데, 저한테서 과일 사 간 사람한테만 무슨 일이 생겼다, 하실 거면 저기 동네 편의점이나 카페에다가도 물어보셔야 할 것 같은데."

"공통점이 하나 더 있어요."

"뭔데요?"

"다들 까만 고양이를 한 번쯤 챙겨 준 적 있다고 하더라고요. 장극 어르신이 그러던데, 그거 사장님 고양이였다면서요?"

고양이를 잃어버린 사람이라 더더욱 귀 기울여 들을 수밖에 없던 단서. 온몸이 새카만 고양이는 의외로 드물다. 하지만 그런 고양이는 꼭 모두의 이야기 속에 한 번씩 얼굴을 내밀었다.

다들 고양이를 챙겨 준 적 있는 사람이었고, 고양이를 무서워한다는 타투이스트도 마당과 동생을 조금씩 내어 주었다고 했다.

금태는 고양이를 챙겨 주는 애는 아니지만 고양이 간식을 주머니에 넣고 돌아다니기도 했으니, 과일 장수의 고양이와 조우하게 되었을 가능성이 있다.

"혹시 가출한 고양이를 찾으려고 사장님네 고양이가 방문하는 장소에 미끼로 붕어빵 소를 뿌려 둔 거 아니에요? 정말 아시는 거 없어요?"

처음에는 시침을 떼던 남자도 주연의 진지한 목소리가 이어지자 허탈하게 웃었다.

"지금 말씀하신 거, 다른 사람들도 알아요?"

"아직 몰라요. 일단 제가 확인하러 온 거죠. 아무튼, 거, 사장님이 붕어빵 어쩌구랑 관련 있는 거 맞아요?"

"예, 뭐, 관련은 있죠."

"그럼 좀 데려가요!"

"근데 이건 좀 말해 두고 싶네요. 그분들에게 붕어빵 소를 배달한 건 제가 아니에요."

"사장님, 급한 이야기부터 할게요! 지금 애 하나가 죽게 생겼어서 그래요."

"네? 죽어요?"

뜬금없이 폭탄을 받은 사람처럼 과일 장수의 눈이 커졌다.

주연은 그를 붙잡고 자신이 겪은 이야기를 쏟아 냈다.

반금태. 골목길에서 만난 자신의 '생각하는 능력'에 쫓기다 추락한 아이. 처음에 병원에서는 금태의 부상이 심각하지 않다고 했다. 정신을 차리고, 기억이 돌아오는 것을 조금 더 기다려 볼 수 있다고 했다. 다행히 금태는 정말 기억이 되돌아왔지만, 주연은 만약의 사태에 대비하기 위해 금태를 준중환자실에 '무명남'이라는 이름으로 눕혀 둔 채 동네를 돌아다녔다. 금태는 계속 아무것도 기억나지 않는 체하며 일반 병실로의 이동도, 수술도 회피했다.

하지만 얼마 전, 금태의 상태가 악화되었다. 더는 금태를 무명남으로 눕혀 둘 수 없었다. 연락을 받은 경찰은 주연이 환자를 발견했던 위치의 CCTV와 블랙박스를 수소문했고, 때마침 근처에 살던 한 간호사의 증언으로 그 소년은 '반금태'라는 결론이 나왔다. 다만, '금태는 지금 집에 있다'고 주장하는 보호자를 설득하기 위해 곧 순경이 그 집에 찾아갈 것이다.

"하지만 가짜 금태가 진짜 자식인 양 버티면 순경은 아무것도 하지 못하잖아요. 그러니까 저는 먼저 그 집에 찾아가 가짜 금태를 '병원에 데려다주마'라고 속여서 데리고 나온 다음에, 사장님에게 데리고 오려 해요."

"아, 그러면 제가 그 붕어빵 소를 처분하고⋯."

"금태 부모님은 병원에 가서 금태 상태를 확인하고, 치료하게 한다, 그거죠."

"어우, 부담스럽네."

"사장님이 저지르셨으면 사장님이 처리하셔야죠!"

"아니, 제가 저지른 게 아니라…."

두 사람의 목소리가 동시에 높아지던 순간, 골목 안쪽 어디선가 여자의 새된 비명이 울렸다. 비명은 곧 덜컥대는 파열음, 충돌음 따위에 뒤덮였다. 그리고 보통은 소음으로 분류되지만 일부 부류만이 승리의 팡파르처럼 즐기는 처절한 배기음에도.

차창 너머, 운전자의 얼굴을 확인한 주연과 과일 장수의 표정이 각자의 이유로 굳었다.

"저거, 좀 이상한 붕어빵 틀이 찾아왔다는 사람인데…."

"저 운전자, 제 트럭에 벽돌 던진 사람인데?"

"던져요? 저 사람은 자기가 아니라 붕어빵 틀이 던졌다고 했는데… 어, 사장님?"

그가 트럭에 올라타며 말했다.

"선생님은 일단 금태네 집으로 가세요. 병원 데려가는 척 준중환자실이 아니라 응급실로 오시면 되겠네."

"응급실이요? 지금 뭐 하시려고요? 설마…."

"저는 수습하러 가야죠. 뭐, 제가 저지른 게 아니래도, 원래 탕후루집 들어온 이후 동네에 나무 꼬치가 굴러다니면 탕후루집이 욕먹잖아요."

과일 장수가 급히 트럭 시동을 걸었다. 아슬아슬하게 쌓인 과일들이 떨리고, 몇 개는 바구니에서 굴러떨어졌다. 우당탕탕 소리를 들으며 그가 농담을 던졌다.

"보통 영화에서 과일 장수는 자동차 액션 신에 뒤집힌 과일 보며 망연자실하는 역할 아닌가? 난 망연자실도 하고 자동차 액션까지 하게 생겼네."

뭐라 대꾸해야 할지, 웃어도 되는 상황인지 주연이 고민하는 동안 그는 액셀러레이터를 밟았다. 1톤 트럭이 덜컹이며 전진했다. 저 멀리, 골목 전체를 박살 내는 듯한 소리가 들리는 장소를 향하여.

저 먼 곳, 금태가 부서지던 장소에서, 무언가가 박살 나는 소리가 났다.

모세혈관처럼 좁고 복잡한 골목 틈새로 구급차 두 대의 사이렌이 달렸다. 그동안 먼저 도착한 경찰차들이 천금2동의 골목 곳곳으로 바쁘게 꽁무니를 숨겼다. 그리고 이 혼란이 천금1동까지 전해지기 전, 주연은 급히 큰길을 건너 금태네 아파트로 향했다.

"저기요, 미안한데요, 나 주연이에요. 금태 있어요?"

303호 문이 열렸다. 도어체인 위로 눈빛에 짜증이 드글거리는 금태 모친이 보였다.

"또 무슨 일이에요?"

"금태 있어요? 금태랑 보기로 약속했는데."

"금태가요? 왜요?"

솔직히 이 상황이 짜증스러운 건 둘째 치고, 주연도 금태 모친의 마음은 이해했다. 저번에는 우리 애가 아프다고 우기더니, 이번에는 약속이 있다며 쳐들어오다니. 대체 뭐 하는 여자인가 싶겠지.

"그, 일단 금태에게 물어보시면 알 건데…."

주연은 문 너머에서 어떤 짜증이 튀어나오더라도 감내할 준비를 했다. 하지만 차라리 짜증을 받는 게 나을 뻔했다.

"같이 보기로 했어요? 아까 나갔는데."

"네? 같이라뇨?"

"소명이 만나러 간다고…."

"고마워요!"

"왜요? 소명이 보기로 한 건 몰랐어요? 무슨 일이길래. 아, 진짜!"

금태 모친이 문을 열려다 도어체인에 걸리자 욕을 뱉었다. 그녀가 도어체인을 달각이는 동안 주연은 발바닥이 벗겨질 정도로 힘주어 집을 향해 달렸다. 우리 소명이는 대체 왜? 사실 예상되는 답은 있었다. 생각하고 싶지 않았을 뿐이다.

지금 상황은 꼭 액션 영화 속 클라이맥스를 연상시킨다. 한쪽에서는 자동차 추격전이 자동차 사고로 이어졌고 불쌍한 과일 장수는 장사를 공쳤다. 한편 타인의 몸을 빼앗으려는 악당은 목표물의 친구에게 접근하려 하고 있지. 이제 악당이 친구를 데리고 할 법한 일은 하나뿐이다. 바로, 인질극. 내 딸 건드리면 죽여 버린다, 진짜!

한편, 강렬함으로는 주연의 생각에 뒤지지 않는 외침이 점점 그녀의 등 뒤로 다가오고 있었다.

"소명 엄마! 무슨 일이냐고…. 아, 씨, 좀 서! 야, 연주연! 우리 애가 무슨 사고 쳤냐고!"

엄마가 요즘 이상해졌다. 혼자 안절부절못하고, 퇴근 후에도 불규칙적으로 외출하고, 친하지도 않던 사람들과 약속을 잡고…. 병원 그만두고 다른 데 취직하려고 그러나?

엄마가 조무사 일을 힘겨워한 지는 한참 되었다. 그렇잖아도 힘든 삼교대 근무 시간표는 자꾸 바뀌었고, 엄마는 가끔 일하다가 바늘에 찔렸다며 걱정 가득한 얼굴로 돌아오기도 했다. 아마 환자에게 쓰인 바늘이겠지.

하지만 그보다 신경 쓰이는 사건은 따로 있었다. 소명이 엄마 물건을 갖다 주러 병원에 갔던 어느 날, 엄마가 기다리고 있던 휴게실은 창고처럼 작았다. 실제로도 창고였을 거다. 벽면에 대걸레가 주렁주렁 세워져 있었는걸. 저절로 질문 아닌 질문이 튀어나왔다. 엄마… 이런 데서 일해?

그때 소명은 엄마가 '이따위 직장'을 성토할 줄 알았다. 그러면 같이 욕해 줄 생각이었다. 하지만 그때, 엄마는 분명 부끄러워했다. 오해를 풀 기회는 없었다. 엄마는 알람 소리에 일하러 들어갔고, 그대로 끝이었다. 이직하는 건 엄마 자유지만 혹시 그때 뭐 오해한 게 있는지, 엄마 오면 좀 물어보자.

그때 누군가가 문을 두들겼다. 소명은 반사적으로 입을 다물고 속으로 외쳤다. 어른 없어요, 꺼지세요.

"백소명."

아니, 손님이 찾는 것은 어른이 아니었다. 익숙한 목소리에 소명이 당황했다.

"반금태?"

"백소명, 물어볼 게 있어서 왔어."

"잠깐, 잠깐. 문 좀 열고."

소명이 문을 살짝 열었다. 문밖 금태는 자연스레 문을 확 열다가 도어체인의 저항에 당황했다.

"문 연다고 하지 않았어?"

"열었잖아."

"체인은?"

"뭔 소리야. 너, 예전에 그랬잖아. 앞으로 우리 집에는 우리 엄마 있을 때만 찾아오겠다고."

둘 다 중학교 2학년이 되었을 즈음이었다. 금태는 아무것도 설명하지 않았지만, 소명은 그 뒤에 붙은 의미를 알 것 같았다. 누군가가 귀띔한 걸까. 너는 너의 오랜 친구에게 위협이 될 수도 있다고.

금태가 그 의미를 이해하고 시행했을지는 알 수 없지만 상관도 없다. 어쨌든 금태는 집에 엄마가 있을 때만 찾아왔고 그 결과 손님은 밥 먹여 보내야 한다는 엄마의 개인적 신조하에 쌀을 축내고 돌아갔다. 그리고 학교에서 초코우유와 매점 튀김만두로 갚았다. 다만 그 단순한 거래를 이놈은 바로 이해하지 못하는 듯하다.

"너희 어머니가 계실 때만 찾아온다는 건, 너희 어머니가 부재중일 때 오지 않는다는 뜻은 아닌데."

"너, 반금태 맞아?"

"응?"

"금태는 그런 논리적인 반박 못해."

"…"

문밖 금태가 입을 다물고는 가만히 소명의 표정을 살폈다. 소명의 몸에 소름이 돋았다. 문밖에 선 이 남자애는 절대 금태가 아니라는 확신이 들었다. 도어체인을 걸어서 정말 다행이었다.

소명이 핸드폰을 가지러 들어가기 전, 놈이 말했다.

"금태와 오래 알고 지내긴 했나 봐. 뭔가 이상하다는 걸 바로 알아차리네."

"너, 너 뭐야?"

"금태가 태어날 때 두고 간 판단력."

"뭐?"

"금태는 생각이 없지?"

부정할 수 없었다. 소명이 말문이 막힌 사이 놈이 천천히 말을 이었다.

"벌써 세 번째 설명하는 건데, 아마 네게 설명하는 게 마지막일 테니 잘 들어. 사람이 붕어빵이라고 치자…."

금태가 설명을 한다. 무려 비유법도 쓰고, 가정도 한다. 심지어 소명이 이해하지 못하는 구간이 있으면 다른 예시를 들어주기도 했다. 금태의 껍데기를 뒤집어쓴 챗GPT의 발표를 보는 기분이었다. 그 점이 더더욱 소명을 불쾌하게 만들었다. 저 놈은 정작 자신이 형태를 빌린 금태에 대해서는 전혀 이해하지 못하고 있잖은가.

다만, 곧 이어진 '진짜 금태'에 대한 설명이 그 불쾌감을 단번에 두려움으로 바꾸었다.

"금태는 지금 서독종합병원 신경외과 준중환자실에 입원 중이다. 녀석과 합체하려고 너희 어머니에게 안내를 부탁했는데,

지금까지 대답이 없어. 이분이 나를 싫어하는 것 같아."

"그, 그럼 첫 번째로 설명을 들은 건 금태고, 두 번째는 우리 엄마야?"

"그래. 하지만 더 기다리진 못하겠어. 금태가 준중환자실에서 나오지 못하는 상황을 보니, 어쩌면 위독한 상태인 거 아닐까 싶거든."

"직접 본 건 아니잖아!"

"그러니까 직접 보러 가자고. 내게 협조해."

"병원 직원은 엄마야. 난 준중환자실에 함부로 못 들어가."

"직원 가족이니까 엄마 심부름으로 왔다고 해. 집에 사원증 같은 건 있을 거 아냐."

"아니, 지금 완전 논지에서 벗어났네."

젠장, 금태가 사람 말을 하는 상황에 놀라 휘말려 버렸다. 소명은 다시 중심을 잡고 말했다.

"그런데 내가 왜 너를 도와줘야 해?"

"금태가 멍청해서 짜증 나지 않아?"

"그게 금태인데 뭐 어쩌라고."

"생각이라는 걸 하게 만들 수 있는 기회야. 이놈, 여전히 뭐 궁금한 거 생기면 하나하나 너한테 물어보러 가잖아."

"어떻게 알았어?"

"붕어빵 겉모습만으로도 그 안에 팥이 어떤 식으로 배치되어 있을지 빤히 보이는 것과 비슷해. 그리고 말이다, 이놈이 네게 맡겼던 것 같은데."

"뭘 맡겨?"

"중요한 일을 생각해서 결정해야 할 때, 네가 딱 한 번 대신 고민해 달라고."

"…."

기억났다. 아버지의 성의 없는 선물을 하수구에 떨어뜨리고, 버릴지 주울지 고민하던 날 금태는 아무렇지도 않게 다가와 몸부터 움직임으로써 소명의 고민을 치워 버렸다. 그러고는 고마우면 언젠가 자기 대신 고민해 달라는 부탁을 했다.

"반금태도 자기가 생각이라는 걸 하고 살아야 한다는 건 알아. 다만 그게 너무 귀찮으니 몸부터 움직이고, 너처럼 마음 약한 애들한테 뒷수습을 시키는 거지. 안 그래?"

"…."

"생각해 봐. 아니, 더는 이 자식 때문에 생각하지 마. 나를 거기에 데려다주면, 그 뒤로는 네 인생만 고민하면 돼."

금태의 얼굴을 한 놈이 금태가 하지 않을 말을 읊는다.

"아, 반금태의 다른 기억도 보인다. 백소명 너 외고 가고 싶어 했지? 근데 잘 안 됐을 때 이놈 좀 안심한 것 같다."

"정말?"

"난 거짓말은 안 해. 그러기엔 우리 뇌 용량이 부족하거든.

붕어빵 부피는 한정되어 있잖아."

놈이 손가락을 까닥였다. 맛동산처럼 굵어야 할 금태의 손가락은 지금 오랫동안 물 안 준 다육식물처럼 쪼글쪼글해져 있었다.

"어서 정해. 본체에 빨리 들어가지 않으면 난 오래 못 버텨."

"…"

"5분 내로 협조하지 않는다면 난 다시 금태네 집에 돌아갈 거다. 그럼 아마, 병원의 금태는 보호자가 없으니 제대로 된 치료도 못 받고 상태가 엄청 안 좋아질 거야."

"알겠어. 문 닫게 물러나."

자칭 금태가 문을 닫았다. 소명은 잠시 문을 잠그고, 신발장 옆에 걸린 엄마의 사원증을 목에 걸었다. 그 짧은 틈의 초조함을 이기지 못한 듯 자칭 금태가 문을 노크했다.

"백소명."

소명이 문을 열고 말했다.

"인내심은 안 갖고 태어났어?"

"쉴 새 없이 고민하는 데 쓰고 있지."

"연비가 나빠 보이는데. 아무튼 따라와."

소명은 점퍼의 후드를 푹 눌러쓰고 발걸음을 재촉했다.

주말, 병원까지 가는 길은 한산함과 번잡스러움의 반복이다. 각자의 용건으로 흐르는 사람들 사이에서 소명과 자칭 금태는 중간중간 서로가 그 장소에 있는지 확인했다.

"어느 문으로 들어가야 하지?"

"내가 알아? 가서 확인해야 해. 주말이라 아마 옆문만 열어 뒀을… 야, 조심해."

소명이 달려오는 구급차를 보고 횡단보도에서 물러났다. 구급차 두 대가 아슬아슬하게 그들 앞을 지나 응급실 앞에 멈췄다. 경고에 급히 몸을 피하다가 거의 넘어질 뻔했던 금태가 얼굴을 찌푸렸다.

"왜 사이렌을 안 울리는 거야?"

"사이렌은 일반 도로에서 다른 차 들으라고 울리는 거야. 병원 부지에 들어오면 바로 꺼."

"잘 아네. 병원에 자주 왔나 봐."

"너는 금태에게 없는 '판단력' 치고는 좀 멍청하다? 아, 생각하는 능력이라고 했지 똑똑하다는 소린 안 했구나."

"야."

자칭 금태의 목소리가 낮게 깔렸다. 소명은 놀라지도 않고 말했다.

"금태는 목소리 크게 안 내. 자기 어깨에 목소리까지 웅장해지면 조폭 꿈나무 같을 거 알거든."

"넌 원래 성격이 그따위냐?"

"금태랑 하나가 되자마자 나랑 연 끊을 거라는 놈한테 성격 좋은 척해서 뭐 해."

"좋은 척해도 친구 없을 것 같은데."

"놀랍게도 착한 애들은 나랑 친구 해 줘. 난 성격이 삐딱한 거지 나쁜 애는 아니거든."

"그딴 말이 입으로 나와? 너 공부만 잘하고 좀 멍청하지?"

"응."

소명은 순순히 대답했다. 현명한 선택은 할 줄 모른다.

"야, 붕어빵 소, 이쪽으로 와."

"신경외과 병동은 저쪽이라고 적혀 있는데?"

"환자와 보호자는 그쪽으로 다니지. 엄마는 엄마 일 하는 길로 다녀."

소독된 시트가 담긴 카트가 전차처럼 벽면에 늘어선 길고 어두운 복도. 천장을 가로지르는 오색의 파이프에서 들리는 물소리가 을씨년스러움을 더했다. 주말이라서일까. 사람 그림자는 거의 보이지 않았다.

"이제 다음 통로가 신경외과 병동으로 이어지는데… 아, 잠깐. 야, 숨어!"

소명이 자칭 금태의 등을 복도 한구석으로 밀었다. 그는 아까 구급차에 치일 뻔한 기억을 떠올리며 지시를 따라 아무 표시도 되어 있지 않은 문에 바짝 기댔다. 하지만 문은 바로 안쪽으로 열렸고, 자칭 금태는 좁은 공간에 그대로 주저앉았다.

"악! 야, 갑자기 뭐야!"

"사람 지나간다. 걸리면 안 되잖아."

"여긴 또 뭐고?"

"직원 휴게실 겸 비품실."

금태는 주저앉은 김에 주변을 둘러보았다. 칼날처럼 좁은 사물함이 다닥다닥 붙어 있고, 한쪽 벽면에는 믹스커피와 미숫가루, 전기 포트 따위가 놓인 선반이, 그 아래로는 바퀴가 붙은 파란 쓰레기통이 쪼르르 놓여 있다. 보기만 해도 숨이 막힌다.

"이게 휴게실인가…. 아무튼, 휴게실이 여기면 병실은 코앞인 거지?"

"사람 있나 보고 온다."

소명이 휴게실을 나섰다. 대꾸조차 안 하고 나가 버리는 태도에 '판단력'은 잠시 할 말을 잃었다. 판단력 위주로 이루어진 몸이라지만, 인간의 형태를 빌린 이상 그들이 느끼는 감정을 아주 모르지는 않는다. 목 아래로 짜증이 넘실거렸다. 저게….

바로 그 때문에, 원래의 '판단' 능력은 한 박자 늦게 돌아왔다. 사람이 있나 확인하려 한다면, 복도로 고개만 내밀었다 돌아오면 되는 것 아닌가? 왜 공간을 나섰지? 그리고 이런 생각을 하고 있는 수 초간 왜 돌아오지 않는 거지? 이 의문이 의문으로 끝나기를 바라며 '판단력'은 문을 잡아당겼다. 하나 열쇠구멍이 막힌 문손잡이는 제자리에서 돌아갈 뿐 문은 열리지 않왔다.

"백소명? 백, 백소명!"

"응."

대답은 문 바로 앞에서 들려왔다. 지금 '판단력'을 붙잡아 두는 자물쇠는 바로 백소명이라는 뜻이었다. 다시 한번 문을 흔들었을 때 덜컥이는 이물감은 문손잡이가 아닌 다른 방향에서 느껴졌다.

"지금 문에 뭐 한 거야!"

"비품실 문은 원래 밖에서 자물쇠로 잠그게 되어 있잖아. 거기에 빗자루 하나 넣었어."

이 행동의 의미는 명확했다. 백소명은 금태에게 판단력을 돌려줄 생각이 없다는 뜻이다.

"백소명! 너, 너, 당장 안 열어? 이거 책임질 수 있어?"

"뭘 책임져. 금태가 생각 없는 게 내 탓이냐? 네 탓이지?"

"그래서 내가 찾아왔잖아. 금태가 나아질 기회를 네가 빼앗는 거야!"

"나아져? 네가 숫자 10이라고 숫자 1을 무시할 권리가 주어지는 건 아니야. 심지어 네 성격을 생각하면 실질적으로는 마이너스일 것 같은데."

"하… 지금 내가 들어가지 않으면 반금태는 계속 그 꼴이야! 후회 안 하겠어?"

"그 꼴이 어떤 꼴인데."

"모르는 척하지 마!"

'판단력'이 으르렁거렸다. 저 생각 많은 인간이 단순한 놈과 10여 년을 붙어 있었다면 얼마나 고생했을지는 뻔하지 않은가.

"너도 아주 잘 알잖아. 난 그놈 속이 빤히 보이거든? 정말 생각이 없어! 여차하면 널 귀찮게만…."

"바로 그게 문제야. 난 걔가 나를 귀찮게 하는 게 진짜 짜증 나는데, 싫어하진 않거든."

"뭐?"

"짜증은 나. 진짜 짜증 나. 바로 그게 문제고, 그 부분도 짜증 나. 근데 뭐 어쩌겠어."

소명은 정말 자신도 모르겠다는 투다. 하나 짜증을 몇 번이고 말하면서도, 그 목소리에 웃음기가 섞이고 있다는 것 하나만은 확실했다. 보이지 않아도 알 수 있다. 특히 '판단력'에게만 전하는 마지막 선언에는 비웃음이 한껏 담겨 있었다.

"다 들었으니, 넌 이제 그놈에게 못 돌아가."

"아…."

"다음 생에는 좀 더 맛있게 태어나라."

발소리가 순식간에 멀어져 갔다. '판단력'은 양 주먹을 들어 문을 내리쳤다. 하나 점점 건조해지는 주먹에서 흰 가루가 날릴 뿐 단단한 문은 미동도 하지 않았다.

"백소명…!"

한편 소명은 복도를 달리면서 핸드폰을 들었다. 혹시라도 주말에 출근하는 청소 직원이 저 공간을 열어 보기라도 할까 신경 쓰였다. 하지만 병실에 전화해 보려던 순간 핸드폰이 울렸다. 엄마였다.

"여보세요?"

"백소명! 괜찮아? 너 지금 어디야? 혹시 그, 금태…."

"나 지금 엄마네 병원인데."

"뭐?"

"아, 별일 없어. 엄마, 혹시 청소 담당 직원분들 주말에 출근하셔?"

"그건 왜 물어봐? 아무튼 넌 멀쩡한 거지? 알겠어. 엄마, 이따가 금태 엄마랑 병원 갈 거니까 절대 이상한 데 혼자 있지 말고 기다려!"

수화기 너머에서 아는 목소리가 들렸다. 금태 엄마다. 아, 당신도 거기 있었구나. 그런데 어쩌나. 나 지금 이상한 데에 혼자 있는데. 게다가 청소 직원이 주말에 출근하는지도 아직 듣지 못했다. 그렇다고 자칭 금태를 가둔 창고 앞으로 돌아가는 것도 현명한 선택 같지는 않다. 이게 공포 영화였으면 분명 적의 역습을 받아 인질로 붙잡힐 거다.

금태와 자신을 지킬 수 있는 방법은 하나뿐이었다. 소명은 망설임 없이 신경외과 병동으로 달려갔다. 식판을 나르던 보호자가 놀라 식판을 떨구는 소리가 들렸지만 뒤돌아볼 여유가 없었다.

"악, 이봐요!"

"죄송합니다!"

그리고 엄마, 걸리면 진짜 미안. 소명은 준중환자실 출입문 리더기에 엄마 사원증을 찍었다. 문은 바로 열렸다. 구석 침대 앞에서 면도기를 든 의사가 금태에게 말을 걸고 있었다.

"학생, 지금 보호자분 오신대요. 학생 이름은 뭐예요?"

"…기억, 안 나요."

"여기가 어딘지… 모르겠지. 자, 이따 보호자 오면 확인하고 이제 수술 들어갈 거니까 너무 놀라진 말… 어이구, 거기 학생, 뭐예요?"

의사가 소명을 보고 당황했다. 소명은 의사의 손에 들린 면도기를 흘긋거리며 물었다.

"걔, 금태 친구예요! 지금 수술하려고 머리 미는 거예요? 상태 많이 안 좋아요?"

"학생, 보호자가 아니면 밖에서 기다리세요. 근데 친구는 맞아요?"

"친구 맞아요! 걔 왼쪽 눈썹 위에 흉터 있죠?"

의사가 새삼 금태의 얼굴에서 흉터를 확인한 후, 짧게 한숨

쉬며 기대 없이 물었다.

"금태 학생, 이 학생 알아요? 친구야?"

소명은 종종걸음으로 금태 앞에 섰다. 금태가 아주 천천히 눈을 맞췄다. 평소보다도 더 멍해 보이는 눈. 입술은 그보다도 더 느릿하게 움직였다. 정답을 들을 수 있다면 더 느려도 상관없었는데.

"모르, 겠어요."

소명은 어느새 식은땀으로 축축해진 손을 오므려 주먹을 꽉 쥐었다. 의사는 놀라울 것도 없다는 듯 무심하게 말했다.

"보호자 아니면 나가세요. 환자 혈압 오르면 안 돼요."

하지만 소명은 채 나가지 못하고 준중환자실 문을 불안하게 바라보았다. 누가 그새 창고 문을 열어 주었으면 어쩌지? 그놈이 여기 찾아온다면, 금태를 해치려 한다면….

그때 마음의 준비를 할 새도 없이 누군가가 준중환자실 출입 키를 눌렀다. 간호사가 들어오는 짧은 순간, 복도에서 직원이 투덜대는 소리가 들렸다.

"청소 여사님 좀 늦으신대. 누가 직원 휴게실에 단팥을 왕창 엎어서 바닥이며 빨아 놓은 걸레도 다 더러워졌다고…."

"병원에 웬 단팥? 누가 구내식당 털었대?"

"몰라. 일단 여기부터 치우… 엥, 주연 씨, 오늘 또 웬일로 출근했어요?"

'주연 씨'라는 익숙하면서도 동시에 어색한 단어가 머릿속에 불을 켰다. 엄마다. 비록 준중환자실 문 너머의 엄마는 '소명이 못 봤어요? 아, 언니! 금태 여기 있다니까? 진정 좀 하라고요!'라고 계속 불안하게 외치고 있지만, 엄마가 온다는 사실만으로도 조바심 위에서 표류하던 마음은 순식간에 육지에 선듯 균형을 잡았다.

소명은 천천히 주먹을 펴고, 보라색 손톱자국이 남은 손을 금태에게 뻗었다. 지금 당장은 소명이 누구인지는커녕 자기 이름조차 기억하지 못하더라도.

"넌 잘 생각할 거야."

소명은 기억하는 만큼 힘을 주어 금태의 등을 토닥였다. 어쩐지, 금태가 슬며시 웃는 것 같았다. 그 감촉만은 기억하는 것처럼.

에필로그

과일이 산처럼 쌓인 새하얀 트럭. 과일 장수는 운전석에 앉아 있다가 멀리서 다가오는 주연을 보고 재깍 뛰어내려 손을 흔들었다.

"어서 오십쇼! 오래간만에 뵙네요."

"안녕하세요. 요즘은 뭐가 맛있어요?"

"하귤이라고 아세요? 청귤이라고도 하는, 이즈음부터 나오는 여름 귤인데 청 만들어 먹으면 괜찮아요."

"저기, 체리 주세요."

과일 장수가 체리 한 근을 재서 건네고, 눈앞에서 몇 개를 더 집어넣으며 생색을 냈다. 주연이 웃음을 터트렸다.

"고마워요. 잘 먹어야겠네."

"맛있을 겁니다. 그나저나 금태 학생은 잘 지내요?"

"네, 젊어서 그런가, 회복이 엄청 빠르다고 의사 선생님이 혀를 내둘렀어요. 걔네 엄마는 원래 뇌 주름이 없는 애라 회복하고 어쩌고 할 것도 없었을 거라던데, 자식 앞에서 걱정 정도는 좀 제정신으로 할 것이지. 진짜 성격 이상한 언니라니까."

"이야, 은근 무서운 분이네."

그날, 주연을 쫓아왔던 금태 엄마는 준중환자실에 앉아 있는 아들의 모습에 한참 동안 말을 잇지 못했다. 당연한 반응이었다. 아침까지만 해도 멀쩡했던 아들이 사실 며칠간 입원 상태였으며, 오늘은 환자복 차림으로 앉아 수술을 준비한다는 상황을 누가 바로 받아들이겠는가. 어떻게 설득해야 할까. 우선 저게 진짜 금태라는 걸 증명하기 위해 흉터라도 보여 주어야 할까?

하지만 금태 엄마는 논리를 찾는 대신, 제일 중요한 일을 찾아 움직였다.

"거기, 의사 선생님, 내가 뭘 어떻게 하면 돼요?"

그날 주연은 금태의 성격 일부가 어디에서 왔는지를 깨달을 수 있었다.

"선생님 따님은 잘 있어요? 소명이였나, 그때 엄청 고생했다면서요."

"애가 어떻게 잘한 것 같아요. 괜히 너무 걱정했어."

금태가 수술실로 들어간 후 주연은 소명과 함께 자칭 금태를 가두었다는 직원 휴게실을 확인했다. 청소 직원의 말마따나 휴게실 안쪽부터 문까지 바닥 전체에 수 킬로그램은 될 것 같은 팥소가 쏟아져 있었다. 팥소에는 온기가 남아 있었지만, 신기하게도 위쪽은 오래 방치된 듯 하얗게 말라붙어 가루가 날렸다.

소명이 당황했다.

"분명 여기 있었는데…."

"이게 신형 금태 맞을 거야."

"정말? 그 재수 없는 금태?"

"그래. 그 똑똑한 척하는 금태."

"진짜 붕어빵 소였구나…."

곧 신경외과 병동 청소를 마친 청소 직원이 휴게실에 들어서며 큰 한숨을 쉬었다.

"도와줄 거 아니면 나와요. 치워야 해서."

"도와드릴게요."

"네?"

약간의 책임감을 느끼며 주연은 팔을 걷어붙였다. 소명도 거들었지만 당장 눈에 보이는 것만 치우는 데에도 세 시간은 걸렸다.

"아, 그때 뒷수습하느라고 평생 맡을 팥 냄새를 다 맡았네요. 한동안 붕어빵은 쳐다도 못 볼 것 같아요."

"너무 고생하셨네."

"좋은 일도 있었어요. 팥 냄새가 안 가셔서, 병원에서 휴게실을 멀쩡한 데로 옮겨 줬거든요. 그런데… 사장님은 정말 괜찮은 거 맞아요? 사고 난 거."

과일 장수가 쓰게 웃었다.

"고양이가 여전히 저 싫어하는 거 빼면 그럭저럭이요."

벽을 향해 달리던 빨간 외제 차가 1톤 트럭에 부딪혀 뒤집히던 날, '붕어빵 틀'과 달렸던 남자 선진은 크게 다쳤으나, 트럭을 몰았던 과일 장수는 어처구니없을 정도로 멀쩡했다. 그는 '중간에 트럭에서 뛰어내려서 멀쩡했다'라고 주장했으나 주연은 믿지 않았다.

때로 계절에 안 맞는 과일도 아무렇지 않게 팔던 과일 장수는, 금태와 선진의 수술이 끝난 후 병원 카페에서 만난 주연에게 이 동네에서 생긴 일에 대해 설명했다.

"전에 명당자리에서 붕어빵 팔던 할머니가 둥강로였어요. 이런 동네 수호신 같은 존재가 곳곳에 있죠. 각자 만드는 피조물의 형태는 다르지만요."

뭉그러진 발음은 '용광로'와 비슷하게 들렸다. 신형 금태가 말하던 차ㄴㅈ와 의미는 같을 듯했다.

"그래서 내가 이 동네에서 본 녀석들은 다 자기를 붕어빵에 비유했구나…. 그런데 그 할머니, 올봄에 담배 피우던 고딩들한테 한소리 했다가 신고당하셨다면서요?"

"네, 담배꽁초는 꼭 쓰레기통에 넣어라, 배수구에 버리면 여름에 물난리 난다고 한소리 했다가 앙심 품은 애들에게 신고 당해 쫓겨났다더라고요. 붕어빵 수레를 급히 철수할 때 붕어빵 소와 제작 도구를 좀 흘린 거죠."

"제가 생각했던 거랑은 좀 다르지만, 좋은 말씀 했다가 고생하셨네요."

"예, 아무튼 그렇게 떨어진 재료는 보통 자기 붕어빵을 찾기 전에 말라 죽어요. 그런데 거기 어떤 녀석이 손을 댄 거죠. 아주 기특한 이유로."

곧 예상도 하지 못한 범인이 밝혀졌다.

"제가 키우던 까만 고양이 있잖아요. 그놈이 붕어빵 소를 붕어빵 근처에 물어다 준 장본인? 장본묘? 그거일 겁니다."

"예?"

"선생님도 고양이 키우신다니 아실 텐데, 고양이들은 은혜를 물건으로 갚기도 하잖아요. 걔도 아, 이 붕어빵 소에서 나를 챙겨 준 고마운 인간 냄새가 나는 것 같은데? 좋은 거니 선물해 줘야겠다! 이런 생각을 한 게 아닐까 싶어요."

"하… 별 도움이 되지 않았다는 점까지 참 고양이답네요."

"그렇긴 하죠. 정작 자기는 나와 하나가 되려는 생각도 안 했으면서."

"뭐라고요? 저기, 설마…."

"그 고양이는 제가 선물받은 붕어빵 소예요. 옛날에, 인생이 좀 안 풀려서 늦은 나이에 사춘기가 왔을 때, 어머니가 붕어빵 틀 박박 긁어서 만들어 주시더라고요. 언제든 쓰라고."

"…필요 없었죠?"

"네, 일단은 감사하다고 받았지만 사실 그건 어머니 눈에 비친 내 단점이나 마찬가지잖아요. 정이 안 붙더라고요."

"하하…."

수호신 같은 존재도 자식에게 완벽한 어머니일 수는 없구나. 그런 생각이 주연에게 작은 미소를 짓게 했다.

"정작 고양이가 먼저 제게 짜증 내고 떠나긴 했는데, 가끔 만날 때 기분은 좋아요. 우리가 꼭 하나가 되지 않더라도, 서로 반대더라도 즐겁게 공존할 수는 있다는 증거 같아서."

그때 과일 장수는 '고양이도 같은 생각일지는 모르겠다'라는 말로 대화를 마무리했다. 하지만….

"미움받는 거 맞아요? 쟤, 저기 축대 위에 앉아서 여기 쳐다보는데요."

"아까부터 와 있었어요. 고맙다고 해 보세요."

"네?"

"쟤한테요."

"네? 어… 고양아, 고마워!"

"잘하셨습니다."

"이건 덤으로 드릴게요."

과일 장수가 샤인 머스캣 상자를 내밀었다. '캣' 글자 옆에 뚫린 구멍 너머, 포도알 대신 익숙한 연두색 눈이 주연을 마주했다. 분홍색 코도, 구멍으로 삐져나온 새하얀 앞발도 전부 주연이 그리워하던 것들이었다.

"어…? 갈치? 갈치예요?"

"오늘 저희 고양이가 찾아왔어요. 옆 동네에서 맞고 있는 걸 데려왔다나."

"정말 감사합니다! 다음번에 고양이 간식이라도 갖다 드릴게요!"

"됐어요. 저놈은 저한테 잘 오지도 않거니와, 요즘 어디서 자꾸 간식을 얻어먹는지 살이 피둥피둥… 야!"

그새 트럭 짐칸에 올라탄 고양이가 하귤 무더기를 앞발로 퍽 때렸다. 하귤이 데굴데굴 굴렀다. 과일 장수가 과장되게 고양이를 혼내는 동안, 주연은 떠나간 수호신의 피조물이자 또 다른 수호자가 된 이들을 향해 다시 한번 감사하다며 고개 숙였다.

저번 모의고사를 잘 본 이후 콧대가 높아진 소명이 현관문을 열었다.

"체리 사 왔어? 뭐야, 샤인 머스캣?"

"갈치 얻어 왔다."

"무슨 소리야, 엄마. 과일 사 오랬더니 웬 생선? 괜찮은 거 맞… 갈치야!"

갈치가 샤인 머스캣 상자에서 튀어나와 침대 밑으로 기어 들어갔다. 소명이 바로 그 앞에 엎드렸다.

"어떻게 찾았어? 야, 갈치! 언니가 집이 최고랬지. 뭐 좋다고 튀어 나갔어!"

"지금 겁먹었어. 좀 익숙해지면 나올 테니 가만 놔둬."

"알겠어."

하지만 주연이 테이블 위에 씻은 체리를 올렸을 때, 마주 앉은 소명의 티셔츠 앞면에는 먼지가 잔뜩 붙어 있었다.

"아주 기어 들어갔네, 기어 들어갔어."

"갈치한테 내 냄새 좀 맡게 해 주려고 그랬지. 안정되라고."

"백 번 달래 주는 것보다 한 번 문단속을 잘 했어야지."

"아니, 그때는 진짜 나름 조심했는데…."

어느새 주연의 목소리가 살살 높아진다. 오늘은 정말 칭찬만 해 줄 생각이었는데, 그 사소한 목표가 벌써 부서지게 생겼다. 주연은 속으로 한숨을 쉬었다. 완벽한 엄마 노릇을 하는 건 바라지도 않지만, 딸에게는 '어른'이고 싶었는데. 일관적이고, 믿음직스러운 그런 사람. 그래도 예전에 비하면 어깨가 조금 가벼워졌다.

완벽해질 수는 없지. 이상향 속 어른이 되진 못하더라도, 가진 것들을 쥐고 조심조심 전진할 수는 있을 거다.

주연은 예쁜 체리를 골라 꼭지를 똑똑 떼어 딸 앞에 놓아 준 후, 무른 체리를 씹으며 말했다.

"체리 많이 사 오길 잘했다. 맛있네."

"아 참, 엄마, 금태한테 맛있는 거 먹는다고 자랑했더니 온다는데."

"자기 먹을 건 가져오라고 해라."

"집에 선물로 들어온 멜론 있다고 가져온대."

"그래도 괜찮대?"

"금태는 괜찮다고 생각했을 거야. 알아서 하게 냅둬."

"잘도 믿네. 알겠다."

금태가 알아서 할 때, 주연도 알아서 하기 위해 찬장에 손을 뻗고 짜파게티를 찾았다. 애들은 먹여야 한다. 볼따구니를 먹을 것으로 꽉 채우자. 아이들은 자신이 먹은 것을 토대로 무엇이든 될 것이다.

머잖아 똑, 똑, 똑, 익숙한 박자 너머 익숙한 목소리가 들렸다.

"저 금태인데요. 들어가도 돼요?"

붕어빵이 되고 싶어

초판 1쇄 인쇄 2025년 7월 7일
초판 1쇄 발행 2025년 7월 17일

지은이	리러하
총괄	김명래
책임편집	김명래
디자인	디자인소요 이경란
책임마케팅	최혜령, 박지수, 도우리
마케팅	콘텐츠 IP 사업본부
해외사업팀	한승빈
경영지원	백선희, 권영환, 이기경, 최민선
제작	제이오
교정교열	김정현
펴낸이	서현동
펴낸곳	㈜오팬하우스
출판등록	2024년 5월 16일 제2024-000141호
주소	서울특별시 강남구 테헤란로 419, 11층 (삼성동, 강남파이낸스플라자)
이메일	info@ofh.co.kr

ⓒ 리러하 2025
ISBN 979-11-94930-70-9 (03810)

한끼는 ㈜오팬하우스의 출판브랜드입니다.

- 이 책은 저작권법에 따라 보호받는 저작물이므로 무단전재와 무단복제를 금지하며, 이 책 내용의 전부 또는 일부를 이용하려면 반드시 저작권자와 ㈜오팬하우스의 서면동의를 받아야 합니다.
- 책값은 뒤표지에 표시되어 있습니다.
- 잘못된 책은 구입하신 서점에서 바꿔드립니다.